신기루

蜃氣樓

신기루 4

허담 新무협 판타지 소설

초판 1쇄 찍은 날 § 2007년 1월 31일
초판 1쇄 펴낸 날 § 2007년 2월 10일

지은이 § 허담
펴낸이 § 서경석

편집장 § 문혜영
편집책임 § 이재권
편집 § 유경화

펴낸곳 § 도서출판 청어람
등록번호 § 제1081-1-89호
등록일자 § 1999. 5. 31
어람번호 § 제2-1119호

주소 § 경기도 부천시 원미구 심곡1동 350-1 남성B/D 3F (우) 420-011
전화 § 032-656-4452 팩스 § 032-656-4453
http://www.chungeoram.com
E-mail § eoram99@chollian.net

ⓒ 허담, 2006

ISBN 978-89-251-0530-7 04810
ISBN 89-251-0412-1 (세트)

風氣樓

· 암로행(暗路行)

신기루

허담 新무협 판타지 소설

Fantastic Oriental Heroes

4

모든 일은 내가 태어나기 삼 년 전, 그러니까 지금으로부터 십오 년 전에 시작되었다. 내가 살고 있는 동쪽의 작은 어촌에서 배를 몰아 북쪽으로 오 일 정도 북상하면 수많은 섬으로 이루어진 성주군도(星珠群島)라는 데도 해가 펼쳐진다. 물은 맑고 수초는 풍성해 한번 그물을 드리우면 그물이 찢어질 만큼 많은 고기를 잡을 수 있는,

도서출판 청어람

목차

第一章

달인(達人)

"**돌**아가! 널 죽이진 않으마."

살황 고산앙이 송문악의 목에 대고 있던 검을 거둬들이며 어눌한 목소리로 퉁명스럽게 말했다.

"부탁드리고 싶은 일이 있습니다."

송문악이 떼쓰는 아이처럼 말했다.

"한천녀로부터 네가 날 만나고자 한다는 이야기는 전해 들었어. 하지만 나 같은 사람과 어울려 좋을 게 없어. 돌아가."

고산앙이 어둠 속에서 걸어나와 처량하게 흔들리는 호롱불이 올려진 탁자 쪽으로 움직였다. 일을 하고 있었던 듯 그가 걸치고 있는 거친 마의가 도살한 소의 피로 번들거렸다.

"함께 지내고 싶습니다."

순간 고산앙이 슬쩍 고개를 돌려 송문악을 보며 말했다.

"난 누구와도 함께 지내지 않아. 돌아가."

돌아가라는 말을 몇 번씩이나 되풀이하는 살황의 표정이 한편으로는 애처로워 보였다. 그것은 마치 송문악에게 사정을 하는 듯한 표정 같기도 했다. 그의 표정에서는 강호십대괴객으로 불리는 절대살객의 모습을 찾아보기 힘들었다. 오히려 떼쓰는 아이를 어찌 달랠지 몰라 허둥대는, 단 한 번도 아이를 달래보지 못한 어른의 미숙함이 엿보였다.

그런 살황의 내심을 읽어냈는지, 송문악이 살황 고산앙의 불편함은 아랑곳하지 않고 터벅터벅 걸어가 호롱불이 올려져 있는 탁자 앞 의자에 털썩 주저앉았다. 살황이 어떤 말을 해도 돌아가지 않겠다는 의사표현이었다. 살황은 그런 송문악을 난감한 표정으로 바라보다 벽에 걸린 도살 도구 중 몇 개를 챙기더니 횡하니 장내에서 사라져 버렸다.

고산앙이 다시 모습을 드러낸 것은 송문악을 홀로 두고 사라진 지 한 시진 후였다. 송문악은 여전히 고산앙의 탁자 앞에 앉아 있었다.

고산앙은 사라질 때와 마찬가지로 불쑥 모습을 드러내더니 송문악에게는 전혀 시선을 주지 않고 들고 나갔던 도살 도구들을 다시 벽에 걸었다. 그리곤 탁자 위에 놓여 있던 흰 천을 들어 젖은 손을 닦더니 한쪽에 놓인 작은 찻주전자를 들어 보통보다 서너 배는 커 보이는 찻잔에 차를 가득 따라 단숨에 들이켰다.

"왜 나하고 있으려고 그래?"

불쑥 고산앙이 물었다. 그는 송문악이 자신의 말을 무시하고 돌아가지 않는 것에 대해 전혀 화를 내지 않았다. 마치 송문악이 당연히 자신을 기다리고 있을 것이라고 생각했던 사람처럼.

'정말 이 양반이 강호 최고의 살수일까?'

송문악은 고산앙의 질문을 들으며 그런 엉뚱한 의구심이 들었다. 그의 모습, 그의 말투, 그의 행동 어느 하나 그가 절대살수의 위치에 오른 자라고 생각되어지게 할 만한 것이 없었다. 오히려 평생 백정의 삶을 살아온 빈한한 천민의 모습만이 그에게서 발견할 수 있는 것의 전부였다. 만약 송문악이 자신의 눈으로 직접 고산앙이 사람을 죽이는 모습을 보지 못했다면 송문악은 절대로 눈앞에 있는 이 초로의 사내가 강호 최고의 살수라는 것을 믿지 못했을 것이다.

"죽음을 배우고 싶습니다."

마음에 이는 상대에 대한 의문을 접어두고 송문악이 고산앙의 물음에 대답했다. 그러자 고산앙이 물끄러미 송문악을 바라봤다. 그리곤 한참 뒤에 다시 퉁명스런 목소리로 물었다.

"쉽게 말해봐. 난 머리가 둔한 편이야."

송문악을 비꼬기 위해 한 말은 아닌 듯했다. 한 손을 들어 머리를 긁적이는 고산앙의 태도로 보아 그는 정말 송문악에게 자세한 설명을 듣기를 원하고 있는 것이 분명했다. 이것 역시 강호 최고의 살수에겐 어울리지 않는 모습이었다.

'아둔함이라……. 아둔한 자가 살수가 되기란 처녀가 애를 배는 것만큼이나 어려운 법이다. 하지만 이 양반은 이미 강호 최고의 살수다.'

송문악이 살짝 고개를 저었다.

"선대로부터 물려받은 혈채가 있습니다. 그 혈채를 갚아야겠는데 무척 많은 사람이 죽어야 해결될 혈채지요. 그래서… 제가 보아왔던 사람 중 죽음에 가장 익숙해 보이는 어르신께 죽음을 배우기 위해 찾아온 것입니다."

"그 빚을 받아야 하는 자들이 몇 년 전 그 낡은 사당에서 죽은 자들과 한패냐?"

고산앙의 질문에 송문악이 고개를 끄덕였다.

"그렇습니다."

"참 어려운 적을 두었군. 그들은 내가 상대한 자들 중 가장 무서운 축에 속하는 인물들이었는데……."

송문악이 다시 고개를 갸웃거렸다. 당시 유행촌의 낡은 사당에서 살황 고산앙은 신기루 고수 두 명의 목숨을 너무도 쉽게 빼앗지 않았던가.

'하긴, 보는 것은 쉬워도 직접 하기엔 어려운 일이었는지

도 모르지. 더군다나 난 당시 무척 어렸으니까.'

과거 유행촌에서 단숨에 두 신기루 고수의 목숨을 빼앗던 고산앙의 모습이 송문악의 뇌리를 스쳐 지나갔지만, 고산앙 스스로 그들이 대단했던 자들이라 말한다면 역시 어린 송문악의 눈에 보이지 않은 사실들이 존재했을 가능성은 충분했다.

"그 어려운 적을 상대하기 위해 어르신의 도움이 필요합니다."

송문악의 말에 고산앙이 물끄러미 송문악을 바라보다 불쑥 물었다.

"살수가 되겠단 말이냐?"

"글쎄요. 그게 그들을 상대할 수 있는 방법이라면 살수가 되는 것도 괜찮겠지요."

"넌 지금까지 어떻게 지냈느냐? 천학(天學), 귀령파파(鬼靈婆婆)와 함께 있었나? 전해 들은 말로는 한천녀를 찾아왔을 때 그들 두 사람과 동행을 했다고 하던데?"

"짐작하신 대로 그분들과 함께 지냈습니다."

"흠, 그럼 그들에게서 무공을 배웠을 테지?"

"그분들을 스승으로 모신 것은 아니지만 많은 가르침을 받았습니다."

"화산파 제자와 일수를 겨뤄 이득을 얻을 만큼 무공의 성취도 대단하더군."

"역시 어르신이 하신 일이었군요."

"아, 그거? 그렇지. 내가 한 일이지. 난 그 일을 위해 이곳에서 소를 잡으며 지낸 지 일 년이 넘었다. 일이 끝났으니 슬슬 이곳을 떠날 생각을 하던 차였구."

"왜 일학 방덕륜을 죽이신 거죠?"

"청부를 받았으니까."

"청부를 받으시면 아무나 죽여주십니까?"

송문악의 말에 고산앙이 고개를 저었다.

"난 아무나 죽이지는 않아. 난 청부를 받을 때는 항상 그 대상자가 죽어 마땅한 자인가를 알아보고 손을 쓴다구. 그 일학 방덕륜이란 자는 죽어 마땅한 자였지."

"그는 천하에 이름 높은 석학(碩學)이었습니다. 많은 선비들이 그를 존경했지요."

"이것 봐, 송 공자. 살수가 되려면 이것부터 알아두라고. 세상에는 항상 겉으로 드러나지 않은 진실이 숨어 있기 마련이란 사실 말이야. 그 방덕륜이라는 작자가 겉으로 보기에는 제법 그럴듯해 보이는 인물이었지만 실상은 누구보다 비열한 인간이었을 수도 있다는 이야기지. 살수는 항상 보통 사람들이 보지 못하는 곳을 살필 줄 알아야 한다니까."

"좋습니다. 일학에게 제가 알지 못하는 어두운 면이 있었다고 치지요. 그런데 지금 저에게 그런 말씀을 하시는 것은 절 받아주시겠다는 의미이신지요?"

"어쩌겠어. 죽일 수도 없고. 내가 송 공자를 죽이면 아마도 천학과 귀령파파가 땅 끝까지라도 날 쫓아올 거야. 그 두 사람은 한천녀와 더불어 나와 친분이 있는 유일한 사람들인데 그런 사람들에게 쫓길 수야 없지."

"감사합니다, 어르신."

오랜만에 송문악이 의자에서 엉덩이를 털고 일어나 고산앙에게 고개를 숙여 보였다. 천학과 귀령파파를 끌어다 댄 것은 그저 핑계에 지나지 않을 것이다. 살황 고산앙에게는 그토록 거부하던 송문악을 곁에 두려는 다른 이유가 있을 테지만 송문악은 그게 무엇인지 상관없었다. 이유가 어찌 됐든 그는 살황 고산앙의 곁에 머물 수 있으면 족했다.

"고마울 건 없어. 내가 송 공자에게 가르쳐 줄 것은 채 열 가지도 되지 않으니까. 좋은 살수가 되고 못 되고는 결국 송 공자 자신에게 달려 있다는 것을 명심해."

"알겠습니다, 어르신."

"좋아. 그럼 오늘은 이만 돌아가. 그리고 한 달 뒤에 성 밖에서 보기로 하지."

"성 밖에서 말입니까?"

"그래. 한 번은 몰라도 두 번 이곳을 방문한다면 사람들의 의심을 받게 될 거야. 난 한 달 뒤에 이곳 일을 정리하고 낙양을 떠날 거야. 그러니 송 공자도 한 달 뒤에 이곳을 떠날 준비를 하라구. 성 밖 남쪽으로 하룻길을 가면 원앙교라는 낡은 석교(石橋)가 하나 있는데 그 주변으로 적지 않은 노점상들이 모여 있지. 그곳에서 만나자구. 그리고 당연한 일이겠지만, 천학과 귀령파파는 함께 오면 안 돼! 난 다른 사람이 내 생활에 끼어드는 것은 질색이니까. 타인을 곁에 두는 것은 정말 내 일생에 처음 있는 일이라구."

"알겠습니다, 어르신. 그럼 한 달 뒤에 뵙지요."

"좋아. 그럼 가봐. 나가는 길은 알겠지?"

"그럼요. 길을 잃을 정도로 눈이 어둡지는 않습니다."

송문악이 살짝 미소를 지어 보인 후, 몸을 돌려 길을 막고 있는 고깃덩어리들을 밀치며 어두운 입구를 향해 천천히 걸어나가기 시작했다. 고산앙은 송문악이 완전히 건물을 벗어나자 고개를 갸웃거리며 중얼거렸다.

"이상한 일이야. 내가 저 아이를 곁에 두기로 하다니……. 제길, 옆에 사람을 두는 것은 위험한 일인데… 내가 늙은 건가? 그래도 뭐, 천학과 귀령파파에게 배웠다면 내가 신경 써줄 일은 별로 없겠지. 무공으로 보자면 나보다도 뛰어날지 모르니까. 그리고 어차피 긴 여행을 해야 할 테니 옆에 동행이 있는 것도 나쁘지는 않을 거야."

말가(末街)를 나서는 순간 송문악은 누군가 자신을 기다리고 있었다는 것을 깨달았다. 그들은 말가의 북쪽 입구가 바라보이는 작은 주루에서 송문악이 말가에서 나오기를 기다리고 있었다. 하지만 그가 말가를 벗어난 이후에도 상대는 그의 앞에 나타나지 않았다. 그저 말가를 벗어나 낙양의 번화가로 들어서는 송문악을 멀리서 주시하고 있을 뿐이었다. 또한 말가를 떠난 송문악을 더 이상 뒤따르지도 않았다.

'흠, 내가 나온 뒤 말가를 뒤져 볼 생각인 모양이군. 하하, 고생깨나 하겠는데?'

온갖 악취와 더러움이 공존하는 말가를 수색하는 것은 그리 쉬운 일이 아니었다. 더군다나 말가의 사람들은 이방인에 대해선 극도로 폐쇄적인 성향을 가지고 있는 사람들. 아무리 낙양대인 여적산 밑에서 밥을 먹는 사람들이라 하더라도 말가를 조사하는 일은 곤욕일 터였다.

'또한 살황 어른의 존재를 알아낼 리도 없지. 보아하니 말가의 사람들은 살황 어른을 몹시 두려워하는 것 같았으니까. 자, 그럼 고생들 하라구.'

예상대로 송문악의 모습이 낙양의 어둠 속으로 사라지자, 말가 입구에 불쑥 두 사람의 신형이 모습을 드러냈다.

"제길, 하필이면 말가라니……."

그중 한 명이 눈살을 찌푸리며 말했다.

"그래도 어쩌겠나. 여 공자의 특별한 명이 있었으니 들어가 살펴볼밖에."

"난감한 일이야. 말가의 족속들은 낙양대인 여적산이라는 이름을 들이대도 콧방귀도 뀌지 않는 것들인데 말이야."

"시늉이라도 하세. 싫다고 하지 않으면 여 대인 밑에서 밥 빌어먹기를 포기해야 할 테니까."

"그나저나 저자도 대단한 자야. 여 대인의 아들이자 화산의 제자인 여 공자를 망신 주고도 저렇게 낙양 거리를 휘젓고 돌아다니다니 말이야."

"그만한 인물이니까 여 공자와의 시비를 피하지 않았겠지."

"하긴, 그의 무공은 적어도 여 공자보다 한 수 위였다고 하더군."

"괜히 여 공자가 있는 곳에서 그런 말 말게. 낭패를 볼 수 있으니."

"내가 어찌 여 공자의 성정을 모르겠나. 자, 어서 들어가 보세. 제길, 한 며칠은 욕탕에서 살게 생겼군."

두 사람이 인상을 찡그리며 말가의 허름한 골목길 사이로 발걸음을 옮겨놓기 시작했다.

장원으로 돌아온 송문악은 장사성과 귀령파파에게 자신이 한 달 뒤에 낙양성을 떠날 것이라는 사실을 알렸다. 송문악의 이야기를 들은 두 사람은 일단 이 낙양 땅에 살황 고산앙이 있다는 사실에 한 번 놀랐고, 그가 송문악을 곁에 두기로 했다는 사실에 두 번 놀랐다.

"그가 정말 너와 함께 지내기로 했단 말이냐?"

귀령파파가 믿기지 않는다는 듯 물었다.

"그렇습니다."

송문악이 선뜻 고개를 끄덕였다. 대답과 함께 행동으로 자신이 살황 고산앙과 함께 지내기로 했다는 것을 확신시켜 주는 송문악이었다.

"허! 이건 정말 놀라운 일이군. 물론 네가 원한 대로 일이 진행된 것은 기쁜 일이다만 살황이 누군가와 함께 지내겠다고 결정한 것은 정말 특별한 일이야."

"문악이 마음에 들었나 보지요."

귀령파파의 놀람에 장사성이 입가에 미소를 지으며 말했다.

"아무리 그가 문악이 마음에 들었다고 해도 쉬운 결정은 아니었을 거요. 아아! 드디어 살황도 늙은 것인가? 그렇다면 살수로서는 위험한 일인데……."

"좋은 쪽으로 생각하시지요."

"그럽시다. 이제 문악이 그와 함께 있기로 했으니 좋은 쪽으로 생각해야겠지. 그나저나 한 달 뒤에 떠난다고?"

"그렇습니다. 살황 어른께서는 이곳의 일이 모두 끝났다고 하더군요."

순간 장사성과 귀령파파의 눈에 이채가 서렸다.

"이곳의 일이 모두 끝났다고 했단 말이지? 그렇다면 역시 그 일은……?"

"살황 어른의 일이었다고 하더군요."

"역시 그렇군. 하지만 그것 또한 뜻밖의 일이군. 본시 살황은 죽을 만한 자만을 골라 청부를 받는 것으로 유명한 데……."

"그가 우리가 알고 있듯 그렇게 공명정대한 인물은 아니었나 봅니다."

일학 방덕륜의 죽음에 대한 이야기였다.

"하긴, 사람의 본모습은 항상 예상하기 힘든 법이니까. 그나저나 우린 결국 이 낙양에서 헤어져야겠구나."

"흐흐, 그렇군. 비록 살황이 널 받아들이기로 했다지만, 그 성격에 우리까지 자신의 생활에 끼어드는 것을 용납할 리 없지."

장사성의 말에 귀령파파 이설이 맞장구를 쳤다.

"그럼 이제 우리도 이별인가?"

장사성이 문득 아쉬움을 드러내며 중얼거렸다. 그러자 갑자기 세 사람 사이에 침묵이 찾아들었다. 이들 삼 인이 함께 생활한 것도 오 년이 훌쩍 지나 있었다. 신기루의 고수들에게 쫓기던 어린 소년 송문악은 이미 장성한 청년으로 변해 있었고, 귀령파파와 장사성은 또 그만큼 늙어 있었다.

시간은 정(情)을 만든다. 지난 오 년 동안 세 사람 사이에 만들어진 정은 친혈육 못지않았다. 그리고 그 정이란 놈은 젊은이보다는 나이 든 사람들에게 더 깊은 자국을 남기는 법이었다. 장사성과 귀령파파 이설의 얼굴에 쓸쓸함이 찾아든 것은 당연한 일이었다.

"곧 다시 만나게 될 텐데요."

두 노인의 심사를 헤아린 송문악이 먼저 침묵을 깨고 웃으며 입을 열었다.

"얼마나 걸릴까?"

귀령파파 이설이 물었다.

"알 수 없지요."

장사성이 송문악 대신 대답하며 고개를 저었다. 그제야 귀령파파 이설도 자신의 질문이 잘못되었다는 것을 깨달았다. 송문악이 살황 고산앙과 얼마의 시간을 함께 보낼지는 아무도 알 수 없는 일이었다. 그것은 아마도 송문악 자신도 모르는 일일 터이다.

"부탁드릴 일이 있습니다."

송문악이 장사성을 보며 말했다.

"무슨 일이냐? 어차피 할 일도 없던 차다."

"운남엘 좀 다녀와 주십시오."

"운남엘?"

송문악이 고개를 끄덕였다.

"운남에는 왜?"

"곤명에서 누굴 만나기로 했는데… 제가 약속을 못 지키게 되어서……."

"그러니까 나더러 네가 만나려 한 사람을 대신 만나달란 이야기구나. 그가 누구냐? 네가 나에게 대신 가줄 것을 부탁

하는 걸 보면 무척 중요한 인물인 듯한데……."

"도문의 무각 아저씨입니다."

"아! 그 도문 오군자의 후인(後人)? 너와 함께 원강에서 돌아왔다는."

"맞습니다. 당시 전 무각 아저씨와 오 년 후 매년 시월 보름 곤명성 서문 밖에 있는 오래된 느티나무 아래에서 만나기로 했었습니다. 그런데 제가 살황 어른을 따라가게 되어 그 약속을 지킬 수 없게 된 것이지요."

"흐흠, 곤명이라……. 먼 길이군."

"하지만 이 아이와 헤어진 후 어디 갈 곳도 없으니 그곳에 가보는 것도 괜찮지 않겠소, 천학?"

"귀령파파께서도 같이 가시겠습니까?"

"왜요? 이 늙은이가 귀찮아진 것이오?"

"하하, 그럴 리가요. 혼자 갈 생각을 하니 막막했는데 파파께서 동행해 주시겠다면 저야 좋지요."

"두 분 어른께 고생을 시키는군요."

송문악이 두 사람에게 머리를 조아렸다.

"괜찮다. 어차피 한곳에 머물 생각은 아니었으니까. 그런데 그 무각이란 사람은 그동안 어디에 있었던 것이냐?"

"헤어질 당시 사천으로 가신다고 했습니다."

"사천?"

"예, 그곳에 도문(盜門)의 재물들을 모아놓은 곳이 있다고 하더군요. 아마도 그것들을 이용해 신기루에 대항할 준비를 하고 계셨을 겁니다. 그리고 도문의 절기 중 몇 가지를 더 수련하시겠다는 말씀도 있었지요."

"으음, 도문의 재물이라면 그 양이 적지 않겠지. 또한 돈은 귀신도 부리는 법이고… 어쩌면 적지 않게 도움이 될 수도 있겠구나."

"두 분께서 도와주신다면 아마 무각 아저씨가 준비하는 것들은 더욱 쓸모가 있겠지요."

"그러고 보니 넌 내가 그를 도와 네가 신기루와 맞설 때 도움이 될 만한 준비를 하라고 날 곤명으로 보내는 것이구나?"

"그럴 리가요. 그저 제가 못 가기에 대신 부탁을 드린 겁니다."

송문악이 짐짓 날카로운 눈으로 자신을 쏘아보는 장사성에게 고개를 저으며 대답했다. 하지만 그의 표정에는 크게 장사성의 의견을 부인하는 빛이 보이지 않았다.

"좋아, 이제 나도 나이가 들어 몸을 움직이기에 힘이 부치니 강호의 일은 너와 같은 젊은 사람에게 주도권을 내줘야겠지. 그러니 어쩔 수 있나. 시키는 대로 할 수밖에."

"어르신도 참."

"하하하, 농이다. 신경 쓰지 말아라. 그건 그렇고, 그럼 우린 어떻게 다시 만날 수 있지?"

"살황 어른을 떠나게 되면 제가 찾아뵙도록 하겠습니다."

"우릴 찾을 수 있단 말이냐?"

장사성의 물음에 송문악이 살짝 미소를 지었다. 그의 가슴 한쪽에서 향충이 꿈틀거렸다.

*　　　　*　　　　*

낙양성 주변에는 농사를 짓거나 성안의 사람들에게 필요한 물건을 공급하며 생활을 이어가는 사람들의 마을이 펼쳐져 있다. 낙양성 남문 밖으로 하룻길 거리에 있는 평사(平沙)라는 마을 또한 그런 마을 중 하나였다. 평사(平沙)라는 이름은 마을 중앙을 관통해 흐르는 폭 이십여 장 넓이의 작은 강을 따라 길게 모래사장이 펼쳐져 있기에 생겨난 이름이었다.

그 강의 중간에 낡은 석교가 있었다. 사람들은 이 석교를 원앙교(鴛鴦橋)라 부른다. 그런데 이 석교의 이름이 처음부터 원앙교는 아니었다고 한다. 평사 마을이 생기기 전 석교는 낙양성으로 들어가기 위해 강을 건널 목적으로 만들어졌었는데, 만들어놓고 보니 길게 이어진 모래사장과 어우러져 무척 운치있는 장소가 되어 성내의 뭇 청춘남녀가 이 석교에서 즐거운 한때를 보내기 시작한 것이 원인이 되어 원앙교라 불려지게 된 것이었다.

그리고 그렇게 원앙교 근처에 사람들이 모여들기 시작하

자 자연스럽게 그 사람들을 상대하는 장사치들이 생겨나고, 장사치들이 모여들자 마을이 형성됐다. 평사 마을은 그렇게 생겨난 마을이었다.

　송문악이 원앙교에 모습을 드러낸 것은 해가 질 무렵이었다. 한천녀 옥소화의 장원을 떠나 하룻길을 걸어 평사 마을에 들어온 송문악은 마을에 도착하자마자 즉시 원앙교를 찾았다. 오늘이 바로 살황 고산앙과 원앙교에서 만나기로 약속한 날이었다.
　송문악이 원앙교에 도착했을 때는 이미 원앙교의 난간을 따라 줄지어 매달린 등불이 석교 주변을 밝히고 있었다. 덕분에 본시 운치있는 원앙교가 밤을 빛내는 등불의 도움을 받아 선남선녀가 즐기기엔 더욱 호적한 분위기를 만들어내고 있었다.
　'없던 정분도 생겨나겠군.'
　송문악이 스스로의 생각에 짐짓 고소를 지었다. 누군가와 걸어보고 싶음 직한 다리임에 분명했고, 원앙교란 이름이 부끄럽지 않은 운치였다. 하지만 그는 이곳에 연인이 아닌 살수의 제왕을 만나러 온 것이다.
　"왔나?"
　원앙교의 운치에 잠시 정신을 빼앗긴 사이, 갑자기 송문악의 어깨에 누군가의 손이 올려졌다.

'언제나 이런 식이군.'

송문악이 철렁 내려앉았던 가슴을 추스르며 자신의 어깨를 잡은 손의 주인을 돌아봤다.

"벌써 와 계셨군요."

그의 모습이 변했다고 해서 그가 살황 고산앙임을 몰라볼 리 없는 송문악이었다. 품속의 향충이 요동치지 않아도 살황 고산앙의 독특한 움직임에 이미 익숙해져 있었다.

"여러 날 되었어. 가자구. 설마 이곳에서 다른 청춘남녀들처럼 달 구경이나 하려는 것은 아니겠지?"

"물론이죠. 더군다나 전 함께 달 구경할 여인도 없습니다."

"괜찮아. 조만간 생길 거야. 송 공자는 잘생겼으니까."

어눌한 말은 여전했다. 그리고 그 어눌한 말투가 고산앙의 말이 진실이라고 믿어지게 만들었다. 송문악은 이 어눌한, 그래서 진심으로 믿겨지는 말투조차도 어쩌면 고산앙이 의도적으로 만든 그의 특징일지도 모른다는 의심을 하며 고산앙의 뒤를 따랐다.

원앙교를 벗어나자 이내 어두운 평사 마을의 골목들이 송문악을 맞았다. 고산앙은 그 골목들을 이리저리 돌아 송문악을 인도하더니 어느 낡은 대장간 앞에서 걸음을 멈췄다. 대장간 앞에는 한 마리 말이 끄는 작은 마차가 한 대 세워져 있었

고, 대장간 안에서는 풍로의 시뻘건 불빛들이 새어 나오고 있
었다.

"다 되었수?"

고산앙이 대장간 안으로 들어서며 물었다.

"다 됐수다."

대장간 안에서 퉁명스런 목소리가 흘러나오더니 고산앙이
대장간의 주인인 듯한 오십대 중반의 사내에게서 두 자루의
짧은 협검을 받아 들고 대장간을 나왔다.

"가자구."

대장간에서 나온 고산앙이 턱으로 마차를 가리켰다.

"지금 이동하는 겁니까?"

고산앙이 대답 대신 고개를 끄덕이고는 자신이 먼저 마부
석에 올라앉았다. 그리고는 송문악의 자리를 만들어주려는
듯 한쪽으로 조금 비켜 앉았다. 그런 고산앙의 모습을 물끄러
미 지켜보던 송문악이 아무 말 않고 고산앙의 옆 자리에 올라
앉았다.

"가자!"

송문악이 마부석에 올라앉자 고산앙이 말고삐를 흔들어
천천히 마차를 출발시켰다.

"언제 다시 오시려우?"

순간 대장간 안에서 대장장이의 목소리가 들려왔다.

"나도 잘 모르겠수. 한 몇 년 걸릴 거요."

"또 검날이 다 상한 다음에야 오겠군."

여전히 대장간 안에서 들려오는 목소리는 퉁명스럽다.

"잘 있구려."

이미 마차는 대장간에서 꽤 멀어지고 있었다.

"아는 사람이었습니까?"

송문악이 뜻밖이라는 듯 물었다.

"이 검을 만든 사람이지."

고산앙이 역시 어눌한 목소리로 대답했다.

"오래전부터 아는 사이였군요?"

"검을 손질할 수 있는 유일한 사람이니까."

여전히 고산앙의 말투는 투박했다. 마차는 다시 원앙교의 밝은 등불 아래로 진입해 들어갔다. 그리곤 원앙교를 건너 남쪽을 향해 달리기 시작했다.

*　　　　*　　　　*

"초보자는 일단 먼 거리부터 시작해야 해."

송문악은 철궁을 손에 들고 있었다. 고산앙은 그런 송문악의 뒤에 웅크리고 앉아 있었고, 두 사람 앞에는 커다란 바위가 시야를 가리고 있었다. 바위 아래쪽으로는 시원하게 수림이 펼쳐 있었는데, 그 숲 속에서 몇 마리의 사슴이 풀을 뜯고 있었다.

"자, 시작해 보자구."

고산앙이 송문악의 어깨를 한번 툭 치더니 자리에서 일어났다. 그리곤 성큼성큼 앞으로 걸어가기 시작했다. 송문악은 그런 고산앙의 모습을 물끄러미 지켜볼 뿐 몸 일으키기를 망설였다. 그러자 몇 걸음 앞으로 나가던 고산앙이 몸을 돌려 송문악에게 손짓을 했다.

송문악은 고산앙의 재촉을 받고 어쩔 수 없다는 듯 철궁을 들고 자리에서 일어났다. 그리곤 고산앙이 앞서 걸어간 숲으로 걸음을 들여놨다. 그 순간 평화롭게 풀을 뜯고 있던 숲 속의 사슴들이 몸을 멈칫거리더니 어느새 고개를 돌려 고산앙과 송문악을 발견하고는 급히 숲 속으로 사라졌다. 송문악이 그 모습을 보고는 허탈한 듯 철궁을 들고 있던 손을 떨어뜨렸다. 고산앙이 그런 송문악에게로 다가왔다.

"괜찮아. 처음엔 다 그래."

"뭐가 잘못된 겁니까?"

"잘못한 것은 없어. 익숙하지 않은 것뿐이지."

"전 분명 진기를 끌어올리고 호흡을 멈춰 기척을 죽였습니다만……."

송문악의 말에 고산앙이 고개를 저었다.

"그게 아니야. 숨은 쉬어도 돼. 단지… 말로 설명하긴 뭐하지만 그저 자연스럽게 움직이면 되는 거야. 오히려 숨을 쉬지 않으면 더 문제가 될 수 있어. 어쨌든 사람이 숨을 쉬지 않는다는 것은 자연스러운 일이 아니니까. 숨을 쉬되 자신이 목표로 하는 것들과 같은 박자로 숨을 쉬어야 하는 거야. 어쩌면 송 공자는 사슴에 대해 자신도 모르는 사이 살기를 일으켰을 수도 있어. 송 공자의 손에 들린 그 철궁은 이미 그 자체로 살기를 지닌 물건이거든. 그 물건을 드는 순간 송 공자의 마음속에는 자신도 모르는 사이에 목표에 대한 살기가 깃들었을 거야. 한눈에 보아도 송 공자는 무척 긴장해 있었으니까."

"과연 제가 어르신과 같은 경지에 이를 수 있을까요? 이건 무공을 익히는 것과는 무척 다르군요."

"그건 나도 장담할 수 없어. 나도 어떻게 가르쳐 주기 힘든 일이니까. 그저 나와 함께 있는 동안 자연스럽게 익혀지길 바라는 수밖에. 이게 내가 송 공자에게 알려줄 첫 번째 기술이야. 말했지만 내가 가르쳐 줄 것은 채 열 가지가 되지 않아. 하지만 그걸 익히는 것은 그리 쉬운 일이 아닐 거야. 그만 가자고."

고산앙이 송문악을 지나쳐 그들이 처음 몸을 숨기고 있던 바위 쪽으로 걸음을 옮겼다. 송문악의 얼굴에 일순 난감함이 떠올랐다.

'어쩌면 선천적으로 타고나야 가능한 것일 수도.'

송문악은 기억하고 있었다, 고산앙이 숲을 향해 걸어나갈 때는 숲의 어떤 존재들도 자신의 자리에서 움직이지 않았다는 것을. 그러나 자신이 호흡을 정지하고 숲으로 걸어나갔을 때는 단 한 걸음도 움직이기 전에 숲의 동물들이 자신의 기척을 알아채고 움직였던 것이다.

"이건 구명사심술과는 또 다르군."

송문악이 중얼거렸다. 구명사심술은 숨을 끊고 몸을 움직이지 않음으로써 사람의 이목을 피하는 것이지만 고산앙이 요구하는 것은 스스로 몸을 드러내고도 자신의 기척을 숨기는 일이었다. 그것이 살황 고산앙이 송문악에게 전수한 살법의 첫 번째 가르침이었다.

송문악과 고산앙을 태운 마차가 관도를 따라 천천히 이동하고 있었다. 나른한 오후였다. 관도를 지나가는 몇몇 마차와 행인들이 있기는 했지만 그리 자주는 아니었다. 송문악은 무료한 여행을 고산앙에게서 배운 몇 개의 살법에 대해 고심하는 것으로 보내고 있었다. 고산앙은 그런 송문악을 내버려 둔 채 묵묵히 마차를 몰았다.

그때 멀리서 한 대의 마차가 나타나더니 천천히 두 사람이 타고 있는 마차 앞으로 다가왔다 뒤쪽으로 사라져 갔다. 그들의 곁을 지나간 마차는 제법 요란한 소리를 내며 지나갔기에 송문악도 고개를 돌려 흘낏 마차를 봤다. 한 명의 노인과 한 명의 젊은이가 마부석에 앉아 있었는데 아마도 마을과 마을 사이를 오가는 상인들인 듯했다.

송문악은 마차가 자신들 뒤쪽으로 사라져 가자 다시 생각에 잠기기 시작했다. 그때 문득 고산앙이 입을 열었다.

"송 공자, 혹 좀 전에 지나간 마차에 탄 사람들을 보았나?"

송문악은 갑작스런 질문에 의아해하면서도 고개를 끄덕였다.

"예, 보았습니다만, 그건 왜?"

"혹 그들의 얼굴을 기억하겠어?"

"한 명의 노인과 한 명의 청년이더군요."

"아니, 내 말은 그 말이 아니라, 그들을 다시 본다면 얼굴을 알아볼 수 있겠냐는 것일세."

"글쎄요?"

송문악이 고개를 갸웃거리며 방금 스치듯 본 두 사람의 얼굴을 떠올려 보았다. 하지만 잠시 후 송문악은 자신의 머릿속에 그 두 사람의 얼굴에 대한 기억이 전혀 남아 있지 않다는 것을 깨달았다. 오로지 그들이 한 명의 젊은이와 한 명의 노인이었다는 것밖에는 생각나는 것이 없었다.

"알아볼 수 없을 것 같군요."

송문악의 말에 고산앙이 고개를 끄덕였다.

"왜 기억할 수 없을 것 같은가?"

계속되는 질문에 송문악이 고개를 저었다.

"잘 모르겠군요."

"자, 이거 봐, 송 공자. 이것이 내가 자네에게 가르쳐 주는 또 하나의 기술이야. 사람은 본래 자신의 눈앞에 있던 사람도 그 사람이 자신과 큰 관련이 없다면 그 얼굴을 기억하지 못하는 법이라고. 즉 자네가 어떤 사람을 죽이려 할 때, 항상 그 사람의 곁에 있는 사람이지만 그가 전혀 관심을 가지고 있지 않는 사람이 있다면 자네가 그를 대신해도 자네가 죽이려는 자는 사람이 바뀌었다는 것을 눈치 채지 못할 거란 말이지. 분위기만 비슷하다면 말이야."

"그게 정말입니까?"

송문악이 놀라며 되물었다. 어떻게 그런 일이 일어날 수 있단 말인가. 눈앞에서 사람이 바뀌어도 눈치 챌 수 없다니……. 그러자 고산앙이 확신에 찬 어조로 대답했다.

"믿지 못하겠어? 하지만 이것은 거짓이 아니야. 송 공자가 바로 그런 장면을 보았으니까."

"제가 언제……?"

"송 공자는 일학 방덕륜이 죽는 것을 보지 않았나?"

"그럼, 그때 쓰신 방법이……?"

송문악의 질문에 고산앙이 고개를 끄덕였다.

"본시 일학 방덕륜과 그 제자들은 사람들의 존경을 한 몸에 받는 대단한 사람들이라고 알려져 있지만, 글을 많이 읽었다고 그 사람 됨됨이마저 훌륭한 것은 아니야. 처음에 난 일학 방덕륜에 대한 청부가 들어왔을 때 그것을 거절하려 했어. 왜냐하면 난 글을 많이 읽은 사람들을 몹시 존경하거든. 이런 말을 하긴 창피하지만 난 솔직히 알고 있는 글자가 채 천여 자가 안 돼. 평생 소나 잡으며 살아온 백정이니 글은 배워 뭐 하겠어. 그래서 난 항상 선비들은 대단히 훌륭한 사람들이라 고 지레짐작하고 있었지. 그런데 이번에 그중에서도 가장 뛰 어난 자 중 한 명이라고 알려진 일학 방덕륜에 대한 청부가 들어왔으니 내가 얼마나 놀랐겠어."

"그런데 왜 그 청부를 받아들이셨나요?"

"처음에는 거절하려 했지. 그런데 청부자가 말한 청부의 이유가 마음에 걸렸어. 그래서 그 대단한 학자라는 방가의 뒷 조사를 좀 해봤지. 그런데 참으로 못된 놈이더군."

"그의 또 다른 면을 보셨군요."

"그렇지. 그자는 군자입네 하면서도 뒤로는 낙양의 권력자 들과 결탁해서 수많은 사람의 재산을 가로채고, 또 그에 반발 하는 사람들을 무척 험하게 다뤘더군. 내게 청부한 사람은 그 에게 재산을 모두 빼앗긴 자였는데, 재산은 물론 그 딸까지도 그에게 해코지를 당했더구먼. 난 본래 여자를 함부로 대하는 자들을 가장 싫어해."

그 말을 할 때 고산앙의 눈에서 시뻘건 불꽃이 번쩍였다. 그것은 그동안 고산앙의 모습과는 무척 다른 것이었다. 그저 우둔한 시골 촌부의 모습으로 일관했던 그에게서 이토록 강 렬한 살기를 느끼는 것 자체가 송문악에게는 신기한 일이었 다. 고산앙의 말은 계속됐다.

"그런데 그자를 죽이는 것은 그리 쉽지 않더군. 송 공자도 보았겠지만 그자는 주변에 호위무사를 여럿 두고 있었단 말이야. 물론 그자들의 무공도 무척 대단했고 말이야. 접근하기 쉬운 인물이 아니었지."

"그래서 어떤 방법을 쓰신 거죠?"

"송 공자는 그 현장에 있었으니, 어디, 자네가 기억하는 현장에 있던 사람들을 열거해 봐."

"일단 서점 안에 손님들이 있었고, 또 서점에서 손님을 대하는 학인이 몇 있었지요. 그리고 여형초 등과 함께 그를 찾아온 제자들……. 그 이상은 기억이 나지 않는데요?"

"음, 이건 좀 실망인걸?"

고산앙이 살짝 고개를 갸웃거리며 말했다. 그의 목소리는 정말 송문악의 대답에 실망한 듯 들렸다.

"제가 놓친 것이 있습니까?"

"있지. 정확히 말해 그곳에는 자네가 말하지 않은 한 사람이 더 있었다네. 바로 서점 안쪽, 그러니까 학당의 마당 한쪽에 서서 청소를 하던 하인이 바로 그지."

"아, 그러고 보니 그렇군요. 그렇다면?"

"맞아. 내가 바로 그 하인이었지. 난 일을 하기 몇 달 전부터 송학서점에 드나들며 서점과 학당을 살폈지. 그런데 서점에서 일을 하는 학인들이나 서당에 드나드는 사람들은 모두 일학의 제자라는 것을 믿고 몹시 도도하더군. 난 그런 자들의 특징을 익히 알고 있었지. 그들은 자신들이 부리는 자들의 얼굴을 기억하지 못한다는 것이야. 즉, 학당의 마당을 쓰는 하인이 언제나 그 자리에 있다는 것은 알고 있지만, 정작 그가 어떤 얼굴을 하고 있는지는 모른단 말이지. 그리고 사람을 고용해 학당의 잡다한 일 처리를 하는 것은 학당의 총관이라는 나윤호라는 자가 맡고 있었지. 그 나윤호라는 자만이 마당을 쓰는 하인의 얼굴을 알아볼 수 있는 유일한 자였지. 그래서 난 그 마당 쓰는 노인을 다른 곳으로 유인하고 내가 그 자리에 대신 서 있었던 것일세. 물론 그와 비슷하게 모습을 꾸미긴 했지. 그리고 방덕륜의 시선이 떠나는 제자들을 따라 입구 쪽으로 쏠린 순간 일을 벌였던 것이지. 그리고 사람들이 그의 죽음을 알아채기 전에 난 재빨리 다시 마당을 쓰는 하인으로 돌아와 학당 안쪽으로 사라졌던 것일세."

"그 하인은 어떻게 빼돌리셨죠?"

"그는 술을 몹시 좋아했지."

"하지만 나중에라도 그가 자신이 그곳에 있지 않았다는 것을 말할 수도 있지 않을까요?"

"그게 바로 이 일의 묘미지. 보게. 당시 방덕륜의 죽음을 조사하던 자들은 그 누구도 마당 쓰는 하인에 대해선 관심을 두지 않았어. 그들은 아마도 그 시간에 누군가 마당을 쓸고 있다가 사라졌다는 것조차도 기억하지 못할 거야. 왜냐하면 그들은 하찮은 하인에게는 아무 관심이 없는 도도한 사람들이었으니까. 그리고 그들이 그 사실을 추궁하지 않는 이상 자리를 비우고 술을 먹은 자가 스스로 나서서 자신의 행실을 말할리는 없지 않겠어? 일자리를 잃고 싶지 않으면 말이야. 그는 그저 아무 말 없이 그 다음날 그 자리에서 마당을 쓸고 있었을 거야."

송문악은 고산앙의 말에 마치 무엇인가로 머리를 맞은 듯한 충격을 받았다.

"그럼 제게 실망했다는 말씀은……?"

고산앙이 고개를 끄덕였다.

"난 본시 천한 출신이라 그런지 주변의 모든 사람들에게 관심을 가지는 편일세. 그것이 내가 그래도 살수로 제법 대접을 받게 된 이유 중 하나지. 그런데 자네는 당시 송학서점에 있던 사람들 중 마당 쓰는 하인의 존재를 기억하지 못했어. 그리고 조금 전 지나간 마차에 탄 사람들의 얼굴을 기억하지 못했지. 그건 살수에게는 아주 좋지 않은 습관이라네. 살수는 언제나 자신의 주변에 있는 사람들을 기억해 둘 필요가 있단 말이야. 그래야 위험을 피할 수 있고, 또는 누군가를 노릴 수 있는 기회를 잡을 수가 있다구."

고산앙의 말에 송문악이 고개를 끄덕였다.

"오늘의 가르침, 잊지 않겠습니다, 어르신."

"솔직히 정말로 내가 하고 싶은 말은 이거야. 아무리 천한 일을 하는 사람이라도 결코 함부로 대하지 말라는 것일세. 내가 백정 출신이라 그런지 난 좀 잘났다는 사람들이 천민이라고 불리는 사람들을 무시하는 것이 참 보기 싫단 말이야. 더군다나 강호에선 천한 신분으로 위장한 고수들이 무척 많으니까."

"명심하지요, 어르신."

"얘기가 길었어. 지루하지?"

"아뇨, 전혀 그렇지 않습니다. 꼭 살법이 아니더라도 어르신의 말씀은 언제나 제게 큰 도움이 되는군요."

"그렇다면 다행이고. 그나저나 사냥은?"

"조금 성과가 있었습니다. 이제 최소한 이십 장 밖에서는 동물들이 도망가지 않더군요."

"좋아, 송 공자는 역시 재능이 뛰어난 사람이야. 그렇게 빨리 주변 환경에 동화되는 법을 배우다니……."

"모두가 어르신의 가르침 덕분이지요."

"그렇게 생각한다면 고맙구."

두 사람이 서로를 보며 기분 좋은 미소를 지었다.

"그런데 지금 어디로 가시는 겁니까?"

송문악이 문득 궁금한 듯 물었다. 두 사람은 낙양을 떠난 지 한 달 동안 쉬지 않고 이동하고 있었다. 비록 마차를 빠르게 몬 것은 아니었지만, 이미 낙양으로부터 적지 않은 거리에 와 있었다.

"송 공자가 날 찾아온 것은 꼭 살법을 배우려는 목적 때문은 아니지?"

고산앙이 정색을 하고 묻자 송문악이 고개를 끄덕였다.

"그렇습니다. 전 죽이는 방법보다는 죽음을 초연하게 대하시는 어르신의 그 모습을 닮고 싶습니다."

"내가 죽음에 초연한 것처럼 보이나?"

"적어도 저에게는 그렇습니다."

"좋아, 내가 그 방법을 가르쳐 주지."

송문악의 눈이 반짝였다. 그가 가장 듣고 싶은 말이었다.

"죽음에 초연해지는 가장 좋은 방법은 많이 죽여보는 것일세. 즉, 초연해지는 것이 아니라 익숙해진다는 말이 맞겠지. 그리고 난 지금부터 자네에게 죽음을 보여줄 생각이야. 청부를 받았어."

고산앙이 속도가 줄어든 마차의 속도를 높이기 시작했다

第二章

암살(暗殺)

　그가 언제 어떤 방법으로 청부를 받았는지는 알 수 없었다. 아마도 송문악이 모르는 연락 방법을 가지고 있는 듯했다. 어쨌든 살황 고산앙은 낙양을 떠난 지 한 달여의 긴 여행 끝에 절강성 항주로 들어서고 있었다. 눈 돌리지 않고 길을 왔다면 이렇게 길게 걸릴 여행이 아니었으나, 살황 고산앙은 송문악에게 살법의 기초를 가르치는 와중에도 무엇 때문인지 이곳저곳 여러 마을을 돌고 돌아 항주에 도착했던 것이다.

　"송 공자, 항주에 와봤어?"

　문득 살황 고산앙이 물었다. 마차를 호수 변에 난 길 위에 세우고 두 사람은 마차에서 내려 항주의 명소 서호(西湖)를 바라보고 있었다. 소주와 더불어 천하제일의 풍도(風都)로 손꼽히는 항주에서도 서호는 특출난 아름다움으로 사람들의 발길을 잡아끄는 곳이다.

서호의 잔잔한 물결 위에는 풍류를 즐기는 한량들과 그 한량들을 상대하는 기녀들이 띄워놓은 수많은 화선(花船)이 연꽃처럼 떠 있었다. 그리고 두 사람이 서 있는 곳에서 바라보이는 건너편 호숫가 주변으로는 수많은 주루와 객잔이 홍등을 밝히고 취객(醉客)들을 유혹하고 있었다.

"처음입니다."

송문악은 낯설은 정취에 빠진 채 대답했다. 절경이라고 부를 수 있는 여러 곳을 다녀봤지만 이렇게 자연과 사람이 만들어내는 묘한 분위기의 아름다움을 느껴보는 것은 처음이었다.

"세상에 근심이라곤 아무것도 없는 사람들이 모여 사는 곳 같군요."

송문악이 붉은 석양을 벗 삼아 호수 위에서 흥겨운 노래를 부르며 기녀와 함께 술에 취해 있는 풍류객들을 보며 중얼거렸다.

"보기에는 그렇지. 하지만 내가 누누이 말했듯이 한 부류의 사람이 아닌 전체를 봐야 해."

송문악은 살황의 말을 선뜻 이해하지 못하고 고산앙을 돌아봤다.

"항주는 아름다운 곳이야. 그중에서도 이 서호가 가장 유명하지. 이 서호의 물 위에 배를 띄우고 아름다운 여인과 뱃놀이를 하는 사람이라면 송 공자의 말처럼 세상에 근심이라곤 별로 없는 사람들이 분명해. 하지만 그 근심없는 한량들을 상대하는 여인들도 역시 팔자가 좋은 사람들일까? 개중에는 이런 삶이 즐거워 스스로 원한 여인도 있겠지만 대부분은 어려서 돈에 팔려와 어쩔 수 없이 기녀 생활을 하는 사람들이라고. 그러니 눈에 보이는 저 화려함 뒤에는 수많은 여인들의 한이 스며 있는 것이지."

송문악은 여행을 하면서 살황 고산앙으로부터 한 가지 특이한 점을 발견할 수 있었다. 보통의 경우 살황 고산앙은 자신의 눈앞에서 벌어지는 대부분의 일들에 대해 완전히 무관심한 편이었다. 그것은 어쩌면 살수로서 자신의 감정을 완벽하게 조절할 수 있는 경지에 이른 사람의 가장 이상적인 모습과도 같았다.

그런데 그런 고산앙이 작으나마 자신의 감정을 얼핏 드러낼 때가 있었다. 그것은 어떻게 보면 회한 같기도 하고 어떻게 보면 분노 같기도 한 것이었는데, 그가 그런 모습을 보일 때의 상황은 언제나 비슷했다.

"그런 눈으로 보지 마."

송문악이 마치 탐색하듯 자신을 바라보자 고산앙이 멋쩍은 듯 고개를 돌리며 말했다.

"여쭤볼 게 있습니다."

고산앙이 잠시 대답을 멈췄다가 고개를 끄덕였다.

"뭔데?"

"왜 기녀들에 대해 유독 동정심을 가지는 거죠?"

지금껏 고산앙이 어떤 식으로든 자신의 감정을 드러냈을 때는 항상 기녀들이 두 사람의 눈앞에 있었다. 처음에는 눈치챌 수 없었지만, 시간이 지나고 고산앙과 함께 있는 시간이 길어지자 송문악은 이 상황 고산앙이 기녀들을 볼 때면 언제나 조금씩 감정의 흔들림을 보인다는 것을 알 수 있었다.

"눈치 챘군."

고산앙은 마치 치부를 들킨 듯한 표정을 지어 보였다. 송문악은 더 이상 그의 대답을 재촉하지 않고 그저 고산앙 스스로 답하기를 기다렸다. 그가 답을 해주고자 한다면 해줄 것이고, 그렇지 않다면 송문악이 무슨 말을 해도 입을 열지 않을 것이다. 그리고 이런 경우, 그저 상대의 말을 기다리는 쪽이 답을 듣기에 훨씬 수월했다.

"살수는 감정을 조절해야 해. 지나치게 차가워서도 안 되고 지나치게 흥분해서도 안 돼. 적당히… 아주 자연스럽게 자신이 있는 공간과 사람들 속에 스며들어 가야 하지. 그래야 목표에 쉽게 접근할 수가 있단 말이야. 그런 면에서 보자면 난 어느 정도 성공한 살수라고 할 수 있지. 사실 사람들이 내 모습을 대하면 내가 살수일 거라고는 전혀 생각지 않을 테니까."

살황 고산앙이 송문악의 질문과는 다른 쪽에서 이야기를
시작했다. 하지만 송문악은 그가 곧 자신의 궁금증을 풀어줄
것을 알고 있었다. 무슨 이야기부터 시작하든 상관없이 일단
입을 열었다면 그는 곧 송문악이 알고 싶어하는 이야기를 하
게 될 터이다.

　"그런데 말이야, 사람에게는 누구나 약점이 있는 법이야.
아무리 완벽한 사람도 말이야. 음… 이것도 잘 알아둬. 아무
리 완벽한 사람이라도 약점이 있다는 사실 말이야. 살수는 그
약점을 찾아내고 그곳을 파고들어 갈 수 있어야 성공하는 직
업이야. 송 공자가 싸우려는 그 상대도 물론 대단한 존재인
것만은 사실이지만 분명 약점이 있을 거야. 송 공자는 그걸
노려야 한다고. 흠, 그거야 어쨌든 나도 사람이니까 나에게도
감정을 어지럽히는 것이 있을 수밖에 없어. 그게 바로 나에게
있어선 저 사람들, 얼굴에 웃음을 지으며 술과 몸을 팔지만
가슴속에는 지울 수 없는 한을 담고 사는 기녀들이지."

　이야기는 본론으로 들어서고 있었다. 왜 살황 고산앙은 기
녀들을 보면 감정의 흔들림을 겪어야 하는 것일까? 잠시 숨을
고른 고산앙의 이야기가 계속되었다. 송문악은 그가 애써 감
정을 절제하고 있다는 것을 느낄 수 있었다.

　"난 본시 아주 어릴 때부터 백정이었어. 아버지가 백정이
었으니까. 그 일이 무척 싫었지만 어쩔 수 없었지. 어머니와
누이를 먹여 살려야 했으니까 말이야. 참 이상한 게 백정의

아들이 할 수 있는 일은 백정질밖에 없더라고. 제법 이름있는 백정이었지. 내 손에 죽어간 소만 해도 수천 마리는 족히 될 거야. 그 많은 소를 죽이면서 난 죽음에 무감각해졌지. 아니, 무감각해진 것이 아니라 완전히 죽음을 이해했다고 할 수 있을 거야. 난 언제부터인가 소들이 전혀 고통을 느끼지 않게 죽이고 있었어. 소들은 내가 자신들을 죽일 거라는 걸 느끼지 못했던 것이지. 다시 말하자면, 나 자신도 소를 죽이는 일에 대해 완전히 무감각해졌기에 도살할 때 드러나는 살기가 전혀 드러나지 않게 되었던 것이지. 내가 말했지? 죽음에 초연해지는 것은 죽음에 익숙해지는 것과 같다고. 난 수천 마리의 소를 죽이면서 그렇게 되었던 거지."

살황은 타고난 살성이 아니었다. 환경이 그를 살수의 제왕으로 만든 것이었다. 다시 살황 고산앙의 이야기가 중단됐다. 어쩌면 이제야 본격적인 이야기를 시작해야 할 때였지만, 그는 살짝 아미를 모으고 쉽게 이야기를 꺼내지 못했다. 송문악은 여전히 그가 입을 열 때까지 아무 말 없이 기다렸다.

"어느 날 말이야, 집에 돌아갔더니 어머니는 죽어 있고 동생은 보이지 않더군. 동생은 무척 예뻤어. 백정의 자식이 아니라면 아마도 대갓집에 출가해서 평생 호강하며 살았겠지. 난 오랫동안 동생을 찾아다녔어. 그리고 삼 년 만에 동생을 찾았지. 낙양 뒷골목의 홍등가에서였지. 그날 동생과 나는 많은 이야기를 나눴어. 그리고 난 동생이 원하는 대로 동생을 죽여줬지. 절대 고통스럽지 않았을 거야. 왜냐하면 난 내가 할 수 있는 한 최선을 다해 살검을 썼으니까. 그리고 그때부터 난 소가 아니라 사람을 죽이기 시작했지. 물론 가장 첫 번째 일은 동생이 낙양의 홍등가로 오기까지 관여된 모든 사람들이었지. 정확히 아홉 명이었어. 여자도 두 명이나 있었지. 그 이후로는 여자를 죽이는 일은 하지 않지만……."

송문악은 자신만이 가슴속에 한을 품고 사는 것은 아니라는 사실을 우울한 기분 속에서 깨달았다. 어쩌면 살황 고산앙의 과거는 자신보다 더욱 암울한 것일지도 몰랐다. 단 한 가지 사실, 복수의 대상이 자신보다 훨씬 쉬웠던 것을 제외한다면.

"이번 청부는 바로 저런 여인들을 만들어내는 다섯 명의 악인을 상대하는 일이야."

살황 고산앙이 문득 이야기를 돌려 일에 대해 말했다. 그가 일에 대한 이야기를 하기는 이번이 처음이었다.

"항주오랑(杭州五狼)이라고, 정말 독한 놈들이지. 들리는 소문에 의하면 항주의 기녀 중 삼 할은 그놈들이 공급한다고 하더군."

"사람 장사꾼이군요."

"그렇지."

"죽어 마땅한 자들이군요."

"그래서 이 청부를 맡은 거야. 죽어 마땅한 놈들을 상대해야 송 공자의 마음도 그나마 편할 것이 아닌가? 난 송 공자의 아버지를 알고 있어. 물론 본 적은 없지만, 청명검 송무군의 이름은 많이 들었거든. 개봉칠룡이라고, 항주오랑과 비슷한 자들이 있었는데, 바로 송 대협께서 과거에 그들을 제거했지. 나도 그때 개봉에 있어서 그 소문을 들었지. 송 대협은 의(義)가 뭔지 아는 분이셨어. 난 송 공자가 송 대협과 같은 사람이 되길 바래. 상대를 가려서 검을 들길 바란단 말이지. 본래 원한이 깊은 사람은 살성이 되기 쉽거든."

송문악은 고산앙이 무슨 말을 하는지 알 수 있었다. 그는 송문악이 자칫 복수에 휘말려 한 명의 살성이 되는 것을 걱정하고 있었던 것이다. 왜냐하면 그는 이제부터 송문악에게 가장 쉽고 은밀하게 사람을 죽이는 것을 보여주고 또 가르칠 것이기 때문이었다.

"어르신 말씀, 명심하겠습니다."

"좋아. 그럼 이제 다섯 마리의 이리를 만나러 가볼까?"

고산앙이 성큼 걸음을 옮겨 다시 마차에 올라탔다. 송문악도 재빨리 고산앙 옆에 자리를 잡고 앉았다. 마차가 어둑한 저녁 어둠을 뚫고 항주를 향해 달리기 시작했다.

밝음과 어둠, 부와 빈곤, 강자와 약자, 삶과 죽음. 세상의 어느 곳이라도 양면성은 존재한다. 환락의 도읍 항주도 예외는 아니었다. 천하 각지에서 풍류객들이 모여드는 항주에도 빈한한 삶을 이어가는 사람들이 하루의 끼니를 걱정하며 모여 사는 곳이 있었다. 이름하여 하방촌(下方村). 낙양의 말가(末街)와 비슷한 형태의 마을이 항주의 동쪽 대해(大海)로 나가는 길목에 형성되어 있었다.

"나리들, 제발 닷새만 말미를 주십시오. 반드시 돈을 갚겠습니다."

수많은 판잣집들이 늘어선 하방촌의 한쪽 골목, 너무 낡아 올겨울 나기가 어려울 것 같은 판잣집 앞에서 한 명의 노인이 세 사람의 흑의 장한들에게 매달려 통사정을 하고 있었다. 삼 인의 흑의 장한들은 허리춤에 큼지막한 환도를 차고 있어, 보는 사람으로 하여금 자연스럽게 위압감이 들게 했다.

"이것 봐, 오 노인. 사정을 봐주는 것도 한도가 있어. 이미 약속한 날짜가 달포나 지났다구. 우리도 땅 파서 장사하는 게 아니야. 그러니 어서 빌려간 돈을 내놓으라고!"

삼 인의 흑의 장한이 사정하는 노인을 독사 같은 눈으로 노려보며 압박했다.

"나리들, 이제 닷새 후면 그동안 못 받은 품삯을 받을 수 있습니다. 그때까지만 말미를 주십시오. 닷샙니다, 닷새!"

"품삯?"

"그렇습니다. 육 개월 전 석 달 동안 포구에서 일한 삯을 받지 못했는데, 마침 당시 품삯을 주지 않고 항주를 떠났던 장삼이 돌아왔습지요. 오늘 낮에 장삼을 만났는데 다른 곳에서 가져온 물건을 넘기면 손에 돈이 들어온답니다. 그래서 닷새 후에 밀린 품삯을 받기로 했으니 닷새만 말미를 주십시오. 부탁합니다, 나리들."

노인은 자신보다 한참이나 어려 보이는 흑의 장한들에게 거의 엎드려 빌 듯 사정하고 있었다. 그도 그럴 것이, 이들 흑의 장한들은 항주의 밤거리에서 가장 무서운 인물들로 통하는 항주오랑의 수하들이었던 것이다.

항주오랑의 악명은 특히 하방촌에 사는 사람들에겐 지옥의 사신처럼 인식되어 있었는데, 지금껏 항주오랑의 비위를 거스르고 살아남은 자가 단 한 명도 없기 때문이었다. 하방촌은 항주의 빈민들이 모여 사는 곳이라 관의 힘도 미치지 못하는 장소. 항주오랑과 같은 흑도의 거물들은 이곳에서 제왕과 같은 존재였다.

오 노인의 사정에 삼 인의 흑의인 중 한 명이 슬쩍 고개를 돌려 누군가를 쳐다봤다. 흑의인이 시선을 준 곳은 실랑이를 벌이고 있는 네 사람과 조금 떨어진 곳의 낡은 판잣집 처마 아래였다. 그 처마 그늘, 아래 역시 흑의를 걸친 날카로운 눈매의 사내가 네 사람의 실랑이를 보고 있다가 흑의인의 시선을 받자 천천히 처마 아래에서 걸어나왔다.

처마 밑에 있던 흑의인이 밝은 곳으로 모습을 드러내자 그늘에 가려져 있던 그의 진면목이 드러났다. 얼굴 한쪽에 길게 대각선으로 그어진 칼자국, 누구라도 단숨에 목줄을 끊어놓을 것 같은 차가운 안광. 흑의인이 천천히 네 사람 앞으로 걸어오자 오 노인의 다리가 자신도 모르게 후들거리기 시작했다.

"어찌할까요, 오방주님?"

나이 든 노인을 매몰차게 몰아치던 삼 인의 흑의인들이 처마 밑에 있던 자가 나서자 금세 태도를 달리하며 공손하게 물었다.

"누가 돌아왔다고?"

"장삼이라고, 포구에서 일꾼들을 모아 하역을 대행하던 자입니다. 육 개월 전에 일꾼들의 품삯을 떼어먹고 달아났었지요."

"그자가 돌아왔다는 건가?"

그러자 겁에 질려 다리를 떨고 있던 노인이 앞으로 나서며 얼른 대답했다.

"그렇습니다, 오방주님. 그 장삼이 제 밀린 품삯을 분명히 오 일 후에 주겠다고 했습니다요. 그러니 제발 오 일만 기다려 주십시오."

오 노인이 연신 허리를 굽히며 사정했다. 하지만 흑의인의 냉막한 표정에는 아무런 변화가 없었다. 그는 여전히 차가운 눈으로 오 노인을 바라보다가 냉정한 목소리로 말했다.

"그 장삼이라면 나도 좀 알고 있지. 그래서 하는 말인데,

오 노인, 아무래도 노인은 다른 방법으로 빚을 갚아야겠어."

"그, 그게 무슨 말씀이십니까?"

"내 말은 그 장삼은 오 일이 지나도 오 노인에게 품삯을 주지 못할 거란 말이야."

"아, 아닙니다. 장삼이 분명히 제게 약속을 했습니다. 분명히."

"물론 장삼도 그 약속을 지키고 싶겠지. 하지만 그는 그 약속을 지키지 못해. 왜냐하면 그는 오늘 밤 죽을 테니까."

"그… 그게 무슨?"

"내가 장삼 그 이름을 기억하는 이유가 있어. 그놈은 육 개월 전 인부들의 품삯만 떼어먹고 도망친 게 아니야. 당시 그놈은 도방(賭房)에 진 빚을 갚지 못해 항주를 떠난 것이었지. 그리고 그 도방의 주인은 바로 우리 항주오랑이야. 그러니까 그자가 살아남을 수 있겠어? 혹 모르지. 우리에게 진 빚에 그 이자까지 모두 갚는다면 살아날 수 있을지도. 그런데 말이야, 우리 항주오랑의 돈을 쓰면 이자가 보통 비싼 게 아니거든? 물론 오 노인도 알고 있겠지만… 그자는 결코 우리에게 빌린 돈을 갚지 못할 거야. 돈을 갚지 못하면 오늘을 넘기지 못하고 죽을 것이고, 죽은 자에게서 어떻게 오 노인이 품삯을 받아 항주오랑에게 빌린 돈을 갚을 수 있겠는가? 그러니 역시 다른 방법으로 돈을 갚을 궁리를 하는 것이 좋겠어."

오방주라 불린 흑의인의 말에 오 노인이 파랗게 질린 채 더

듬거리며 물었다.

"다른 방법이시라면… 어, 어떻게?"

묻고 있었지만 오 노인은 이미 그 답을 알고 있는 듯했다.

"오 노인, 자식 농사 하나는 잘 지었더군."

얼음보다 차가운 말투다. 오 노인의 얼굴빛이 흑빛으로 변했다.

"오, 오방주님, 그… 그것만은 제발! 제가 반드시 오 일 안에 돈을 갚도록 하겠습니다! 어떻게든 돈을 구해보겠습니다! 그러니 제발 연화만은 제발!"

오 노인이 털썩 오방주 앞에 무릎을 꿇고 사정하기 시작했다. 그의 눈에서 어느새 줄줄 눈물이 흐르고 있었다.

"오 노인, 이건 꼭 나쁜 것만은 아니야. 어차피 이 하방촌에 있어봐야 어느 놈팽이와 혼인해 또다시 비참한 생활을 해야 하는 것이 당신 딸의 운명이라고. 아무리 당신 딸이 아름답고 총명하다고 해도 하방촌에 사는 이상 다른 길은 없어. 그러니 차라리 그 미모로 기루에 든다면 당신 딸은 큰돈을 벌 수 있을 거야. 그러니 이것이 꼭 나쁜 일만은 아니란 말이지."

"제발 오방주님, 연화만은……!"

"끌어내!"

오방주가 오 노인의 사정에 아랑곳하지 않고 차가운 목소리로 명을 내렸다. 오방주의 명을 받은 삼 인의 흑의인이 오 노인의 낡은 판잣집 문을 열고 안으로 막 발을 들여놓으려 할 때였다. 갑자기 어두운 판잣집 안에서 차갑고 냉정한 여인의 목소리가 흘러나왔다.

"그럴 필요 없어요! 내 발로 나가죠!"

여인의 목소리에 밀려나듯 세 명의 흑의인이 다시 판잣집 밖으로 밀려 나왔다. 그리고 그 뒤를 이어 허름한 옷차림을 한, 이제 겨우 십칠, 팔 세가 될까 말까 한 소녀 한 명이 걸어 나왔다.

"연화야, 들어가거라. 이 아비가 알아서 할 테니 넌 어서 들어가 있어."

오 노인은 모습을 드러낸 자신의 딸을 억지로 집 안으로 밀어 넣으려는 듯 소녀의 앞을 막아섰다.

"됐어요, 아버지. 어쩔 수 없는 일이에요. 아버지도 이미 알고 계시잖아요. 이 하방촌에서 항주오랑의 눈에 들어 벗어난 사람이 없다는 것을요. 어쩔 수 없는 일이에요."

"연화야, 이 아비는 널 절대 보낼 수 없다."

"아버지, 저 사람의 말이 맞을 수도 있어요. 어차피 저들의 손에서 벗어나지 못한다면 기녀가 되어 아버지를 꼭 이 하방촌에서 벗어나게 해드리겠어요. 그게 이 연화의 운명이라 생각하겠어요."

"여, 연화야……."

"좋아, 역시 총명하군. 이래서 사람은 총명해야 해. 긴 설명을 할 필요가 없지 않은가 말이야. 생각 잘했다. 가진 것이 몸밖에 없으면 그 몸을 잘 굴려 살아가는 것도 좋은 선택이다."

오방주가 소녀를 보며 말했다. 그러자 소녀가 오방주를 노려봤다.

"당신들은 일부러 일을 이렇게 만들었겠죠. 지난 몇 달 동안 아버지는 전혀 일거리를 얻지 못했어요. 바로 당신들이 날 데려가기 위해 일을 그리 꾸민 것이겠지요."

"그런 것까지는 몰라도 된다."

오방주가 차갑게 말했다.

"아뇨. 언제나 기억하고 있겠어요. 그리고 언젠가는 반드시 이 빚을 갚도록 하겠어요."

오방주의 아미가 살짝 모였다.

"뭐, 좋도록 해라. 하지만 지금껏 우리 항주오랑에게 그런 다짐을 한 계집은 수도 없이 많았지만, 단 한 명도 우리에게 빚을 갚은 사람은 없었다. 그러니 큰 기대는 하지 않으마. 가자!"

"다른 사람은 몰라도 난 반드시 이 빚을 갚아줄 거예요."

"그래? 좋아. 넌 눈빛이 좋으니 어디 한번 기대를 해보지. 하지만 일단은 우선 나를 따라가서 네 아비가 진 빚을 먼저 갚아야 한다. 가자."

오방주가 오연화의 다짐 같은 것에는 이골이 난 듯한 표정을 지으며 길을 재촉했다.

"연화야, 안 된다!"

오 노인이 오방주를 따라 걸음을 옮기려는 딸의 옷자락을 잡고 놓아주지 않았다.

"노인, 난 시간이 많은 사람이 아니야."

오방주의 눈에 섬뜩한 기운이 돌며 그의 손이 허리춤에 찬 검을 잡아갔다.

"됐어요. 괜한 짓 하지 말아요. 따라갈 테니까. 아버지, 어쩔 수 없어요. 곧 뵈러 올게요. 이제 그만 보내주세요."

오연화가 오방주의 행동을 제지하며 자신의 옷소매를 잡고 있는 오 노인의 손을 힘주어 떼어내고는 천천히 오방주 곁에 와 섰다.

"여, 연화야!"

오 노인의 입에서 애절한 울음이 흘러나왔다.

"가요!"

오연화가 아비의 울음을 듣기 싫은 듯 오히려 오방주에게 길을 재촉했다.

"좋아, 역시 딸 하나는 잘 키웠군. 가자!"

오방주가 오 노인을 막고 있는 삼 인의 흑의인에게 짧게 명령을 내리고는 먼저 몸을 돌려 오연화의 팔을 잡고 막 걸음을 옮겨놓으려 할 때였다.

'뭐지?'

오방주는 갑자기 뒷덜미에 느껴지는 이상한 기운에 재빨리 그 기운이 전해지는 방향으로 고개를 돌렸다. 순간 그의 눈에 한 명의 차가운 눈동자가 인(印)처럼 박혀들었다. 그는 아주 먼 거리에 있었음에도 마치 아주 가까운 곳에 있는 사람처럼 그 눈동자가 선명하게 오방주의 뇌리에 닥쳐왔다.

"누구?"

오방주의 입에서 무심코 눈동자의 주인에 대한 의문이 흘러나오려는 찰나, 그 검은 눈동자 안에서 한가닥 빛이 번쩍였다.

"크억!"

순간 장내에 한마디 비명성이 터져 나왔다. 그와 동시에 오연화를 잡고 있던 오방주의 손에서 힘이 빠져나가며 그의 신형이 마치 무엇엔가에 강력한 일격을 당한 것처럼 허공으로 떠올라 뒤쪽으로 날아가더니 허름한 판잣집 담벼락에 구겨지듯 처박혔다.

"오방주님!"

오 노인을 막고 있던 삼 인의 흑의인이 갑작스레 일어난 일에 경악하며 오방주가 나뒹굴고 있는 곳으로 다가갔을 때는 이미 그의 숨은 끊어져 있었다. 그리고 그의 목에는 보통 화살 반 정도 길이의 철시가 깊숙이 박혀 있었다.

항주오랑의 다섯째 주광(周光)의 죽음이었다.

"쓸데없는 짓을 했어."

고산앙이 무척 불만스런 표정으로 입을 열었다. 송문악과 고산앙 두 사람은 낮은 지붕들을 날아 넘으며 하방촌을 벗어 나고 있었다. 고산앙의 말에 송문악은 아무 대답도 하지 않았 다.

"아무리 유리한 상황이라도 상대에게 자신의 얼굴을 보여 주는 것은 살수로서 좋은 행동이 아니야. 살수는 일반적인 강 호의 무림인이 아니라구. 상대에게 얼굴을 보여주고 상대를 죽이려면 다른 자들처럼 비무를 하면 돼."

고산앙의 말투가 좀 더 냉정해졌다. 항주오랑의 막내 주 광(周光)을 죽이면서 그에게 자신의 얼굴을 드러낸 송문악을 탓하고 있는 것이었다.

"만에 하나 송 공자의 철시가 빗나갔거나, 혹은 그곳에 있 던 자들 중 누군가가 송 공자의 얼굴을 보았다면 송 공자는 곧 항주오랑의 추격을 받게 되겠지. 물론 일이야 잘 끝났지 만, 이런 이치를 항상 명심해야 해. 상대가 항주오랑이 아니 라 좀 더 강한 자들, 그러니까 송 공자가 목표로 삼고 있는 자 들이라면 오늘 송 공자가 한 행동은 무척 위험했단 말이야."

"앞으로는 그럴 일이 없을 겁니다."

송문악이 담담하게 고산앙의 질책을 받아들였다. 대화를 나누면서도 그들의 신형은 무서운 속도로 하방촌을 벗어나고 있었다.

"전 제 손에 처음 죽어가는 자의 눈을 보고 싶었을 뿐입니다."

"좋아, 알아들었다면 이 일은 다시 거론하지 않지. 누구나 첫 번째 살인은 특별한 느낌으로 다가오는 법이니까. 술 한잔 할까?"

고산앙이 물었다.

"아닙니다. 술기운을 빌 정도는 아니군요."

"좋아, 역시 송 공자는 강한 심성을 가지고 있군. 뭐, 생명이야 누구나 소중한 거지만 세상에는 죽어 마땅한 놈들이 있기 마련이지. 항주오랑은 그 죽어 마땅한 놈들 중 가장 나쁜 놈들이고."

송문악이 대답없이 고개를 끄덕였다. 겉으로 드러나지는 않았지만 첫 살인의 미묘한 충격이 그의 머리를 어지럽히고 있었다.

'익숙해져야겠지. 그러기 위해 살황 어른을 찾아온 것이니까.'

송문악이 지그시 입술을 깨물었다.

"그나저나 오늘 그 주광(周光)이란 녀석과의 거리가 얼마였지?"

"한 이십여 장 정도 되었지요."

"이십여 장이라……. 좋아, 처음치고는 적당한 거리지. 송 공자에게 그 철궁이 있어서 일이 쉽게 풀렸군. 원래 살수에게는 먼 거리에서 정확하게 목표를 공격할 수 있는 무기가 있으면 무척 유리한 법이지. 특히 초보자의 경우에는 말이야."

"어르신께서는 이런 무기를 사용 않으시지 않습니까?"

"물론 지금은 그렇지만 나도 처음에 살법을 배울 때는 궁을 쓰기도 했어."

고산앙의 말에 송문악의 눈이 반짝였다.

"살법을 배우셨다고요?"

그러자 오히려 고산앙이 의아한 표정을 지어 보였다.

"내가 살법을 배웠다는 게 뭐가 이상한가?"

"전 어른께서는 스스로 살법을 터득하신 줄 알고 있었습니다만……."

"송 공자, 생각해 봐. 내가 비록 백정으로 살았고, 또 살법을 배우기도 전에 이미 어머니와 누이의 원한을 갚기 위해 여러 사람을 죽이기는 했지만 강호에서 살수로 밥을 먹고살기에는 그런 조건들만으로는 부족하지 않겠어? 어차피 강호의 살수는 무인을 상대해야 할 테니 말이야. 나에게 살법을 가르쳐 준 양반은 아주 뛰어난 살수는 아니었지만, 최소한 나에게 살법을 가르쳐 줄 만큼 많은 기술을 알고 있었지. 난 운이 좋았어. 내가 누이의 원수를 갚는 장면을 그 양반이 보고 나에게 살법을 가르쳐 주게 되었던 거니까."

송문악이 천천히 고개를 끄덕였다. 살황 고산앙에게도 스승은 있었던 것이다. 물론 그가 전설적인 살수가 된 것은 자라난 환경에 의해 자연스럽게 몸으로 체득한 것들이 바탕이 되었겠지만, 그에게도 역시 살법을 가르쳐 준 스승이 있었던 것이다.

"어쨌든 송 공자의 그 철궁은 몹시 유용한 암살 도구가 될 수 있어. 살행을 나갔을 때는 목표로 한 자를 죽이는 것 말고도 언제나 자신이 살아 돌아올 길을 반드시 준비해야 하는 것이 기본이야. 살객에게 청부란 곧 장사와 마찬가진데, 자신이 죽어버린다면 아무 소용 없는 일이 아니겠어? 그래서 살수에게 먼 거리에서 상대를 죽일 수 있는 병기가 있다면 무척 좋은 일이지. 하지만 이런 식으로 병기의 도움을 받아 살행을 하는 것은 역시 초보자들이나 하는 살행이라 할 수 있어. 전문적인 살수들일수록 병기에 대한 의존도가 낮아지게 마련이지. 왜냐하면 먼 거리에서 목표를 공격하는 것은 살수 자신의 안전은 확보하기 쉽지만, 그만큼 살행에 실패할 확률이 높아지게 마련이거든. 즉, 가장 뛰어난 살수는 단 한 자루의 단검을 지니고도 자신이 목표로 하는 자의 목숨을 정확히 끊어낼 수 있는 자라고 말할 수가 있는 거지. 물론 자신의 안전도 충분히 도모하면서 말이야."

"다시 말해, 어르신과 같은 분이군요. 어르신은 그 짧은 협도만을 사용하시니까요. 하지만 역시 그러기 위해서는 목표물에 가까이 접근해야 하겠군요."

"맞았어. 내가 송 공자에서 제일 먼저 사냥의 방법을 가르친 것은 바로 그 때문이야."

"그럼 이제 제가 할 일은 목표물과의 거리를 점점 좁히는 일이군요."

"역시 송 공자는 똑똑해. 아직 항주오랑 중 네 명이 살아 있으니 그들을 모두 제거할 때까지 송 공자가 얼마나 그들 가까이 접근할 수 있는지 한번 보자구. 물론 한 명 한 명 줄어들 때마다 더욱 어려워질 거야. 그들의 경계가 더욱 삼엄해질 테니까."

"그런데 이번 청부는 누가 한 것인가요?"

"청부자를 말할 수는 없어. 비록 송 공자라고 해도 말이야. 하지만 생각해 보면 짐작하기 어려운 일도 아닐걸?"

"그들이 팔아넘긴 기녀 중 한 명이겠군요."

"역시 쉽게 짐작하는군."

"한천녀 옥소화 어른의 기루에는 많은 기녀들이 있지요."

송문악이 의미심장한 미소를 지었다.

"더 이상은 위험해."

"이제 입을 닫죠."

두 사람이 서로를 보고 씨익 웃었다. 송문악은 첫 살인에 대한 낯선 거부감이 고산앙과의 대화를 통해 서서히 씻겨 나가는 것을 느끼고 있었다.

'역시 좋은 스승을 만났어.'

송문악이 조금 앞서 가는 고산앙의 등을 보며 생각했다.

"사람이 왜 바보 같은 존재인 줄 아나?"

갑자기 고산앙이 물었다. 서호에 배를 띄우고 홍등을 하나 밝혔다. 기녀는 없었지만 운치있는 밤이었다. 수면에 덩그러니 드리운 보름달이 아름답다.

"왜죠?"

송문악이 되물었다. 고산앙도 애초에 송문악이 자신의 질문에 답을 할 수 있으리라 생각지 않았는지 이내 말을 이었다.

"사람이 바보 같은 이유는 시간이 지나면 아무리 힘겹고 두려웠던 일조차도 서서히 잊어버리는 존재이기 때문이지."

송문악이 고개를 갸웃거렸다.

"이 세상에 존재하는 것들 중 인간이 가장 많은 기억을 머릿속에 담고 있지 않습니까?"

"물론 그렇긴 해. 분명 사람의 머리는 아주 많은 것을 기억할 수 있지. 하지만 머리로는 기억하면서 마음은 과거의 일을 잊어버린다네. 그게 바로 인간이 바보 같은 존재인 이유지."

"전 어르신의 말씀을 쉽게 이해하기 어렵군요."

"예를 들면 말이야, 남녀 간의 사랑도, 친구 간의 우정도, 혹은 누군가에 대한 원한도 시간이 지나면 사람들의 마음속에서 그 강도가 약해지다가 어느 순간에는 아주 사라져 버린다는 것일세. 머리가 그 사람을 기억하는 것과는 다르게 말이야. 아주 친하게 지냈던 사람조차도 헤어지고 난 뒤 수십 년이 흐른 후 다시 만났을 때, 과거의 정을 마음속에 되살리는 사람은 거의 없는 것과 마찬가질세. 물론 모두 그런 것은 아니지. 개중에는 그런 감정들을 마음속에 아주 오랫동안 담아 두고 있는 사람들도 있긴 하지. 보통 그런 사람들을 독하다고들 하나? 하하, 장부는 독해야 해. 원한이나 은혜를 쉽게 잊으면 안 되지. 여자도 독한 여자가 좋아. 한번 정을 준 남자를 쉽게 잊으면 안 되지. 그런 면에서 보자면 저 항주오랑은 결코 장부가 될 수 없는 놈들이지."

고산앙의 시선이 문득 서호 변을 따라 늘어선 주루들 앞에 모습을 드러낸 두 명의 흑의인에게 멈춰졌다.

"저들은?"

"바로 항주오랑의 두 놈이지. 그런데 오늘이 항주오랑의 막내가 죽은 지 얼마나 됐지?"

"열흘째입니다."

"결국 저놈들의 인내심이란 열흘짜리란 이야기군."

"그동안 자신들의 거처에 틀어박혀 밖으로 나오지 않던 자들이 오늘은 무슨 일로 모습을 나타낸 걸까요?"

"저게 바로 인간이 바보 같다는 증거야. 저놈들은 자신들의 동료가 죽은 후 무척 겁을 먹었겠지. 왜냐하면 살면서 저

놈들처럼 많은 원한을 만든 놈들도 흔치 않을 테니까. 본래 남에게 원한을 많이 산 놈들이 두려움이 많은 법이거든. 그래서 정체불명의 흉수에게 다섯째가 죽자마자 자신들의 장원에 틀어박혀 밖으로 나오지 않았던 거지. 흉수에 대한 조사는 자신들이 부리는 자들에게 맡겨놓고. 그런데 열흘이 지나도 자신들에게 아무 일도 일어나지 않으니까 처음 가졌던 두려움과 경계심이 차츰 저놈들의 마음속에서 잊혀져 간 거야. 그래서 이제 그 두려움을 잊어버리고 이렇게 밖으로 기어나온 것이란 말이지. 자, 어디 저놈들 곁으로 다가가 볼까?"

고산앙의 말이 끝나자 송문악이 항주오랑 두 명이 모습을 나타낸 호수 변으로 천천히 배를 몰아갔다. 호수에는 수많은 배들이 떠 있었기에 두 사람을 태운 배가 호수 변으로 다가간다고 해서 관심을 갖는 사람은 아무도 없었다.

그들의 배가 항주오랑이 서 있는 호수 변에 거의 다가갔을 때, 항주오랑 두 명이 불쑥 한 주루로 들어갔다.

"조금 늦었군요."

송문악이 아쉬운 듯 말하자 고산앙이 고개를 저었다.

"이 일에서 가장 중요한 것은 인내심이야. 기다리는 거지. 내가 목표를 찾아가는 것이 아니라, 목표가 내 앞에 나타날 때까지 기다리는 것이 가장 좋아. 자, 어차피 저놈들은 언젠가는 주루에서 나와 항주성 내의 자신들 본거지로 돌아갈 테니 우리는 저놈들이 돌아갈 길 어딘가에서 놈들이 오기를 기다리자고."

"제 생각이 짧았군요. 역시 준비하고 기다리는 것이 가장 좋은 방법이죠."

두 사람은 배를 빌렸던 곳에 돌려주고 호수를 벗어났다. 그리곤 마치 유람 온 한량들마냥 천천히 서호의 밤 풍경을 구경하며 항주성 쪽으로 걸음을 옮기기 시작했다.

"창과 도를 준비하지."

서호에서 항주성 내로 이어지는 길목 중간에 사람의 인적이 드문 그늘진 곳에 자리를 잡은 후 고산앙이 송문악을 보며 말했다.

"어떤 병기를 가지고 있지?"

살황 고산앙과 동행하기 시작한 지 얼마 지나지 않았을 때 문득 고산앙이 송문악이 짊어지고 있는 제법 긴 목함을 보며 물었었다. 당시 송문악은 목함을 열어 자신이 가지고 있는 귀곡육보를 고산앙에게 보여줬었다.

"이 병기들을 모두 다룰 줄 아나?"

송문악이 가지고 있는 귀곡육보를 보고는 고산앙이 물었다. 송문악은 그렇다고 대답했다.

"좋아, 아주 좋은 일이야. 무공을 익히는 쪽으로는 모르겠지만 살행을 하는 데는 여러 병기를 다룰 수 있다는 것이 무척 도움이 되는 일이지. 왜냐하면 상황에 맞는 병기를 골라 쓸 수 있으니까."

송문악이 등에 멘 목함을 풀어 마창과 흑도를 꺼냈다. 그리고 두 개로 분리된 마창의 가운데 부분을 연결에 온전한 모습으로 만들었다.

"그 두 병기는 살수가 쓰기에는 좋은 병기가 아니야. 너무 커. 그렇게 큰 병기를 사용하면 그 병기가 자신의 정체를 드러나게 할 수도 있지. 하지만 오늘은 제법 좋은 자리를 골랐으니 그 두 병기를 사용해도 괜찮을 거야. 내가 오늘 그 두 병기를 준비하라고 한 이유는 역시 거리야. 일단 창으로 조금 멀리서 한 놈을 잡고, 그 다음에는 도로 나머지 놈을 처리하지. 도를 사용할 때는 조심해야 해. 왜냐하면 한 놈이 창에 당한 것을 알게 되면 당연히 다른 놈은 이어질 공격에 대비하고 있을 테니까. 적에게 모습을 드러내고 도를 쓰는 것은 좋은 방법은 아니지만 오늘은 송 공자의 실력을 한번 보자구. 그리고 어차피 송 공자가 나에게 배우고자 했던 것은 살법이라기보다는 죽음이었으니까 좀 더 가까이에서 죽음을 경험하는 것도 나쁘지는 않겠지."

고산앙의 말에 송문악은 자신도 모르게 가슴이 떨려오는 것을 느꼈다. 송문악은 이미 한 번의 살인을 경험했다. 하지만 이제 다가올 두 번의 살행은 첫 번째 살행과는 차이가 있었다.

첫 번째 살행은 상대의 근 이십여 장 밖에서 철궁을 이용한 것이었다. 화살이란 묘해서 자신이 쏘아 보낸 화살에 사람이 죽어도 그 느낌은 일단 하나의 벽을 놓고 느껴지는 감각과 같았다. 비록 송문악이 첫 살인 이후 적지 않은 감정의 기복을 겪었지만 그것은 그 일이 끝난 후에 겪은 것들이었다.

하지만 창과 도는 달랐다. 아니, 창은 오히려 화살에 가까울지도 몰랐다. 하지만 도는 눈앞에서 상대의 피가 튀어 오르는 것을 감당해야 하리라.

송문악이 호흡을 가다듬으며 손에 쥔 두 개의 병기를 꽉 움켜쥐었다.

"어느 놈인지 알아내기만 하면 가만두지 않겠수."

길게 몸 앞으로 그림자를 만들며 두 명의 흑의인이 밤길을 걷고 있었다. 그들의 뒤쪽으로는 여전히 화려한 불빛이 일렁이는 서호의 검은 물결이, 그들의 앞쪽으로는 대낮처럼 밝은 항주의 밤거리가 보였다. 하지만 그들이 걷고 있는 길은 그 화려함과 달리 조금 어둑했다. 서호에서 항주성 내로 가는 길 중간에 지나야 하는 작은 숲길을 걷고 있었기 때문이다.

"진정해, 넷째! 이럴 때일수록 침착해야 해!"

"도대체 어떤 놈들일까요?"

"글쎄. 지금으로서야 그걸 어떻게 알겠는가? 우리에게 원한을 품은 자들이 어디 한둘인가?"

"흥! 반드시 어떤 놈의 소행인지 밝혀내고 말겠수. 이 항주 바닥에서 우리의 눈을 피할 수는 없을 테니까."

"하지만 이미 열흘이 지났네. 흉수는 이곳을 벗어났을 수도 있어."

"난 이번 일을 처리하는 대형의 태도가 마음에 들지 않수, 형님!"

"그게 무슨 말인가?"

"지난 열흘 동안 외부 출입을 못하게 한 것 말이우. 열흘이면 흉수가 충분히 도망갈 시간이지 않겠수. 다섯째가 죽었을 때 즉시 우리가 직접 나섰어야 했었는데……."

"하지만 우리가 나서지 않았다 뿐이지 사람을 풀어 항주성 내를 샅샅이 뒤지지 않았나?"

"다른 사람들을 어찌 믿을 수 있겠수. 아마 개중에는 우리 항주오랑이 공격당한 것을 기뻐하는 놈들도 있었을 거요. 그러니 아무런 성과도 없던 것이지. 처음부터 우리가 나섰어야 했는데……."

"대형의 생각이 아주 틀린 것은 아니었네. 당시에는 흉수가 얼마나 강한 자인지 알 수 없었으니까. 오제가 죽은 모습으로 봐서 흉수는 궁술의 달인이 분명해. 우리가 밖으로 나오길 기다리고 있었을 가능성은 충분했다네. 대형은 오제의 죽음보다 나머지 형제들의 목숨을 중하게 생각했던 거야. 그러니 대형을 탓하지 말게."

"뭐, 대형을 탓하자는 것은 아니우. 그저 이번 일을 처리하는 것이 내 마음에 썩 들지 않는다는 것이지. 휴, 잘못하다가는 영 흉수를 찾기는 어려울 것 같수."

"일단 돌아가서 다시 대형과 상의해 보세. 그나저나 이번 일을 저지른 놈은 보통 놈이 아닌 것은 분명해. 어떻게 이렇게 흔적을 남기지 않을 수가 있을까?"

"그러게 말이우. 혹 전문적인 살수가 아닐까요?"

"그럴 가능성도 충분하지. 우리에게 원한을 가진 자들이 살수를 고용했을 가능성은 충분하니까."

"제길! 어디 원한을 가진 놈들이 한둘이라야지."

항주오랑의 두 사내가 두런두런 이야기를 나누며 급히 걸음을 옮기고 있었다. 그들은 열흘 전 발생한 항주오랑의 다섯째 살인 사건의 흉수를 뒤늦게 직접 나서서 찾고 있는 듯했다. 고산앙의 말처럼 자신들의 다섯째 동생이 살해당했을 때의 두려움은 그들에게서 찾아보기 힘들었다. 대신 그 자리를 차지하고 있는 감정은 흉수에 대한 적의였다. 그래서인지 밤길을 가면서도 그들의 경계심은 풀어진 지 오래였다.

그리고 그 허점을 송문악이 노리고 들어왔다.

쐐애애액!

고요한 밤공기를 가르는 차가운 소성. 그 소성에서 느껴지는 서늘한 살기에 항주오랑의 셋째 요광과 넷째 우곽이 급히 고개를 돌려 소리의 실체를 살폈다.

픽!

하지만 흐트러진 경계심에 대한 대가는 여지없이 그중 한 명을 찾아들었다. 한 자루의 검은 창이 항주오랑의 넷째 우곽의 심장을 번개처럼 뚫고 지나갔던 것이다.

"큭!"

동시에 장창에 몸을 관통당한 우곽의 입에서 짧은 신음성이 흘러나오며 그의 몸이 허공으로 붕 떴다가 그대로 길 위에 떨어져 내렸다. 즉사(卽死)였다.

"웬 놈이냐?"

요광은 즉사한 우곽을 돌볼 여유도 찾지 못하고 허리춤에서 도를 빼 들며 장창이 날아온 방향을 노려보며 소리쳤다. 하지만 다음 순간 창이 날아온 방향에 온통 신경이 쏠려 있던 요광이 아차 하는 표정을 지으며 전광석화처럼 몸을 회전시켰다.

"놈!"

동시에 그의 도가 무서운 속도로 회전했다.

웅!

하지만 그의 도는 허무하게 허공을 갈랐다. 동시에 그의 고개가 위로 치켜 올려졌다. 달빛이 무성한 나뭇가지에 가려 일순 시야가 어두워졌다. 순간 한줄기 검은 물체가 무서운 속도로 요광의 몸을 향해 떨어져 내렸다. 요광이 막 자신의 도를

들어 검은 물체를 막아가려는 순간,

서걱!

요광의 귀에 자신의 가슴을 스치고 지나가는 차가운 도성(刀
聲)이 들려왔다. 그리고 그 소리가 의미하는 바를 채 깨닫기도
전에 그의 의식이 끊어졌다.

뒤이어 허공으로부터 송문악의 신형이 장내에 떨어져 내
렸다.

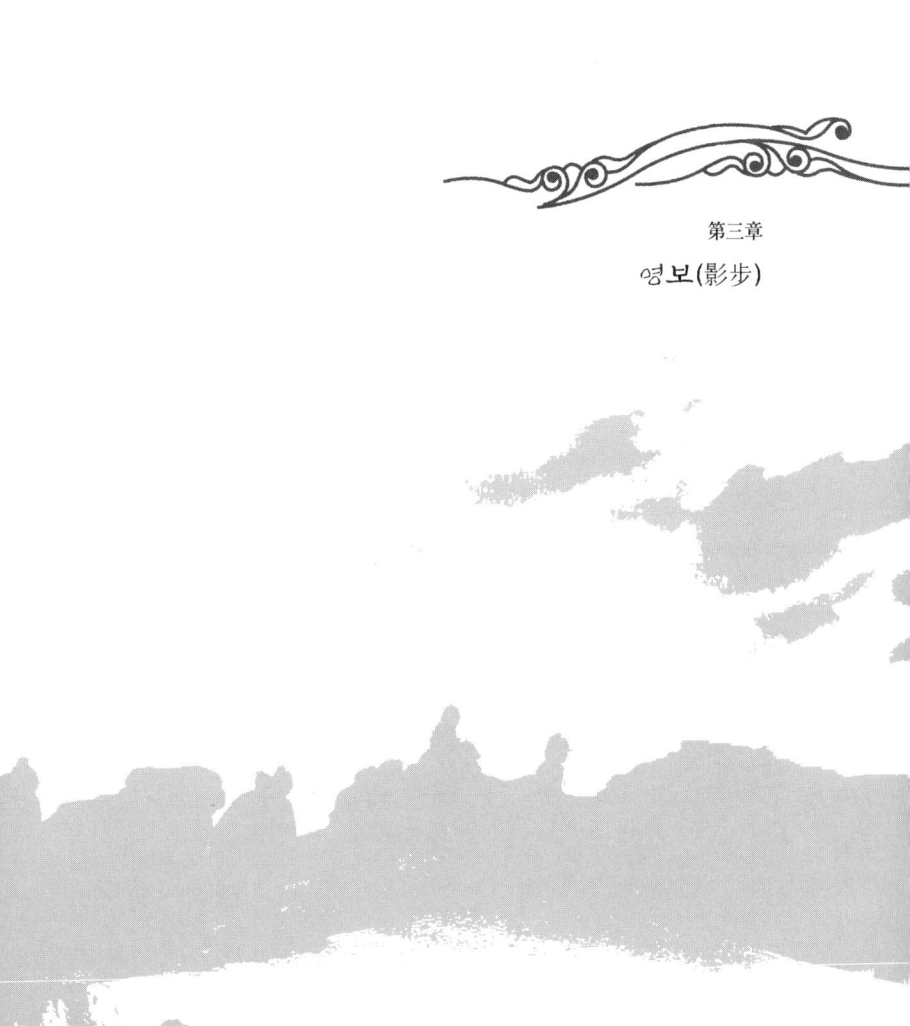

第三章

영보(影步)

송문악과 고산앙이 항주성 내로 들어섰다. 자정을 넘기자 화려한 항주의 시가지도 점차 어둠에 빠져들고 있었다. 성내로 들어선 고산앙이 흘깃 송문악을 바라봤다.

"역시 송 공자에게 살수는 어울리지 않아."

갑작스런 고산앙의 말에 송문악이 되물었다.

"왜 그렇게 생각하신 겁니까?"

"음… 자네의 무공은 이미 나보다 뛰어나네. 만약 우리 두 사람이 백주에 비무를 한다면 난 도저히 자넬 이길 수 없을 거야. 내가 비록 살수이기는 해도 강호십대괴객의 일인이거든. 제법 쓸 만한 무공을 가지고 있다는 얘기지. 그런데 오늘 송 공자가 그 두 놈을 베는 것을 보니 난 도저히 송 공자의 상대가 되지 않겠더라고. 송 공자의 나이는 아직 어린 편이지. 그런데도 지금 그 정도의 무공을 가지고 있다면 몇 년이 지난 후에는 정말 무서운 사람이 되어 있을 거야. 그런 무공을 가진 사람에게 살수는 어울리지 않는 것이지. 본시 살수는 강호에서도 가장 천박하게 취급되는 존재들이거든. 인간 백정이 아닌가."

고산앙은 송문악의 무공에 적이 놀란 것이 분명했다. 송문악이 귀곡의 진전을 이었고, 또한 여러 해 동안 귀령파파와 천학 장사성의 가르침을 받았으니 단순치 않은 무공을 지니고 있을 것이란 예상은 이미 하고 있었으나, 오늘 밤 항주오랑 중 둘을 베어내는 송문악의 무공은 고산앙의 예상을 훨씬 뛰어넘는 경지였던 것이다.

송문악이 항주오랑의 넷째 우곽을 향해 마창을 던져 낸 것은 그와의 거리가 칠팔 장 안으로 줄어들었을 때, 묵빛 창신(槍身)이 특징인 마창은 마치 한줄기 화살처럼 공기를 가르며 정확히 우곽의 심장을 관통했다. 창을 던져 낸 거리와 비록 흑도의 인물이긴 하지만 낙양의 밤거리를 주름잡는 우곽의 무공을 생각하자면 놀라운 창술이라 아니 할 수 없었다.

하지만 고산앙을 정작 놀라게 한 것은 그 다음의 일이었다. 한 자루 흑도를 빼 들고 우곽의 죽음에 당황하는 요광을 향해 달려드는 송문악의 움직임이란 살수의 제왕이라는 고산앙이 보아도 감탄스러운 것이었다. 요광은 송문악의 도에 죽을 때까지 단 한순간도 송문악의 신형을 자신의 시야에 잡아내지 못했던 것이다.

상대의 시선 사각을 파고들어 접근한 후 바로 공격하지 않고 허공으로 몸을 솟구쳐 달빛을 가린 무성한 나무 그늘에 몸을 숨긴 후, 일도를 내려쳐 무방비 상태의 요광을 벤 송문악의 움직임은 수십 년 강호를 전전한 무림의 노련한 고수도 쉽게 보여줄 수 없는 움직임이었다. 송문악이 두 명의 항주오랑을 베는 데에 걸린 시간은 고산앙이 송문악을 따라 움직이기 시작하여 채 다섯 걸음을 떼지 않은 때였을 만큼 짧은 시간이기도 했다.

항주를 주름잡는 항주오랑의 두 흑도 고수가 단 한 번의 반격도 하지 못하고 속절없이 죽어갈 만큼 빠르고 강력한 공격에는 십대괴객 고산앙도 고개를 저을 수밖에 없었다.

"기습이었으니까요."

송문악이 고산앙의 칭찬이 부담스러운지 슬쩍 핑계를 끌어댔다.

"내가 말하고자 하는 것은 그 두 놈이 반항 한번 못해보고 죽은 사실이 아니야. 송 공자의 움직임과 창과 도의 매서움을 이야기한 것이지. 난 살법을 이야기하는 게 아니라 송 공자의 무공을 이야기하고 있는 거라니까."

고산앙이 자신의 고집을 굽히지 않았다.

"그래도 역시 어르신께 배워야 할 게 많지요. 그리고 제가 무공을 익히는 것은 무림에서 명성을 얻기 위해서가 아닙니다. 그러니 제가 살수가 된다고 하여도 아쉬울 것은 없지요."

침착한 목소리로 대답하는 송문악을 고산앙이 물끄러미 바라보다가 불쑥 물었다.

"이제 죽음엔 익숙해졌나? 자네는 그 둘을 베고도 흔들리지 않더군."

"글쎄요. 좀 공허하군요."

"본시 목숨이란 허망한 것이야. 단 한순간에 이승과 저승이 갈리지."

"어쨌든 이제 그들을 만나면 망설이지 않고 검을 뽑을 수 있을 것 같습니다."

"좋아, 그건 되었군. 그런데도 여전히 나에게 배울 게 있다고 생각하나? 본래 송 공자는 죽음에 익숙해지기 위해 날 찾은 것이 아니었나?"

"이제 겨우 세 번째입니다. 익숙해진 것은 아니지요. 더군다나 무심하기에는 더더욱. 그리고 어르신의 살법을 전 아직 완전하게 보지 못했습니다."

"그래? 하긴 죽음에 무심해지는 것은 아주 많은 경험을 해야 가능한 일이지. 그것은 결국 시간이 해결해 줄 문제고. 내 살법을 보고 싶다고? 좋아, 그럼 이제 내 살법을 보여주지. 자네가 굳이 살법을 배우겠다면 말이야."

　고산앙은 하루 종일 송문악을 데리고 항주 시내를 맴돌았다. 항주에 도착한 이후 고산앙의 움직임은 언제나 이런 식이었다. 어떤 때는 주루에 들어 술도 마셨고, 또 어떤 때는 시장통을 돌아다니며 이런저런 상인들의 모습을 구경하기도 했다. 그의 행동은 전혀 살수행을 하는 사람으로 보이지 않았다. 더군다나 그의 모습은 어느 시골의 수더분한 초로의 사내로밖에 보이지 않아 더더욱 평범해 보이는 것이었다.
　잠자리도 이상했다. 고산앙은 항주에 도착한 이후 한 번도 객잔에 들어 잠을 잔 적이 없었다. 두 사람이 타고 온 마차도 항주에 도착하자마자 팔아버려 두 사람의 잠자리는 언제나 낯선 집의 지붕 위나 항주 인근의 숲이었다.
　"보통 난 어떤 청부를 맡게 되면 대략 반년에서 일 년 정도에 걸쳐서 청부를 이행하지. 그 대부분의 시간은 내가 청부받은 자의 주변에 아무런 의심도 받지 않을 만큼 접근하는 데 걸리는 시간이야. 물론 목표에 접근한다고 해서 상대가 내 얼굴을 알게 하면 안 돼. 즉 상대가 전혀 신경 쓸 필요가 없는, 그래서 다음날 없어져도 전혀 눈치 채지 못할 존재로 접근해야 하지. 그런데 이번 일은 평소에 내가 하는 방식과는 많이 다르게 진행되고 있어. 그 이유를 알겠어?'

고산앙은 수많은 사람들이 지나가는 시가지를 걸으며 태연하게 살행에 대한 이야기를 입에 올리고 있었다. 이것은 어떻게 보자면 몹시 위험천만한 행동이랄 수 있었다. 누군가 그들의 이야기를 주워들을 수도 있기 때문이었다. 송문악이 그런 걱정으로 고산앙의 질문에 대답하기 전에 주변을 돌아보자 고산앙이 말했다.

"걱정하지 마. 본래 사람들이란 자신들과 연관이 없는 일은 아무리 크게 떠들어도 신경 쓰지 않는다니까."

과연 고산앙의 말처럼 두 사람 곁을 지나가는 사람들은 전혀 두 사람의 이야기를 듣고 있지 않았다. 사람들의 모습을 확인한 송문악이 천천히 고개를 저으며 고산앙의 질문에 대답했다.

"혹 저 때문에 그런 겁니까?"

고산앙이 지체없이 고개를 끄덕였다.

"송 공자 때문에 평소와 다른 살행을 하고 있는 것은 맞아. 하지만 내가 질문한 것은 그런 의도가 아니야. 이번 살행에서 송 공자 때문에 결정된 사항은 하나밖에 없어. 바로 이 청부를 수락한 것이지."

송문악이 고산앙을 바라봤다. 그의 말을 이해하지 못했던 것이다.

"사실 이 항주오랑 같은 놈들은 내가 청부를 받아들일 만한 놈들이 아니라는 말이야. 금액도 적고."

그제야 송문악은 고산앙의 말을 알아들었다. 지금 고산앙은 항주오랑 정도의 인물은 자신의 청부 대상이 될 자들이 아니라는 것을 말하고 있었던 것이다.

하긴, 그는 항주로 오기 전 낙양에서 천하인의 존경을 받는 일학 방덕륜을 제거하지 않았던가. 항주오랑에게 십대괴객으로 불리는 살수의 제왕 살황 고산앙은 과분한 인물이었던 것이다. 그렇다면 역시 그가 항주오랑에 대한 청부를 받아들인 것은 살수로서는 초보자인 송문악을 위한 결정이라고 볼 수 있었다.

"저 때문에 항주로 오신 거군요?"

고산앙이 고개를 끄덕였다.

"시작부터 고수를 노릴 수는 없는 거니까. 어쨌든 송 공자가 이번 일에 영향을 미친 것은 바로 그 부분밖에 없어. 나머지 부분, 그러니까 내가 다른 때와 다르게 이렇게 빨리 살행을 하고 있는 이유는 송 공자 때문이 아니라 상대가 그만큼 약한 놈들이기 때문이지. 그래서 난 이 항주에 특별히 시간을 들여 자리를 잡지 않은 거야. 그리고 객잔에 들어 잠을 자지 않는 것은 역시 누군가 나와 송 공자를 기억하는 것을 꺼려했기 때문이지. 어차피 금세 끝날 일이었으니까. 더군다나 항주오랑은 항주의 모든 기루와 객잔에서 정보를 얻어들을 수 있을 테니 가급적 그런 곳은 기웃거리지 않는 것이 좋아."

"자취를 남기지 않는 것이군요."

"맞아. 아마 항주에 온 이후 우리의 얼굴을 일각 이상 본 사람이 없을걸? 당연히 기억하는 사람도 없겠지. 짧게 일을 끝낼 때는 이렇게 한곳에 머물지 않고 끊임없이 움직이는 게 좋아. 그리고 이제 슬슬 이 일을 끝낼 때가 됐구먼."

날이 저물기 시작하자 고산앙은 성 북쪽으로 걸음을 옮겼다. 어둠이 내릴 무렵 한 장원이 바라보이는 곳에 도착하더니 훌쩍 몸을 날려 장원이 한눈에 내려다보이는 맞은편 기와집의 지붕 위로 올라섰다.

"이곳에서 좀 기다려 보자구."

송문악은 고산앙의 의도를 알 수가 없었다. 그가 지금 무엇을 하려는 것인지 전혀 짐작이 가지 않았다. 하지만 송문악은 고산앙에게 그가 하려는 일을 물어보기보다는 그가 어떤 행동을 할 때까지 기다리기로 했다. 하루 종일 성내를 돌아다녔기에 그도 조금 쉴 시간이 필요하다고 느끼던 참이었다.

시간이 빠르게 흘러갔다. 어느새 항주성 내는 화려한 등불이 밝혀져 불야성의 장관을 만들어내고 있었다. 고산앙의 기다림은 계속되고 있었다. 송문악은 그쯤 해서 서서히 지루해지기 시작했다. 고산앙이 처음부터 응시하고 있던 장원에 대한 관심도 차츰 송문악의 머릿속에서 사라져 가려 했다.

"인내심이 중요해."

그때 고산앙이 문득 입을 열었다. 아마도 송문악의 집중력이 흐트러지는 것을 알아챈 모양이었다. 고산앙의 지적에 송문악이 자세를 바로 하며 오랜만에 입을 열었다.

"무엇을 기다리는 겁니까?"

"놈들을 기다리고 있네."

"놈들이라뇨?"

"내가 기다릴 놈들이 누가 있겠나? 바로 아직 목숨이 붙어 있는 항주오랑의 나머지 두 놈이지."

고산앙의 대답은 송문악을 더욱 어리둥절하게 만들었다.

"그들이 나올 때까지 이곳에서 기다리실 거란 말입니까?"

"그래."

고산앙이 짧게 대답했다. 송문악의 마음속에 한가닥 실망이 떠올랐다. 고산앙은 나머지 두 명을 자신이 처리하겠다고 했다. 그리고 그의 살법을 보여줄 것이라고 했다. 그래서 송문악은 그 둘을 상대하며 보여줄 살황 고산앙의 살행에 큰 기대를 걸고 있었다.

살수의 제왕이라 불리는 그가 보여줄 살법은 얼마나 대단한 것일까. 혹은 고산앙이 직접 항주오랑 중 두 명의 생존자가 머물고 있는 곳으로 잠입해 들어갈지도 모른다고 생각했다. 목표에 가장 가깝게 접근하여 적을 제거하는 것, 그것이 최고 살수의 살행이라고 그 자신이 누누이 말했으니까.

그런데 지금 고산앙은 이 누추한 지붕 위에서 언제 나올지도 모르는 항주오랑을 기다리고 있는 것이다. 이것은 송문악 자신이 실행한 지난 두 번의 살행과 다르지 않은 방법이었다.

더군다나 지난밤 죽은 두 명의 시신을 치우지 않았으니 살아남은 두 명은 이미 자신들의 형제들이 죽은 것을 알고 있을 터이다. 처음 항주오랑의 다섯째가 죽은 이후 열흘 가까이 장원에 박혀 모습을 드러내지 않았던 항주오랑의 행동을 생각하면 나머지 두 명이 장원 밖으로 모습을 드러내는 것을 기다리는 것은 그야말로 기약없는 일이었다.

"그들이 과연 쉽게 밖으로 나올까요?"

송문악이 넌지시 물었다. 고산앙의 방법이 마음에 들지 않는다고 그에게 다른 것을 보여달라고 할 수는 없는 노릇이었다. 그러자 고산앙이 송문악의 마음을 짐작했는지 빙그레 미소를 지었다.

"그들은 오늘 밤 반드시 장원을 나설 거야."

고산앙의 목소리에는 확신이 담겨 있었다. 송문악이 고산앙의 자신감에 놀라 되물었다.

"어떻게 그렇게 장담하실 수 있죠?"

"왜냐하면 이미 여러 번 이야기했듯이 항주오랑은 아주 대단한 무림고수들은 아니기 때문이지."

"하지만 지난번 첫 번째 일이 끝난 후 그들이 장원을 나서기까지는 열흘이 걸리지 않았습니까? 그렇다면 두 명이 더 죽은 것을 알면 아예 장원 출입을 하지 않을 것 같은데요?"

송문악의 말에 고산앙이 고개를 저었다.

"아니, 같은 상황이지만 결과는 다를 거야. 그때 놈들은 우리의 정체를 파악하지 못해 일단 상황을 알아보려고 장원에서 나오지 않았던 거지. 그런데 시간이 지나도 우리에 대해 전혀 알 수가 없자 더 이상 참지 못하고 직접 조사를 하기 위해 밖으로 나왔던 거야. 어쩌면 우리가 항주를 떠났다고 생각했을 수도 있겠지. 두렵긴 했겠지만 네 명이나 살아 있으니 정체만 안다면 복수를 할 수도 있을 거라 생각했을 거야. 하지만 어젯밤 또다시 두 놈이 죽었으니 이제 남은 놈들은 완전히 겁을 집어먹었을 거야. 그리고 우리가 항주를 떠나지 않고 놈들이 움직이기를 기다리고 있다는 것을 알았겠지. 더군다나 지난밤 죽은 둘의 시체를 보았다면 자신들의 형제를 죽인 사람의 무공이 결코 자신들이 상대할 수 있는 인물이 아니라는 것을 깨달았을 거고. 놈들은 아마도 오늘 항주를 떠나려 할 거야."

고산앙이 단정적으로 말했다. 고산앙의 이야기를 듣는 동안 송문악도 고산앙의 이야기가 충분히 가능성이 있다는 것을 인정할 수밖에 없었다. 그리고 그 순간, 송문악의 마음속에 고산앙에 대한 두려움이 새삼스레 생겨났다. 이 순박해 보이는 살수의 제왕은 상대를 죽이는 것뿐 아니라 상대의 움직임을 예상하는 데에도 천부적인 능력을 지니고 있었던 것이다.

"언제쯤 나올까요?"

"밤이 아주 깊어지기 전에."

그 대답 또한 의외였다.

"저라면 인적이 없을 때 나설 텐데요?"

"도망치는 자에겐 오히려 인적이 드물 때가 위험한 법이지. 심리적으로도 어둠은 불안감을 가중시키지. 놈들은 항주의 화려한 등불이 꺼지기 전에 움직일 거야."

"언제 손을 쓰실 생각이십니까?"

"오늘 우리도 항주를 떠나는 걸세."

"예?"

"즉, 놈들의 뒤를 따라 항주를 벗어난 이후에 손을 쓰겠다는 말이야. 그리고 그 즉시 우리도 항주를 떠나는 거지. 이것으로 이번 청부는 끝이 나는 걸세. 쉬는 건 다른 곳에 가서 며칠 편히 쉬자고. 살수는 본래 한곳에 오래 머물지 않는 법이지."

고산앙의 말이 끝날 무렵 두 사람의 눈빛이 반짝였다. 굳게 닫혀 있던 장원의 문이 슬그머니 열린 것이다. 하지만 이내 두 사람의 기대와는 달리 장원의 문이 도로 닫혔다.

"가지."

갑자기 고산앙이 어둠 속에서 불쑥 몸을 일으켰다.

"하지만 아직……?"

아직 항주오랑의 생존자 두 명은 모습을 드러내지 않은 상태였다.

"밖을 살폈다는 것은 곧 놈들이 움직인다는 것. 아무리 밤이 깊었다고 해도 정문으로 나올 용기는 없나 보군. 뒤쪽으로 돌아가 보자구."

고산앙이 훌쩍 지붕 위에서 뛰어내리더니 골목 사이를 빠르게 걷기 시작했다. 걷고 있었지만 그 속도는 뛰는 것보다도 빨라 송문악이 그의 뒤를 따라 지붕에서 뛰어내렸을 때, 고산앙은 이미 십여 장 앞에 가 있었다.

"역시 대단한 놈들은 못 돼."

고산앙이 중얼거렸다. 장원의 뒤쪽, 휘황찬란한 시가지의 등불로부터 조금 벗어난 곳에 두 명의 흑의인이 주변을 살피며 모습을 드러냈다. 송문악과 고산앙은 두 흑의인의 움직임을 어둠이 드리운 장원의 담벼락 아래에 몸을 숨기고 바라보고 있었다.

두 흑의인은 주변을 살펴 위험이 없음을 확인하고는 재빨리 성의 북문 쪽을 향해 빠르게 걸음을 옮기기 시작했다. 그들의 모습이 어둠 속으로 사라졌을 때 송문악과 고산앙도 움직이기 시작했다.

성의 북문을 벗어난 항주오랑의 두 생존자는 인적이 드문 곳에 이르자 서서히 공력을 끌어올려 속력을 내기 시작했다.

"제길! 이렇게 항주를 떠나야 하는 거요, 대형?"

항주오랑의 둘째 곽가가 첫째인 서귀에게 불평을 쏟아냈다.

"목숨은 중한 법이다."

서귀가 곽가의 불평에 단호하게 대답했다.

"내가 왜 목숨 중한 줄 모르겠수. 하지만 이렇게 싸워보지도 않고 야반도주를 해야 한단 말이오? 우리가 누구요? 항주를 손에 틀어쥐고 있는 항주오랑이 아니오?"

"세상에는 보지 않아도 그 무서움을 알 수 있는 자가 있는 법이다."

"대형, 난 대형이 이렇게 겁이 많은 사람인 줄 몰랐수."

곽가의 말에 들어 있는 약간의 빈정거림이 서귀의 걸음을 멈춰 서게 했다. 서귀가 걸음을 멈추더니 무서운 눈으로 곽가를 노려봤다.

"곽가, 그런 넌 겁이 많이 없어졌구나."

서귀의 눈에서 파란 안광이 일렁였다. 순간 곽가가 몸을 움찔했다. 비록 지금 야반도주를 하고 있지만 자신의 대형인 서귀가 얼마나 잔인하며 무서운 존재인가를 그제야 깨달은 곽가였다.

"대, 대형, 내가 실수를 했소. 난 그저 형제들의 원수를 갚지 못하고 몸을 피한다는 것이 분해서……. 용서하시오."

"지금 나에게 남은 형제는 너 하나뿐이다. 다른 형제들의 원수는 언젠가 내 손으로 반드시 갚을 것이다. 그런데 그전에 하나 남은 형제를 내 손으로 죽은 형제들 곁으로 보내야 하겠느냐?"

서귀의 말에 곽가의 얼굴이 새파랗게 질렸다.

"대, 대형, 죄송하오. 이 곽가가 잠시 미쳤었나 보오. 용서하시오."

겁에 질려 주춤주춤 뒤로 물러나는 곽가를 노려보다 서귀가 한숨을 쉬며 곽가를 불렀다.

"이리 오너라, 이제(二弟). 내가 어찌 널 죽일 수 있겠느냐? 하지만 항상 입에서 나오는 말을 조심하거라. 사람은 대부분 입을 잘못 놀려 액운을 당하게 되는 법이니까."

"알았수, 대형. 내가 다시는 대형께 실수하지 않겠수."

"좋아, 그럼 어서 가자. 우리가 이렇게 시간을 허비하고 있는 사이 흉수들이 우리 뒤를 쫓을지도 모르니까."

"그런데 대형, 이건 정말 궁금해서 여쭤보는 건데, 그놈들이 정말 그렇게 무서운 놈들인 겁니까?"

곽가의 말에 서귀가 낯빛을 굳히며 대답했다.

"그렇다. 놈들은 정말 무서운 놈들이다. 놈들이 세 동생을 죽인 수법을 보건대 놈들은 전문적인 살수들일 뿐 아니라, 그 무공도 우리가 감당할 수 없는 놈들임에 분명해. 다섯째를 죽인 후 우리가 움직일 때까지 열흘을 기다렸다가 우리가 잠깐 방심한 사이 다시 두 형제를 죽였다. 이런 것은 놈들이 우리의 심리를 정확히 읽고, 우리가 움직이기를 기다렸다는 것이지. 더군다나 두 형제의 몸에 생긴 상처를 보건대 두 동생은 단 한 번의 공격에 죽임을 당한 것이 분명해. 특히… 그 도상은 고수가 아니라면 남기기 어려운 상흔이었다.”

항주오랑의 맏이 서귀는 냉혈한이지만 무척 현명한 자이기도 했다. 또한 그 무공이 다른 네 명의 의제와는 차원이 다른 경지에 올라 있는 자였다.

곽가는 서귀의 실력과 안목을 알기에 그가 하는 말이 결코 과장이 아니라는 것을 알고 있었다. 더군다나 서귀는 항주오랑이 수십 년 동안 항주에서 모은 재물들을 그대로 놓아둔 채 몇 장의 전표만 챙겨 장원을 나서지 않았던가.

“어서 가십시다, 대형. 정말 흉수가 그렇게 무서운 놈이라면 서둘러야지요.”

서귀의 말에 한껏 두려움을 느꼈는지 곽가가 오히려 앞서서 밤길을 서두르기 시작했다.

“영보(影步)라는 것이 있어. 나를 오늘날 제법 명성을 날리는 살수로 만들어준 보법(步法)이지.”

멀리 희미한 달빛 아래 항주오랑의 두 생존자가 빠른 속도로 다가오는 것을 보며 고산앙이 말했다.

송문악과 고산앙은 어느새 항주오랑의 두 생존자, 서귀와 곽가의 앞쪽으로 이동해 있었다. 무공에 있어서 송문악과 고산앙은 서귀와 곽가를 훨씬 능가하고 있었으므로 두 사람을 추월하는 것은 어려운 일이 아니었던 것이다. 송문악은 묵묵히 고산앙이 하는 말을 듣고 있었다.

"내가 처음에 송 공자에게 가르쳐 준 그 사냥술 말인데, 그것도 모두 영보(影步)를 익히는 한 과정이랄 수 있지. 이제 그 영보를 보여줄 테니 잘 보아두라고."

때마침 서귀와 곽가가 두 사람이 모습을 숨기고 있는 나무 아래를 지나치고 있었다. 그 순간 고산앙의 신형이 송문악의 곁에서 소리없이 사라졌다.

송문악은 자신의 눈을 의심할 수밖에 없었다. 이해할 수 없는 일이 송문악의 눈앞에서 벌어지고 있었다. 하지만 또한 그것은 엄연한 현실이기도 했다.

송문악의 곁에서 사라진 고산앙의 신형이 나타난 곳은 놀랍게도 서귀와 곽가 바로 뒤였다. 그들과 고산앙의 거리는 채 반 장이 되지 않았다. 하지만 두 사람은 자신들의 뒤에 고산앙이 따라붙었다는 사실을 전혀 눈치 채지 못했다.

그렇게 세 사람의 이 괴기스런 동행(同行)이 시작됐다.

'영보(影步)라 했지? 정말 그 이름에 조금도 부족함이 없는 보법이구나.'

송문악이 내심 감탄사를 연발하며 거리를 두고 기이한 삼인의 동행을 뒤따랐다.

사람의 시야는 아무리 넓어도 전후좌우 사방의 반을 감당하지 못한다. 그것은 내공을 쌓고 일반인과는 달리 초인적인 능력을 발휘하는 무림인이라 하여도 다를 바 없다. 다만 무림인들은 내공을 쌓으며 자연스럽게 발달한 감각을 가지고 시야가 미치지 않는 곳에서 벌어지는 일들을 추측할 수 있을 뿐이다.

고산앙의 영보는 바로 이 사람의 눈이 가지고 있는 맹점, 즉 사방을 볼 수 없는 사람의 눈의 허점을 파고드는 것이 요체인 보법이었다. 서귀와 곽가의 뒤에 붙어 선 고산앙은 그 두 사람의 시야가 도달할 수 없는 방향으로 몸을 움직이며 두 사람의 일 장 이내에서 그들을 따르고 있었다.

만약 고산앙이 그들 두 사람을 죽이고자 했다면 아마도 이미 오래전에 서귀와 곽가 두 사람의 목은 땅에 떨어졌을 것이다. 하지만 고산앙은 송문악에게 자신의 영보를 자세히 보여주려는 의도인지 그저 두 사람의 반 장 안에서 뒤를 따를 뿐 그들에게 전혀 손을 쓰지 않고 있었다.

그렇게 이각여의 시간이 흘렀다. 서귀와 곽가는 여전히 자신들 뒤에 바싹 붙어 있는 고산앙의 존재를 눈치 채지 못하고 있었다.

"형님, 이제 어디로 가시려오?"

곽가가 말없이 이어진 야행이 지루했는지 문득 입을 열었다.

"일단 개봉으로 가보자."

서귀가 나직이 대답했다.

"개봉에요?"

"그래, 개봉. 개봉에 아는 놈이 하나 있는데, 그에게 가면 아마 당분간 우리가 몸을 숨기고 있을 만한 곳을 알선해 줄 거다."

"항주를 떠났는데도 몸을 숨겨야 한단 말입니까?"

"우리를 노리는 자가 청부를 받은 살수라면 우리가 항주에 있건 아니건 우리 목숨을 노리는 것은 변치 않을 것이다. 살수는 상대가 어디에 있든 목표물을 제거해야 청부를 완성하는 것이니까."

서귀의 말에 곽가가 걱정이 되는지 의기소침한 목소리로 대답했다.

"제길, 그렇다면 언제 항주로 돌아올 수 있을지는 기약이 없겠군요?"

"말했지만 지금은 목숨을 구하는 것이 중요한 때야."

서귀가 단호하게 말하자 곽가가 고개를 끄덕였다.

"휴, 그렇지요. 이거야 원, 어쩌다 우리 항주오랑의 신세가 이렇게 비루해졌는지. 그나저나 밤이라 그런가? 왜 이렇게 서늘한 거지?"

곽가가 어깨를 움츠리며 몸을 움찔거렸다.

"좀 춥긴 하군."

서귀 역시 싸늘한 밤공기에 슬쩍 몸을 떨었다.

그런데 그때였다. 지금까지의 싸늘함과는 다른 좀 더 차갑게 피부를 파고드는 냉기가 두 사람의 목덜미에 느껴졌다. 처음 그 느낌이 전해졌을 때 두 사람은 어딘가에서 불어온 조금 강한 밤바람이라고 생각했다. 하지만 다음 순간, 이 차가운 냉기가 자연이 만들어내는 바람에 의해 생겨난 것이 아니라는 것을 불현듯 깨달았다.

두 사람의 고개가 자연스럽게 서로를 향해 돌려졌다. 그리고 그 순간 그들은 방향을 엇갈린 채 자신들의 목덜미를 향해 요기롭게 번뜩이고 있는 두 자루의 짧은 협검을 보았다.

"큭!"

"누, 누구? 큭!"

협검은 한 치의 망설임도 없이 항주오랑 두 생존자의 목을 파고들었다. 그나마 서귀는 숨이 끊기기 전 자신들에게 살수를 전개한 자의 얼굴을 흐릿하게나마 볼 수 있었다.

"알 거 없어. 너희들 스스로의 악업으로 인해 죽는 거니까."

고산앙이 두 사람의 목에서 검을 회수하며 중얼거렸다. 그즈음 송문악이 한순간에 생사가 결정된 장내에 도착하고 있었다.

"대단하군요. 그 영보(影步)라는 것."

"쓸 만한 보법이지."

두 사람은 항주오랑의 마지막 생존자 두 명이 미처 가지 못한 길을 대신 가고 있었다. 어디로 갈지는 아직 정해지지 않았으나, 아니, 고산앙의 머릿속에는 목적지가 들어 있을 수도 있었다. 하지만 일단 두 사람은 어떤 목적지를 정하지 않고 자신들 앞으로 난 길을 따라 걷고 있었다.

송문악이 고산앙의 영보(影步)를 입에 올린 것은 한 판의 살인극이 벌어진 곳으로부터 꽤 많은 거리를 걸은 이후였다. 고산앙도 영보(影步)에 대한 자신감을 굳이 숨기지 않았다.

"어르신의 사부라는 분께 배운 건가요?"

고산앙이 고개를 끄덕였다.

"맞아. 내 사부에게 배웠지. 사부를 만나기 전 나는 그저 소 잘 잡는 백정에 지나지 않았어. 물론 그것만으로도 난 어머니와 누이의 원한을 갚을 수 있었지. 하지만 역시 전문적인 살수라고 보기엔 무리가 있었어. 결국 지금의 나를 만든 건, 반은 백정의 업이고 반은 사부에게 전수받은 바로 이 영보(影步)라 할 수 있지. 어때, 배워보겠어?"

"이미 배우고 있는 중이 아니었던가요?"

송문악의 반문에 고산앙이 히죽 웃었다.

"맞았어. 송 공자는 이미 이 영보를 배우고 있는 중이야. 내가 지금껏 가르쳐 준 살수의 움직임은 바로 이 영보를 배우기 위해 필수적으로 익혀야 하는 것들이라고 할 수 있지. 그리고 송 공자는 이미 내가 가르쳐 준 것들을 능숙하게 익혔으니 이제 본격적으로 이 영보(影步)를 익혀보도록 하자구."

"제가 과연 영보를 배울 수 있을까요?"

"물론. 내가 그간 지켜본 송 공자는 대단한 재능을 가지고 있는 사람이었으니까. 영보(影步)도 금세 익히게 될 거야."

"하지만 제가 볼 때, 어르신의 그 영보(影步)는 공력이 아무리 높은 무인이라도 쉽게 익힐 수 있는 것은 아닌 듯한데요?"

"맞는 말이야. 이 영보(影步)는 물론 공력이 아주 필요없는 보법은 아니지만 공력보다는 자신의 마음을 통제하는 법이 중요한 역할을 하지. 공력은 단지 상대의 뒤를 따를 수 있는 속도만을 담당할 뿐, 상대의 이목을 속이는 것은 오로지 자신의 심리를 통제하는 것에 달린 문제니까."

"그런데도 제가 익히는 것이 가능하겠습니까?"

고산앙이 슬쩍 입가에 미소를 지었다.

"본래 이 영보를 익히려면 성정이 무던한 편이 좋지. 좋게 말해 무던한 것이고, 사실은 나처럼 무식한 사람이 좋다는 말이야. 그런데 송 공자는 나와는 비교도 할 수 없을 만큼 총명한 사람이니 당연히 이 영보와 어울린다고는 할 수 없지. 하지만……."

고산앙이 잠시 말을 끊고 송문악의 눈을 들여다봤다. 그리곤 다시 말을 이었다.

"하지만 송 공자는 이 영보를 익혀낼 수 있을 거야. 왜냐하면 송 공자의 마음속에 있는 그 커다란 적을 상대해 내려면 이 영보가 반드시 필요할 테니까. 마음속의 원대한 계획은 언제나 모든 것을 극복하게 만드는 힘이 있지. 더군다나 송 공자는 꽤나 질긴 인내심을 가지고 있기도 하고 말이야."

사람은 필요에 의해 움직이게 마련이다. 송문악은 고산앙의 말이 옳다는 것을 알고 있었다. 그에게 상대해야 할 적이 있는 이상 그는 분명 이 신비한 살수의 보법 영보(影步)를 익혀낼 것이다.

"노력해 보죠."

마음속의 결심은 순화되어 그의 입 밖으로 흘러나왔다.

"거기다가 송 공자는 겸손하기도 해."

고산앙이 송문악의 내심을 짐작하고 있다는 듯 푸근한 목소리로 한마디 덧붙였다.

두 사람은 아침이 밝아올 때까지 관도를 걸었다. 다른 특별한 이유가 있는 것은 아니었다. 단지 그들이 편히 쉴 적당한 마을이 나타나지 않은 때문이었다. 조그만 마을이 나타난 것은 아침 해가 떠오른 이후였다.

"받아."

고산앙이 눈앞에 마을이 나타나자 문득 품속에서 몇 장의 전표를 꺼내 송문악에게 내밀었다.

"이게 뭡니까?"

"청부 대금."

"그런데 이걸 왜 제게?"

"송 공자가 해결한 것이 세 명, 내가 두 명. 그렇게 계산하자면 송 공자가 더 많이 가져야 하지만, 이 일을 청부받은 사람은 나고 또 전체적인 계획을 내가 세웠으니 내가 육(六), 송 공자가 사(四)야. 불만없지?"

"이러실 필요 없습니다. 전 어르신께 살법을 배우는 것만으로도 충분합니다."

송문악이 고산앙이 건네는 청부 대금 받기를 거절했다.

"받아둬. 살수의 세계에도 나름대로 규칙이 있어. 반드시 돈을 받고 사람을 죽이는 것이 그 첫 번째야. 만약 돈을 받지 않는다면 송 공자는 왜 항주오랑의 셋을 죽인 것인가? 그야말로 살법을 익히기 위해서? 그건 돈을 받고 그들을 죽이는 것보다도 더한 악업이야. 송 공자, 살수는 천당에 갈 수 없어. 그거야 누가 생각해 봐도 알 수 있는 일이지. 돈을 받고 사람을 죽이는 인간이 어떻게 천당에 가겠나? 하지만 그런 살수보다도 천당 가기 힘든 자들이 있어. 바로 돈도 받지 않고 사람을 죽이는 자들이지. 그들 대부분은 무림인이고, 사람을 죽인 사람은 어떤 이유든 염라대왕 앞에서 주절거릴 몇 마디 변명이 필요해. 난 원수를 갚고 먹고살기 위해, 거기에 더해 다른 사람의 억울한 원한을 대신 갚아주기 위해 사람을 죽였다고 대답할 거야. 그래 봐야 지옥행에는 변함이 없을 테지만. 이 돈을 받아둬. 그래야 나 정도 변명이라도 할 거 아니야? 설마 염라대왕에게 무공을 익히기 위해 사람을 죽였다고 말하려는 것은 아니겠지?"

고산앙의 말은 자칫 농담처럼 들릴 수도 있었지만, 송문악은 이 살황 고산앙이라는 살수의 제왕이 사람의 목숨을 취하는 일에 대해 얼마나 불편해하고 있는지 그의 말을 통해 느낄 수 있었다.

하지만 그럼에도 불구하고 그의 검은 매섭고 냉정하다. 사람의 죽일 때 눈썹 하나 까딱하지 않는 사람이 바로 고산앙이었다. 죽음은 곧 그의 삶이었던 것이다.

송문악이 고산앙의 말을 듣고는 망설이지 않고 그의 손에서 세 장의 전표를 받아 들었다. 그리곤 소중히 전표를 접어 품속에 넣었다.

"많지 않은 금액이야. 이 살황 고산앙의 이름에 비하자면 아주 작은 금액의 청부였다고 할 수 있지. 이유는 알고 있겠지?"

송문악이 고개를 끄덕였다.

"상대가 약했죠."

"맞아. 살황 고산앙에게 청부하기엔 상대가 너무 약했어. 그래서 금액이 적은 거야. 하지만 청부를 한 여인에게는 매우 큰돈이었지. 그녀가 평생 기녀 생활을 하며 모은 돈의 전부이니까. 자, 두 번째 살수의 규칙을 말해주지. 청부금의 가치는 받는 사람이 아니라 주는 사람에 의해 결정되어지는 것이라는 게 두 번째 규칙이야. 송 공자는 똑똑하니까 무슨 말인지 알겠지?'

송문악이 고개를 끄덕였다. 고산앙이 하고자 하는 말은 같은 금액이라도 청부를 하는 사람의 사정에 따라 돈의 가치가 다르다는 것이었다. 그러므로 두 사람 손에 들고 있는 이 가치는 천금에 모자라지 않을 것이다.

'인간적인 살수시라니까.'

송문악이 빙긋 미소를 지었다. 확실히 살황 고산앙은 살수치고는 지나치게 인간적이었다. 살수란 죽음과 돈을 맞바꾸는 사람인데 청부자의 사정을 그렇게까지 고려할 필요가 무에 있겠는가?

'어쩌면 이 양반은 살수라는 직업을 빌어 자신이 세상을 살아가는 이유를 찾으려는지도 모르겠군. 결국 그의 손에 의해 수많은 억울한 자들의 원한이 풀어졌으니 소위 말하는 강호의 대협과 다를 바가 뭐 있겠는가?'

"어르신께서는 수많은 억울한 사람들의 원한을 대신 풀어 줬으니 염라대왕께서도 어느 정도 인정을 베푸실 겁니다."

"하지만 돈을 받고 사람을 죽였다는 사실은 변하지 않아. 그건 그렇고, 저기 들러 아침이나 먹고 가자구."

고산앙이 손을 들어 눈앞에 나타난 마을 어귀의 작은 주막을 가리켰다. 본래 음식을 파는 곳은 아침에는 손님을 받지 않게 마련인데 마을 입구에 있는 주막의 굴뚝에서는 연기가 솟아오르고 있었다. 아마도 항주와 하룻길 거리에 있는 마을이라 아침 일찍 길에 오르는 새벽 손님을 잡기 위해 문을 연 듯했다.

*　　　*　　　*

항주를 떠난 송문악과 고산앙은 말이나 마차 등 탈 거리를 이용하지 않고 두 발로 걸어 천하를 여행하기 시작했다. 고산앙의 머릿속에는 어떤 목적지가 정해져 있는 듯 보였지만, 그는 송문악에게 그들이 가고 있는 곳이 어디인지에 대해서는 이야기하지 않았다.

송문악도 굳이 고산앙에게 자신들의 행선지가 어디인지를 묻지 않았다. 아마도 이렇게 길을 가다 보면 어디에선가 고산앙의 걸음이 멈출 터이고, 그들은 그곳에서 새로운 청부를 수행할 것이다.

송문악의 관심은 그들이 어디로 가고, 어떤 청부를 수행할 것인지에 있지 않았다. 여행을 하는 동안 송문악의 관심은 온통 고산앙의 영보(影步)에 쏠려 있었다.

영보(影步)를 익히는 것은 쉽지 않았다. 비록 고산앙은 송문악이 충분히 영보를 익힐 수 있을 거라고 말했지만 영보를 익히는 것은 생각처럼 쉬운 일이 아니었다.

고산앙의 영보(影步)는 내공의 힘으로 펼칠 수 있는 것도 아니고 어떤 무결이 있어 그것에 따라 몸을 움직인다고 되는 일도 아니었다. 물론 보법의 기본적인 움직임을 기술한 무결은 존재했다. 사람의 시야가 도달할 수 있는 거리를 명확히 구분한 후 시야의 사각지대로 숨어드는 방법이 치밀하게 논해진 무결이었다.

하지만 그 무결을 모두 암송하고 몸으로 무결의 진체(眞體)를 완벽하게 익혔다고 해서 영보(影步)를 익혔다고 말할 수는 없었다. 영보(影步)가 온전한 위력을 발휘하기 위해서는 발의 움직임을 설명한 무결을 뛰어넘어 고산앙이 일찍이 말했던 심장의 움직임을 통제하는 법을 익혀야 했기 때문이다.

무심함이란 사람에게 얼마나 어려운 단어인가. 누구든, 언제든 입에 올릴 수 있는 그 무심함을 평상시에 아무렇지도 않게 끄집어낼 수 있어야 영보의 진정한 단계에 도달할 수 있다고 고산앙은 설명했다.

자신이 죽이고자 하는 자의 바로 뒤에 있으면서도 상대에게 살의를 품지 않는 것, 그저 그 상대를 지나쳐 지나가는 무심한 과객의 마음이 되어야 하는 것이 바로 영보의 실체였다.

내가 상대에게 아무런 관심을 두지 않으면 상대도 나에게서 어떤 위협을 느끼지 않는 법, 위협을 느끼지 않는 상대에 대해서는 그저 자신의 옆을 스치고 지나가는 한가닥 바람에 지나지 않는 것처럼 생각하는 것이 사람의 심사였다.

　나의 무심함은 결국 상대의 무관심을 은연중에 강요하게 되고, 그 무관심은 자신의 바로 뒤에 있는 암살자의 존재를 느낄 수 없게 만든다. 그것은 무공을 익힌 고수라고 해도 마찬가지였다.

　"이 영보(影步)를 파악해 낼 수 있는 자가 있다면 아마도 그자는 강호에서 몇 손가락 안에 드는 고수일 거야. 마음으로 도검을 움직이는 사람들이 바로 그런 자들이겠지. 그저 공력의 고하에나 의존해 도검을 휘두르는 자들은 결코 이 영보를 파악해 낼 수 없어. 그래서 내가 그렇게 뛰어나지 않은 무공을 지니고도 무림의 고수들을 제거할 수 있었던 것이지. 하지만 진정한 고수를 만나게 된다면 아마도 난 그 자리에서 죽임을 당할 거야. 영보를 파악해 낼 수 있는 고수를 만난다면 난 그야말로 강호의 삼류무사에 지나지 않을 테니까. 난 항상 어느 때라도 그런 자를 만날 거란 예상을 하며 살행을 나가지. 지금까지는 그런 자를 만나지 못했지만 말이야."

　고산앙이 영보의 실체를 설명하며 송문악에게 한 말이었다. 하지만 이미 고산앙의 영보를 견식한 후인 송문악은 천하에 고산앙의 영보(影步)를 파악해 낼 수 있는 고수가 있을 거라고는 생각지 않았다. 어쩌면 고산앙은 평생 자신의 영보(影

步)를 파악하는 고수를 만나지 못할지도 몰랐다.

어느 날인가는 송문악과 고산앙이 멀찍이 떨어져서 길을 가고 있었다. 송문악이 앞서고 고산앙이 송문악을 이십여 장 뒤에서 따르고 있었다. 길 위에는 그들 말고도 적지 않은 여행객들이 걷거나 혹은 말과 마차를 타고 이동하고 있었다.

그런데 고산앙과 떨어져 길을 가고 있는 송문악의 행동이 이상했다. 그는 가끔씩 자신의 옆을 지나가는 행인들의 뒤를 따라붙었는데, 그 거리가 예사롭지 않았다. 송문악이 일단 어떤 행인을 따라붙으면 행인과 송문악의 거리는 반 장 이내로 좁아졌다. 일반적이라면 앞선 사람이 자신의 뒤에 따라붙은 사람의 기척에 놀라 한번쯤 고개를 돌려볼 만한 거리였다.

그런데 송문악의 앞에서 길을 가는 행인들은 고개를 돌려 송문악을 바라보지 않았다. 그들은 마치 송문악이 자신의 뒤에 바짝 붙어 있다는 사실을 모르는 듯 태연하게 길을 가는 것이었다.

그런데 이상한 점은 또 있었다. 송문악의 앞에 있기에 자신 뒤에 사람이 붙어 있는 것을 보지 못한 여행자들의 행동은 그렇다고 쳐도, 송문악의 옆과 뒤쪽에서 길을 가는 사람들조차도 송문악이 앞선 사람과 지나치게 가까운 거리에 서서 걷고 있다는 사실을 조금도 이상한 눈으로 바라보지 않았던 것이다.

어쩌면 그것은 송문악의 태연한 행동 때문이었는지도 몰랐다. 모르는 사람이 보면 송문악은 자신의 앞에 있는 사람과 동행인 것처럼 보일 정도로 태연하게 움직이고 있었던 것이다.

이상한 동행을 이상하게 보이지 않게 하는 송문악의 행동, 바로 고산앙의 영보(影步)가 송문악의 발에서 시전되고 있었던 것이다.

그러던 어느 순간 송문악의 신형이 천천히 자신이 따르던 행인에게서 멀어지더니 차차 고산앙과 거리를 좁혔다. 그리곤 이내 고산앙과 어깨를 나란히 하고 걷기 시작했다.

"역시 송 공자는 대단해. 벌써 영보를 익숙하게 전개하다니 말이야."

"하지만 무공을 익히지 않은 일반인을 상대로 한 것이니 대단한 것은 못 됩니다."

고산앙의 칭찬에 송문악이 고개를 저으며 대답했다.

"그렇게 겸손해하지 않아도 돼. 언제나 처음 시작이 어려운 법이야. 일단 영보의 원리를 터득했으니 송 공자는 이제 곧 무림의 고수들을 상대로도 영보를 펼칠 수 있을 거야. 더군다나 송 공자의 무공은 강호 절정고수에 못지않게 대단하지 않던가. 아무리 영보가 무공이 높다고 익혀지는 보법이 아니더라도 무공이 높으면 익히기 유리한 것은 사실이지. 이제 적당한 시간만 지나면 송 공자의 영보는 완성될 거야."

"모두 어르신 덕분입니다."

"물론 나도 한몫한 것은 부인할 수 없는 사실이지. 하하하!"

두 사람이 서로를 보며 기분 좋은 웃음을 지어 보였다. 그렇게 영보의 수련과 살수행으로 이루어진 두 사람의 여행은 계속되고 있었다.

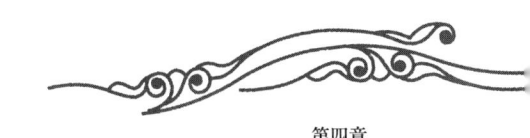

第四章

용병(傭兵)

시간이 흐르자 경험도 늘어났다. 자신의 도검에 피를 흘린 사람의 숫자를 더 이상 세지 않은 것도 꽤 오래전 일이었다. 경험이 쌓이자 죽음은 죽음으로서의 가치를 상실했다. 대신 수중에는 적지 않은 돈이 모여졌다. 모두 사람의 목숨 값이었다. 더불어 송문악은 죽음 앞에 무심한 무림인이 되어가고 있었다.

"큰 건이 들어왔어."

송문악이 고산앙으로부터 살법을 배우기 시작한 지 이 년이 지난 어느 날이었다. 고산앙이 정색을 하며 송문악에게 말했다. 송문악이 몸을 누이고 있던 침상에서 일어나 고산앙의 맞은편으로 가 앉았다. 그리곤 고산앙의 눈을 바라봤다.

'정말 큰 건인가 보군.'

송문악이 고산앙의 표정을 보며 생각했다. 송문악의 눈에 비친 고산앙의 동공이 조금이나마 긴장되어 있었다. 살수의 제왕이라고 불리는 고산앙과 같은 인물을 긴장시킬 만한 일은 그리 많지 않다. 지금껏 고산앙을 따라다니며 적지 않은 살행을 했지만, 오늘처럼 고산앙이 정색을 하고 이야기를 꺼낸 적은 없었다.

"어떤 일입니까?"

일상적이지 않은 질문이었다. 보통 송문악은 고산앙이 가져온 일에 대하여 가타부타 질문을 하는 경우가 거의 없었다. 하지만 오늘은 묻지 않을 수 없었다. 살황 고산앙을 긴장시키는 상대라면 송문악도 궁금하지 않을 수 없었던 것이다.

"해남검문이라고 아나?"

물론 해남검문은 송문악도 익히 알고 있는 문파다. 대륙의 남단 해남도에 웅크리고 있는 해남검문은 특별한 강자가 존재하지 않는 남방무림에서만큼은 중원의 구파에 버금가는 세력을 자랑하는 문파였다.

더군다나 간혹 중원에 출현하는 해남검문 검객(劍客)들의 검공은 중원무림을 한바탕 소란스럽게 만들 만큼 절정의 수준을 보여주곤 하였다. 그래서 해남검문은 무림 역사에서 새외의 강자로 뚜렷한 족적을 남긴 문파 중 하나였던 것이다.

"알고 있습니다."

송문악이 신중한 음성으로 대답했다.

송문악의 표정이 밝지 않았다. 해남검문을 입에 올렸다는
것은, 다음 청부 대상이 해남검문에 있다는 말이 되기 때문이
었다. 이건 보통 일이 아니었다. 대해남검문을 상대로 한 청
부. 위험한 청부였다. 하지만 송문악의 생각이야 어쨌든 고산
앙이 천천히 그가 가지고 온 청부에 대해 설명하기 시작했다.

"본래 해남검문는 광동과 해남도 일대의 제해권을 장악하
고 해상 무역으로 부를 축적한 문파지. 사람들은 대부분 간혹
강호에 출도한 해남검문 검객들이 보여준 검공에 대한 인상
때문에 해남검문을 새외의 검가(劍家)로만 생각하는 경향이
있는데 사실 해남검문는 검가이기 이전에 거대한 상가(商家)
이기도 하지. 들리는 말에 의하면 해남검문이 운용하는 상선
의 숫자가 근 오십여 척에 이른다고 하더군."

고산앙은 상가로서의 해남검문의 저력을 먼저 입에 올렸
다. 송문악은 묵묵히 고산앙의 설명을 듣고 있었다. 상가로서
의 해남검문을 설명하는 데에는 그만한 이유가 있을 것이기
때문이었다. 청부를 수행함에 있어 고산앙은 다른 곳으로 관
심을 돌리지 않는 사람이었다.

하지만 일단 해남검문의 상가로서의 위치를 설명한 고산
앙은 이번에는 전혀 다른 이야기를 끄집어냈다.

"구파가 강호의 천외천으로 군림하기 이전에 천하에는 구

파만 있었던 것은 아니야. 구파와 버금가는 세력을 지닌 문파가 여럿 있었지. 그리고 그중 하나가 바로 남궁세가지."

남궁세가란 이름은 오히려 해남검문보다도 더욱 뚜렷한 인상으로 송문악의 머릿속에 들어 있었다. 비록 구파일방의 기세에 눌려 지난 백여 년간 침묵을 지키고 있다고는 해도 강호에서 남궁세가란 이름은 결코 무시할 수 없는 존재였던 것이다. 언젠가 구파일방의 아성이 무너지는 날이 오고, 그 아성을 무너뜨릴 문파를 꼽으라면 남궁세가는 당연히 다섯 손가락 안에 들어갈 터였다.

그런데 고산앙의 이야기는 또다시 다른 방향으로 흘렀다.

"삼 개월 전 포양호에서 한바탕 혈사가 일어났다고 하더군. 여럿이 죽었는데 죽은 자들 중 남궁세가의 절정검수인 군자검 남궁산이 들어 있었다는군."

군자검 남궁산은 송문악이 모르는 이름이다. 남궁세가의 이름은 아직도 강호에 뚜렷하게 살아 있지만 그 속에 살고 있는 문도 중 강호에 이름이 알려진 자는 채 다섯이 되지 않았다. 그만큼 구파일방의 그늘이 넓다는 의미이기도 했다.

"군자검 남궁산은 무림에 널리 알려지지는 않았지만 남궁세가의 식솔 중 적어도 열 손가락 안에는 들어갈 검객이지."

"그런 대단한 고수가 어쩌다가 죽임을 당한 거죠?"

남궁세가에서 열 손가락 안에 꼽히는 고수라면 구파일방의 장로들도 한 수 양보해야 할 무공을 지니고 있었을 것이다.

"요 몇 년 사이에 포양호 일대에서 급격하게 두각을 나타낸 두 개의 문파가 서로 대립하고 있었지. 군룡회와 천자방이 바로 그 두 문파지. 두 문파는 삼 년 전만 해도 전혀 이름이 알려지지 않은 문파들이었는데, 어느 날 갑자기 두각을 나타내며 포양호의 상권을 놓고 격렬하게 격돌하기 시작했다는군. 그런데 남궁산은 그중 군룡회를 돕고 있었던 모양이야."

송문악의 눈빛이 살짝 변했다. 무언가 심상찮은 느낌이 고산앙의 말에서 감지되었기 때문이다.

"천자방에 고수가 있었던 모양이군요?"

"물론, 고수가 있었지. 남궁산이 죽은 후 그저 중소문파끼리의 영역 싸움이라고 생각했던 군룡회와 천자방의 싸움이 갑자기 무림의 관심을 끌기 시작했지. 남궁산의 죽음이 가져온 변화지. 그리고 수개월이 지나자 드디어 남궁산을 죽인 자의 이름이 강호에 알려졌네. 바로 해남검문의 검호(劍豪)로 알려진 파랑검 호종위란 인물이 남궁산을 죽인 흉수였네. 그런데 파랑검 호종위의 신세 내력이 또한 무림의 관심을 끌었지. 해남검문의 문주 광풍검 호상중의 두 아들 중 하나였기 때문이지. 나이는 이제 사십대 후반. 그런 자가 육십을 넘은 검의 대가 남궁산을 죽였으니 그의 무공이 얼마나 대단한 것인지는 보지 않아도 알 수 있는 것이고."

"청부의 대상이 파랑검 호종위인가요?"

그렇다면 아마도 청부자는 남궁세가일 터이다. 그런데 뜻밖에도 고산앙이 고개를 저었다.

"아니, 청부를 받은 인물은 그가 아니야. 바로 십대괴객의 일인인 매혼자 음영인이 이번 청부 대상이야."

고산앙의 말에 송문악이 어리둥절한 시선으로 고산앙을 바라봤다. 왜 음영인에 대한 청부를 이야기하면서 해남검문과 남궁세가, 그리고 포양호를 놓고 쟁투를 벌이고 있는 군룡회와 천자방의 이야기를 꺼낸 것인가?

고산앙이 즉시 그 답을 해줬다.

"매혼자 음영인이 군룡회의 초청을 받아 포양호에 모습을 나타냈다는군. 그리고 군룡회에서 음영인을 초청한 이유는 바로 파랑검 호종위를 제거하기 위해서이고."

"그럼 청부를 한 쪽은?"

고산앙이 고개를 끄덕였다.

"맞아. 바로 해남검문에서 청부가 들어왔어. 음영인을 죽여달라는군. 파랑검 호종위를 지키기 위해서."

송문악이 고개를 갸웃거렸다.

"이해할 수가 없군요. 남궁세가와 해남검문 모두 누군가에게 보복을 의뢰하거나 또는 자신을 지키기 위해 누군가를 청부할 문파들이 아닌 듯한데."

"옳은 지적이야. 두 문파는 절대 누구를 불러들여 자파의 원한을 풀 문파들은 아니지. 적어도 자기 한 몸 지키거나 문도의 목숨 빚을 받아낼 능력은 있는 문파들이니까. 하지만 상황에 따라서는 힘을 가지고도 쓰지 못할 때가 있는 법이야."

"힘을 가지고도 쓰지 못한다면?"

"싸움은 포양호를 중심으로 군룡회와 천자방의 이름으로 행해지고 있어. 들리는 소문에 의하면 양 파에서 불러들인 용병이 전체 싸움을 이끌고 있다고 하더군. 군자검 남궁산과 파랑검 호종위는 아마도 두 문파에서 초청했던 고수들 중 하나였겠지. 어쩌면 남궁세가나 해남검문이 두 세력을 뒤에서 조종하고 있을 수도 있어. 하지만 두 문파는 이 싸움의 전면에 나서기를 꺼리고 있는 것 같더군. 여러 가지 이유가 있겠지. 구파의 눈치도 보아야 하고… 혹은 양 문파 모두 전면전을 우려하고 있을 수도 있고. 서로 전면전을 펼치면 피해가 적지 않을 테니까."

송문악이 천천히 고개를 끄덕였다.

"그래서 청부를 수락하신 겁니까?"

"아직 대답하지 않았어. 송 공자의 의견을 듣고 결정하려고 말이야."

역시 흔히 있는 일이 아니었다. 지금껏 청부의 수락 여부는 언제나 고산앙 홀로 결정했다.

"왜 제 의견이 필요한 겁니까?"

"이번 일은 다른 때와는 좀 달라. 송 공자의 목표가 신기루에 있다면 이번 일은 신중하게 결정해야 하는 일이기 때문이지. 포양호는 지금 두 세력의 대립으로 커다란 혈전장으로 변해 있어. 수많은 강호의 고수들이 양 파의 초청을 받고 싸움에 가담하고 있고… 하나의 목표를 정해 남의 눈을 피해 은밀히 암살을 해왔던 지금까지의 살수행과는 그 성격이 다른 일일 거야. 수많은 고수들 속에 섞여 있는 목표를 죽이는 것은 결코 쉬운 일이 아니니까."

"만약 청부를 수락한다면 어떤 방법을 쓰실 생각입니까?"

"매혼자 음영인은 고수야. 십대괴객이라 불리는 인물 중에서도 앞에서 서너 번째 안에는 들지. 지난번 운남 하구에 신기루가 나타났을 때 그는 점창의 장로 기척신을 죽였지. 그것만으로도 그의 실력이 어느 정도인지 짐작할 수 있을 거야. 점창이 지금은 그야말로 몰락 일보 직전에 몰린 신세가 되었지만 당시만 해도 구파의 한자리를 노리던 문파였으니까. 그런 문파의 장로를 죽였다는 것은 그만큼 음영인의 무공이 무섭다는 거야. 그래서 만약 이 청부를 수락한다면 우린 한동안 용병(傭兵) 생활을 해야 할 거야. 자연스럽게 그와 만날 수 있는 기회를 노려야겠지."

"용병이라……."

"역시 송 공자에게 좋은 일은 아니야. 비록 송 공자가 정체를 숨기고 용병으로 활동한다고 해도 이번 일을 통해 송 공자의 얼굴이 적지 않은 사람들에게 노출될 테니까. 그리고……."

"말씀하십시오."

"어쩌면 신기루에서도 이 일에 관심을 가지고 있을지도 모르겠어. 남궁세가와 해남검문이라면 신기루의 관심을 끌기에 충분한 세력들이니까. 그들이 송 공자가 말한 대로 정말 구파일방의 또 다른 얼굴이라면 남궁세가와 해남검문의 움직임을 주시하지 않을 수 없겠지."

고산앙이 말을 끝내자 송문악이 곰곰이 생각에 잠겼다. 이 일을 하게 된다면 어쩌면 송문악으로서는 무림의 전면에 모습을 드러내는 첫 번째 기회가 될 것이다.

"좋은 점은 없나요?"

문득 송문악이 고개를 들며 물었다. 고산앙이 한 말들은 모두 이번 일을 맡았을 때 송문악에게 일어날 수 있는 좋지 않은 일들이었다. 고산앙이 입가에 슬쩍 미소를 지었다.

"물론 좋은 점도 있지. 무엇보다도 어둠 속에서 움직이는 살수의 생활이 아닌 진짜 무림의 전장을 경험하게 될 거야. 내가 언젠가 말했지만 송 공자는 살수보다는 강호 대협의 모습이 더 어울리지."

"진정한 무림의 전장이라……. 그거야말로 지금의 저에게 필요한 경험이군요. 어르신께서는 이제부터 저를 청명이라 불러주십시오."

"하겠다는 이야기군."

"멋진 이름을 만들어놓고 쓰지 않은 지가 너무 오래되었습니다."

"좋아. 나도 말은 그렇게 했지만 맡고 싶은 일이었어. 매혼자 음영인은 오랜만의 대물이란 말이야. 청부금도 적지 않고… 또 몹시 못된 놈이기도 하지."

"그럼 역시 군룡회의 용병이 되는 건가요?"

"아니, 천자방의 용병이 될 거야."

"왜죠? 음영인은 군룡회에 있지 않습니까?"

"그가 노리는 것은 오로지 파랑검 호종위일 테니, 천자방에서 그가 호종위 곁으로 다가올 때까지 기다리는 것이 좋겠지. 내가 여러 차례 이야기했지만 역시 살행의 기본은 목표가 다가오기를 기다리는 것이야."

"전 정말 멍청하군요. 어르신께서 가장 강조하는 그 원칙을 어느새 또 잊고 있었다니 말입니다."

"하하, 송 공자가 멍청하다면 세상에 바보 아닌 자가 누가 있겠어. 자, 이제 그만 움직이자구."

고산앙의 말에 송문악이 자리에서 일어났다. 그리곤 낡은 객방의 벽 한쪽에 걸려 있던 목함을 들어 등에 둘러멨다. 두 사람은 준비가 끝나자 열흘간 머물렀던 개봉의 오래된 객잔을 떠나 포양호가 있는 강서로 향했다.

*   *   *

포양호의 푸른 물결이 늦봄의 햇살을 받아 보석처럼 반짝였다. 포양호 주변의 수림은 봄의 기운을 받아 초록으로 물들고 있었다. 포양호는 북쪽으로 장강과 연결이 되기는 하지만 그 수원은 장강의 상류가 아니라 강소성의 산악 지대에서 발원한 강들이었다. 그 강물이 포양호에 머물렀다가 장강에 합류하여 바다로 밀려갔다.

간혹 장강에 커다란 장마가 지면 장강의 수위가 높아져 장강의 물이 포양호로 역류하는 경우도 있었지만, 대부분의 경우 물은 포양호에서 장강으로 흘러들어 간다. 강서의 물산이 이동하는 것도 이 물길을 따라 움직이는 경우가 많았으므로 포양호에는 당연히 적지 않은 상권이 형성되어 있었다.

이 상권을 놓고 군룡회와 천자방이 격돌하고 있었다. 두 문파가 포양호의 상권을 놓고 격돌하기 시작한 것도 어언 삼 년여. 보통의 경우 삼 년이란 시간은 어느 쪽이든 싸움의 승패를 보게 마련인 시간이었지만 포양호의 싸움은 다른 무림의 싸움들과는 전혀 다른 양상으로 흘러가고 있었다.

삼 년간의 전면전을 치렀다면 어떤 문파건 그 세력이 상당히 약해져야 정상이다. 그런데 삼 년간의 싸움을 치러낸 군룡회와 천자방은 그 저력이 약해지기는커녕 오히려 그 삼 년간의 싸움을 통해 더욱 강력한 전력을 키워냈던 것이다.

그것은 바로 그들의 싸움 방식, 즉 용병을 불러들여 싸움을 치러내는 방식 때문이었다. 무림에서 내로라하는 고수 중 포양호를 찾은 자도 여럿이었다. 모두 양 파의 초청에 의해 포양호로 몰려든 것이다.

그러자 자연히 강호인들의 머릿속에는 한 가지 의문이 떠올랐다. 재물은 귀신도 부린다는 말이 있듯이 오늘날 군룡회와 천자방이 삼 년의 전쟁을 치르고도 오히려 강성한 세력을 형성하게 된 것은 당연히 풍부한 재물이 그 원동력이었다. 그렇다면 삼 년의 싸움에도 마르지 않고 오히려 갈수록 이름난 고수를 끌어 모을 수 있는 양 파의 자금력은 과연 어떻게 얻어진 것일까?

근자에 들어 언급되어지는 가능성은 남궁세가와 해남검문이었다. 물론 그 가능성이 논의되기 시작한 것은 해남검문의 파랑검 호종위가 남궁세가의 군자검 남궁산의 목을 베었을 때부터였다.

그 두 사람의 격돌이 있은 후, 강호인들은 이 포양호의 전쟁이 어쩌면 군룡회와 천자방의 단순한 상권 싸움 이상의 의미를 지니고 있을지도 모른다는 의심을 하게 되었다.

사람들의 관심이 수많은 강호의 고수를 초청해 삼 년의 전쟁을 치러낼 수 있었던 양 파의 자금력을 주시하고 있을 무렵 발생한 남궁산의 죽음은 남궁세가와 해남검문이 이 싸움에 자파의 정예 고수를 파견했다는 것을 의미하는 것이었다.

남궁세가와 해남검문이라면 군룡회와 천자방의 마르지 않는 자금줄로서 충분한 이유가 된다는 것이 세간의 추측이었다. 더군다나 해남의 상권을 장악한 해남검문이 그 세력을 대륙으로 키워 나갈 때마다 언제나 그 앞을 가로막았던 곳이 남궁세가였으므로 포양호 싸움이 두 문파 간의 대리전일지도 모른다는 추측은 상당한 설득력을 가지고 있었다.

"어쨌든 그래서 지금 남쪽 무림의 관심은 온통 이 포양호에 쏠려 있다고 할 수 있지."

포양호의 남쪽 강변을 끼고 화산포라 불리는 제법 큰 포구가 자리 잡고 있었다. 그 포구를 중심으로 오백여 호 남짓한 가옥으로 이루어진 마을이 형성되어 있었고, 그 마을의 중앙에는 수십 채의 기와집으로 이루어진 거대한 장원이 자리 잡고 있었다. 바로 포양호 전쟁의 두 주역 중 하나인 천자방의 본거지였다.

천자방의 본거지를 향해 천천히 걸음을 옮기면서 고산앙이 군룡회와 천자방의 싸움에 대해 좀 더 자세한 이야기를 송문악에게 들려주고 있었다.

"도대체 어르신께서는 그런 정보를 어디에서 얻으신 것입니까?"

송문악이 고산앙을 보며 물었다.

"새삼스럽게 그게 무슨 말이야? 당연히 한천녀 옥소화로부터 얻어듣는 것이지."

"아, 맞아. 내가 또 그 생각을 잊고 있었군요. 제가 잠시 그분으로부터 청부가 온다는 사실을 잊고 있었습니다."

"한천녀 옥소화는 강호의 어떤 사람보다도 많은 정보를 가지고 있어. 내가 어렵잖게 청부를 수행할 수 있는 것은 한천녀의 정보도 큰 몫을 하지. 물론 내가 그녀에게 적지 않은 돈을 떼어주는 것은 사실이지만……."

"역시 이번 일도 그분을 통해서 맡으신 거군요."

"맞아. 그녀는 이 포양호에도 주루를 하나 가지고 있거든."

고산앙의 말에 송문악이 고개를 끄덕였다. 한천녀 옥소화의 주루가 포양호에 있다면 고산앙을 통해 듣고 있는 이 싸움의 정보는 모두 믿을 만한 정보일 것이다.

마을로 들어선 두 사람은 다른 곳으로 눈길을 돌리지 않고 곧바로 천자방의 장원을 향해 걸음을 옮겼다.

"이건 장원이 아니라 하나의 성(城)이군요."

수십 채의 건물로 이루어진 천자방의 장원을 보며 송문악이 혀를 내둘렀다. 고산앙도 송문악의 생각과 같은지 잠시 걸음을 멈추고 천자방의 장원을 빙 둘러싼 높다란 담장과 그 너머로 비죽비죽 솟은 지붕들을 바라봤다.

"막대한 자금이 흘러드는 것은 분명하군."

"지은 지 얼마 되지 않은 건물들인 것 같군요."

"사람이 모여드니 건물을 늘리게 된 것일 거고, 전쟁이 포악해지니 담을 높인 것이겠지. 자, 가보자구."

거대한 천자방의 정문 앞에 수십 명의 사람이 웅성거리며 모여 있었다. 사람들의 앞쪽으로 긴 나무 탁자가 놓여 있고 그 맞은편 쪽에 한 명의 노인과 두 명의 장년인이 앉아서 정문 앞에 모여든 사람들을 순서대로 면담하고 있었다.

오늘이 바로 한 달에 한 번 천자방이 용병을 들이는 날이었던 것이다. 보통 사람들이 돈을 벌기 위해 시장을 찾아가듯 강호의 무림인들은 먹고살기 위해, 그리고 그들이 살아 있다는 것을 확인받기 위해 싸움터를 찾아다닌다.

그런 면에서 보자면 군룡회와 천자방의 이 포양호 싸움은 한곳에 거처를 두지 않고 강호를 떠도는 무림인들이나 자신의 이름을 강호에 알리고 싶은 신출내기 무인들에게는 아주 좋은 장터였다. 이미 수많은 강호인들의 이목이 집중되어 있는 소문난 싸움터이기도 하거니와, 어디서 나오는지는 확실치 않지만 풍부한 돈이 돌고 있어 적지 않은 금전을 챙길 수 있는 싸움터였기 때문이다.

그래서인지 오늘도 적지 않은 무인들이 이 싸움에 참여하기 위해 천자방 앞으로 모여들고 있었다. 하지만 도검을 든 무인이라고 아무나 이 싸움에서 돈과 명성을 얻을 자리를 차지할 수는 없었다. 싸움 자체가 유명해지자 강호의 강자들이 몰려들고 있기 때문이었다.

천자방은 내삼각(內三閣), 외오당(外五黨)의 조직을 갖추고 있었다. 내삼각은 그야말로 천자방을 이끌고 있는 최고수들이 모여 있는 곳으로 천, 지, 인 삼각에 모두 삼십여 명의 강호 일류고수들이 소속되어 있다고 알려졌다.

외오당은 일당에서 오당까지 각기 오십여 명의 강호고수들로 구성되어 있었는데, 군룡회와의 싸움에 항상 최일선으로 나서는 자들이 바로 외오당 소속의 무사들이었다.

외오당 중 일당과 이당은 천자방에서 직접 키운 고수들로 채워져 있었으나 나머지 세 개의 당은 강호에서 불러들인 용병들로 운용되고 있었다. 덕분에 천자방 외오당 중 삼, 사, 오당의 인원은 수시로 결원이 발생했고, 오늘처럼 천자방에 칼품을 팔기 위해 찾아온 고수들이 결국 갈 곳도 바로 세 개 당 중 하나였다. 그러므로 당연히 새로운 용병을 뽑는 일은 세 당의 당주 몫이었다.

천자방 외오당 중 오당(五黨) 당주 구중산은 살짝 낯을 찌푸렸다.

'한쪽은 너무 늙었고, 한쪽은 너무 젊군.'

느껴지는 기도도 가히 뛰어나 보이지는 않았다. 더군다나 늙은 쪽은 조금 어리숙해 보이기까지 했다. 그나마 젊은 쪽의 눈빛이 살아 있다는 것이 다행이라면 다행이었다.

"이름은?"

구중산은 약간 귀찮은 표정으로 물었다.

"나는 고장원이라 하고 이쪽은 청명이라 하우."

고산앙이 어리숙한 목소리로 대답했다. 약간의 변복으로도 고산앙은 평소보다 좀 더 늙어 보였고, 송문악은 평소보다 좀 더 어려 보였다.

"나이가 각자 몇이오?"

역시 보는 것과 다르지 않게 어리숙한 대답이 흘러나오자 구중산이 좀 더 못마땅한 얼굴로 물었다.

"난 쉰여덟이고 이 사람은 스물둘이오."

"나이를 속이면 안 되오."

구중산이 보기에 노인은 칠십이 가까워 보였고, 청년은 아직 스물이 넘지 않아 보였다. 송문악과 고산앙은 변복을 하고 있었으나 나이는 속이지 않았기에 오히려 구중산은 이 두 명의 노소가 일을 얻기 위해 나이를 속이고 있다고 생각했던 것이다.

"속이지 않았소."

고산앙의 대답에 구중산이 고개를 끄덕였다. 하긴, 어차피 탈락할 인물들인데 나이를 속인다 한들 무슨 상관 있으랴 싶었던 것이다.

"어떤 무공을 익혔소?"

형식적이나마 묻지 않을 수 없는 질문이었다.

"난 검을, 이쪽은……."

고산앙이 대답을 하다 말고는 송문악을 바라봤다. 귀곡육보 중 어떤 것을 앞세울지 몰랐기 때문이다.

"궁술과 검을 익혔습니다."

송문악의 입에서 대신 대답이 흘러나왔다. 순간 탁자에 나란히 앉아 있던 삼 인의 천자방 외오당 당주 중 가장 나이가 많은 삼당주 황충이 송문악 쪽으로 시선을 돌렸다. 그리고 깊은 눈으로 고산앙과 송문악을 살펴보기 시작했다.

"험한 싸움이오. 버텨낼 자신은 있소?"

여전히 질문은 구중산이 던지고 있었다.

"이런 변방의 싸움터에서 죽을 정도로 약하지는 않수."

고산앙의 대답을 들은 구중산의 안면 근육이 움찔거렸다. 포양호의 싸움은 더 이상 변방의 싸움이 아니었다. 수많은 강호고수들이 이 싸움에 참여하고 있었다. 그런데 언제든 관 속으로 들어가도 전혀 이상할 것 같지 않은 늙은이가 이 싸움을 변방의 싸움으로 치부해 버리는 것이 아닌가. 그것은 또한 천자방 외오당 오당주를 맡고 있는 구중산 스스로의 자존심을 깎아내리는 말이기도 했다.

"그런 말을 하는 걸 보니 나이는 많아도 강호 정세를 잘 모르는 모양이구려. 이보시오. 지금 이 포양호에서 벌어지고 있는 싸움은 노인이 알고 있듯 강호의 변방에서 벌어지는 그저 그런 싸움이 아니란 말이오. 지금 이곳에는 강호의 내로라하는 고수들이 수없이 몰려들고 있소. 난 강호의 경험이 그리 적은 편이 아닌데, 노인의 이름이나 여기 젊은이의 이름을 들어본 적이 없소. 보아하니 그저 이곳저곳 떠돌며 작은 싸움터에서 칼 밥이나 먹고사는 사람들인 모양인데, 이곳에서는 강호의 뒷골목이나 찾아다니는 알량한 무공을 가지고는 단 하루도 버틸 수 없으니 목숨을 중히 여겨 이만 물러나시오."

구중산이 귀찮다는 듯 차갑게 말하고는 손을 내저었다. 그러자 고산앙이 무덤덤한 표정으로 중얼거렸다.

"안 쓰겠다면 어쩔 수 없지, 다른 곳을 찾아가는 수밖에."

그리곤 고개를 돌려 송문악에게 말했다.

"청 형제, 우린 다른 곳에서 일자리를 찾아봐야겠어."

"그렇게 하시죠. 쓰고 안 쓰고야 돈 주는 사람 마음이니."

송문악도 고산앙의 말에 대수롭지 않다는 듯 동의했다. 두 사람은 마치 잠시 물건을 사려고 흥정하다 가격이 맞지 않아 돌아서는 장사꾼들처럼 천자방 외오당의 세 명 당주의 눈앞에서 미련없이 돌아섰다.

천자방 오당주 구중산의 표정이 살짝 굳어졌다. 일은 그의 의도대로 진행되었지만 기분은 찜찜했다. 어쩌면 그는 이 두 명의 허름한 삼류무사들이 자신의 바짓가랑이라도 잡고 사정하기를 바라고 있었는지도 몰랐다.

그런데 그때였다. 갑자기 가장 왼쪽에 앉아 말없이 세 사람의 모습을 주시하고 있던 노인이 불현듯 입을 열었다.

"잠깐, 나 좀 봅시다."

외오당의 삼당을 맡고 있는 삼당주 황충이었다. 삼당주 황충은 강호의 고수들이 몰려든 당금의 천자방에서도 무위만을 놓고 보자면 최고수 층에 속한다고 알려졌고, 그간 군룡회와의 싸움에서도 여러 번 대단한 성과를 얻어낸 인물이기도 했다.

하지만 그런 그의 능력에 비해 그 성격이 몹시 괴팍하고 외골수여서 실력으로는 내삼각의 요인이 될 수 있음에도 불구하고 외오당의 삼당주를 맡아 직접 검을 들고 싸움터를 전전하는 것으로 알려진 인물이었다.

구중산의 얼굴이 좀 더 짜증스럽게 변했다.

'이 노인네는 왜 또 끼어드는 거야? 이 노인네가 끼어들면 항상 일이 이상하게 꼬이기 마련이었는데……'

구중산이 속으로 갑자기 끼어든 황충에 대해 불평을 쏟아내는 사이 고산앙과 송문악은 어느새 황충 앞으로 다가서고 있었다.

"생각이 바뀌었소? 우릴 쓰시겠소?"

고산앙이 여전히 무덤덤한 말투로 물었다.

"삼당주님, 이들은 본 방에 들 실력이……."

구중산이 재빨리 끼어들었다.

"됐어. 삼당에서 쓰지."

구중산의 말이 황충에 의해 여지없이 중간에 잘렸다. 구중산의 표정이 순식간에 일그러졌다. 그렇다고 삼당주 황충에게 뭐라 반박할 수도 없었다. 외오당 중 삼, 사, 오당은 거의 용병들로 구성되기 때문에 각 당의 구성원을 뽑는 것은 각 당주의 몫이었다.

그러니 구중산이 아무리 눈앞에 있는 두 노소가 마음에 들지 않는다 하더라도 삼당주 황충이 굳이 쓰겠다면 그것을 막을 방법은 없었다. 더군다나 이 삼당주 황충은 구중산이 감당할 수 있는 인물이 아니었다. 그 실력도 실력이려니와 천자방주조차도 그의 고집을 꺾지 못하는 외곬의 성격을 가지고 있는 사람이었기 때문이다.

'망할 늙은이! 이자들에게서 뭘 본 거지?'

구중산의 입 안에 쓴 침이 고였다. 혹여 이 보잘것없어 보이는 두 노소가 전장에서 큰 공이라도 세우게 된다면 자신의 위신은 여지없이 추락할 것이고, 숨은 인재를 찾아내는 삼당주 황충의 능력은 다시 한 번 천자방의 이야깃거리가 될 것이다.

'하긴 한두 번 겪는 일도 아니지.'

구중산이 고개를 돌려 입 안에 고인 침을 뱉어냈다. 삼당주 황충의 사람 보는 능력은 그의 무공과 더불어 명성이 자자했다. 그간 다른 당(黨)에서 쓰기를 거부한 인물을 삼당에 들여 큰 활약을 하게 한 것이 한두 번이 아니었다. 그래서 외오당 중 삼당은 다른 당에 비해 전장에서의 성과가 항상 뛰어났던 것이다.

'흥! 덕분에 삼당은 언제나 가장 위험한 곳을 맡게 되지. 어디, 잘해보라구, 늙은이!'

구중산이 속마음을 감추며 황충을 향해 고개를 돌렸다.

"삼당주께서 쓰시겠다면 저야 달리 할 말이 없습니다."

하지만 황충은 구중산의 말을 듣는 듯 마는 듯 흘려버리고 고산앙과 송문악을 보며 입을 열었다.

"앞서 오당주가 말했지만 본 장의 싸움은 몹시 험하오. 그중에서도 우리 삼당은 언제나 가장 위험한 곳을 맡는 편이지. 본 당에는 보통 오십여 명의 당원이 소속되어 있는데 그중 한 달에 죽어나가는 숫자가 열이 넘소. 하겠소?"

"듣자 하니 천자방에서는 적지 않은 은자를 준다고 하던데……."

고산앙이 황충의 물음에 대답하지 않고 칼품의 값을 먼저 물었다.

"다른 곳보다는 나을 거요. 본 방에서 초청하는 고수는 모두 삼등급으로 구분되오. 그중 상급은 내삼각에 들게 되며 그 보수는 외부에 알려줄 수 없소. 중급과 하급은 외오당 중 우리 삼당과 사, 오당에 배속되는데 중급의 경우 싸움이 있건 없건 한 달에 은자 오십 냥, 하급은 은자 삼십 냥이오. 하겠소?"

황충이 다시 한 번 물었다.

"우린 어느 급에 속하는 거요?"

"중급!"

황충이 짧게 대답했다.

"한 달에 은자 오십 냥이라……. 괜찮군. 어떤가, 청 형제?"

고산앙이 송문악을 돌아봤다. 겉모습을 보기에 두 사람이 강호에서 만나 친분을 나누기에는 나이 차이가 너무 많이 나 보였지만, 두 사람은 다른 사람의 시선에는 전혀 개의치 않는 듯 보였다.

"어르신께서 좋으시다면 저도 좋습니다. 오십 냥은 적지 않은 돈이지요."

"좋아, 청 형제도 좋다면 이곳에서 일하기로 하지. 천자방에서 일하겠소."

"좋소. 앞으로 잘 지내봅시다. 잠시 저쪽에서 기다리시오. 아직 뽑을 사람이 더 남았으니."

황충의 말에 고산앙과 송문악이 고개를 끄덕이고는 사람들이 몰려 있는 탁자 주변을 벗어나 먼저 채용된 십여 명의 용병들이 서 있는 곳으로 걸음을 옮겼다.

"당주께서 보자시오."

외삼당 삼조 조장 왕사적이 천자방 스물한 개의 건물 중 외삼당 오십여 명이 거처하는 투박하게 지어진 삼층짜리 목조 건물의 이층 방에 짐을 풀고 잠시 쉬고 있던 고산앙과 송문악을 찾아와 삼당주 황충의 전갈을 전했다. 말을 전하면서도 왕사적의 눈은 날카롭게 두 사람을 살피고 있었다.

"갑시다."

고산앙이 왕사적의 행동에 개의치 않고 자리에서 일어나며 말했다.

"난 삼당 삼조 조장 왕사적이오."

"반갑수. 난 고장원이라고 하고, 이쪽은 청명이라 하지. 어린 친구지만 제법 괜찮은 솜씨를 가지고 있다오."

고산앙이 자신과 더불어 송문악까지 한꺼번에 소개했다.

"이곳에 칼 밥을 먹기 위해 찾아오는 사람치고 자신들이 약하다고 말하는 사람은 없소. 실력은 입이 아니라 전장에서 몸으로 보여줘야 하는 것이오. 또한 이 포양호의 싸움은 다른 곳의 싸움과는 차원이 다르니 단단히 각오하셔야 할 거요."

아마도 왕사적의 눈에는 송문악과 고산앙의 실력이 그리 대단치 않게 보인 모양이었다.

"옳은 말이구려. 실력은 전장에서 드러나겠지. 갑시다."

고산앙이 별반 대꾸를 하지 않고 길을 재촉하자 왕사적이 볼이 살짝 씰룩였으나 이내 몸을 돌려 두 사람을 안내하기 시작했다.

왕사적을 따라 두 사람은 이층 중앙을 따라 난 반 장 넓이의 긴 복도를 걷다가 다시 삼층으로 이어진 계단을 올라갔다. 삼층에 올라오자 삼층의 중앙에 제법 넓은 거실이 만들어져 있었다. 거실을 빙 둘러 여섯 개의 방이 같은 크기로 늘어서 있었는데, 왕사적은 그 여섯 개의 방 중 가장 안쪽에 위치한 방으로 두 사람을 이끌었다.

"당주, 왕사적입니다."

"들여보내게!"

왕사적이 문밖에서 자신이 왔음을 알리자 방 안에서 황충의 목소리가 들려왔다.

"들어가시오. 그리고… 말조심하시오. 당주님은 천자방에서 누구보다 상대하기 힘든 분이시니까."

왕사적이 송문악과 고산앙에게 낮은 목소리로 주의를 주고는 삼당주 황충의 방문을 열고 두 사람을 안으로 들여보냈다. 송문악과 고산앙이 황충의 방으로 들어서고 왕사적이 막 문을 닫으려는 찰나, 다시 황충의 목소리가 들려왔다.

"삼조장도 들어와!"

"저도요?"

"그래. 이 두 사람은 삼조 소속이야."

그러자 왕사적이 막 닫으려던 문을 열고 황충의 방으로 들어왔다. 황충의 방으로 들어선 그는 송문악과 고산앙을 데리고 올 때와는 전혀 다른, 무척 조심스런 걸음으로 황충 앞에 다가와 섰다.

"앉으시오."

황충이 고산앙을 보며 말했다. 고산앙은 나이보다도 더 늙어 보이게 행색을 꾸몄으므로 삼당주 황충도 고산앙에게는 함부로 말을 놓지 않았다. 황충의 권유에 고산앙이 황충이 앉아 있는 투박한 탁자 앞에 있는 의자에 앉자 송문악도 고산앙의 옆 의자를 차지하고 앉았다.

"함께 일하게 돼서 반갑소."

황충이 조금 비딱한 자세로 의자에 등을 기댄 채 고산앙을 보며 말했다. 고산앙이 가볍게 고개를 끄덕였다.

"그래, 용병 생활은 오래 하셨소?"

"싸움터를 찾아다닌 지 그럭저럭 사십여 년 되었구려."

고산앙의 대답에 황충의 눈에 살짝 이채가 서렸다. 사십 년을 싸움터에서 보낸 자라면 단순한 용병으로 취급할 수 없는 존재다. 강호의 싸움 중 위험하지 않은 싸움이 없고, 생명을 걸지 않는 싸움이 없기 때문이다.

"그럼 달리 이곳 싸움의 위험함을 말해줄 필요는 없겠구려."

"포양호의 싸움이 날로 거칠어지고 있다는 것은 오면서 들었소이다. 덕분에 몸값을 다른 곳보다 좀 더 받을 수 있다는 말과 함께 말이오."

"잘 알고 계시는구려. 포양호 싸움이 시작된 것도 벌써 삼 년이 되었소. 싸움은 날로 치열해지고 있소. 특히 몇 달 전 남궁세가의 군자검 남궁산이 죽음을 당한 후에는 한층 싸움이 험악해졌소이다. 어차피 돈을 받고 싸움터에 발을 들여놓았으니 자신의 목숨을 걸 각오는 되어 있으리라 생각되오만 그래도 싸움터에 나가면 조심하시오. 용병은 그저 살아남는 것이 가장 중요한 일이니까."

돈을 주고 용병을 뽑는 것은 자신을 대신해 싸움터에서 죽어줄 사람을 사는 일인데 그런 사람들에게 목숨을 조심하라고 말하고 있는 황충은 확실히 별종의 인간이 분명했다.

"생존율이 얼마나 되오?"

문득 고산앙이 물었다.

"뭐, 때에 따라 조금씩 다르기는 하지만, 우리 외삼당의 경우 한 번 싸움에 칠 할은 되오."

"칠 할이라……. 나쁘지 않군."

고산앙이 황충의 말을 듣고는 혼잣말로 중얼거렸다.

"두 사람은 본 외삼당 삼조 소속으로 일하게 될 거요. 삼조는 여기 왕 조장이 맡고 있소."

황충의 말에 왕사적이 약간 거만한 눈빛으로 송문악과 고산앙을 응시했다. 하지만 송문악과 고산앙은 자신들이 어디에 속해 싸움을 할 것인지에는 별반 관심이 없는 듯 그저 무덤덤한 표정을 짓고 있을 뿐이었다.

"자, 그럼 자세한 것은 여기 왕 조장에게 듣도록 하시오. 그리고 한마디 덧붙이자면 우리 외삼당은 언제나 가장 위험한 싸움터를 맡고 있소. 이유는 내가 천자방의 수뇌부에게 인심을 잃었기 때문이지. 그저 줄 잘못 섰다고 생각하시오."

그러자 고산앙이 피식 웃음을 터뜨렸다.

"용병이 어디 속하면 어떻소이까? 결국 죽고 사는 거야 싸움터에서 자기 하기 나름이지."

"좋소. 그럼 한동안 잘 지내봅시다. 왕 조장!"

"옛, 당주!"

"이 양반들, 이제부터 삼조 소속이야. 데리고 가서 이곳 싸움에 대해 설명해 주게. 이 황충이 다른 것은 몰라도 사람 보는 눈은 조금 있지. 아마 삼조에 큰 도움이 될 걸세."

"알겠습니다, 당주!"

왕사적이 황충 앞에 공손히 허리를 숙였다. 하지만 황충 앞에서 돌아서자 그의 눈빛은 제법 위압적으로 변해 있었다.

"따라오시오."

그리곤 송문악과 고산앙에게 명령하듯 짧게 말한 후 자신이 먼저 성큼 문 쪽으로 걸음을 옮겼다.

"그럼!"

고산앙과 송문악도 자리에서 일어나 황충에게 가볍게 고개를 숙여 보이고는 왕사적의 뒤를 따라 황충의 방을 벗어났다. 세 사람이 방을 나가는 것을 물끄러미 바라보고 있던 황충이 문이 닫히자 혼잣말로 중얼거렸다.

"묘한 싸움이야. 시간이 갈수록 고수들이 모여드는군."

"처음부터 천자방에 속해 있던 사람들은 내삼각의 일각과 외오당의 일, 이당 두 곳에 속해 있는 사람들이 전부요. 내삼각의 나머지 이각과 외오당의 삼, 사, 오당은 모두 천자방이 강호에서 끌어 모은 사람들로 채워져 있소. 결국 배보다 배꼽이 더 큰 경우라고 할 수 있지.”

왕사적이 긴 복도를 따라가며 천자방에 대한 이야기를 송문악과 고산앙에게 해주고 있었다. 그는 자신의 조원이 된 두 사람에 대해 약간의 거드름을 피우는 경향은 있었지만, 일단 자신의 조원이 된 이상 이 포양호 싸움에 대한 자세한 설명을 해줘야 한다는 책임감도 느끼고 있는 듯했다.

“조장은 천자방 출신이오?”

문득 고산앙이 물었다.

“아니오. 나 또한 삼 년 전 용병으로 이 싸움에 끼어들게 된 사람이우. 황 당주께서 날 뽑았지. 그새 나도 천자방 사람이 다 되기는 했지만 어쨌든 처음부터 천자방에 속한 사람은 아니었수. 그러고 보면 애당초 처음부터 천자방에 속한 사람은 아예 없었다고도 할 수 있지.”

“그게 무슨 말이오? 처음부터 천자방에 속한 사람은 없었다니?”

“말 그대로요. 이 천자방이나 상대인 군룡회나 모두 삼 년 전에 생긴 문파란 말이오. 노인장도 아시겠지만 강호에서 한 문파가 생겨나기까지는 무척 오랜 세월이 걸리고, 더불어 그 문파가 강한 힘을 가지기 위해서는 더 많은 시간이 필요한 법이지 않겠소? 그런데 이 천자방이나 군룡회는 처음부터 무척 대단한 저력을 가지고 있는 문파였소. 무엇보다 무시할 수 없는 것은 양 파의 재력이오. 천자방만 해도 일각, 이당의 조직을 내삼각 외오당으로 확충하면서 쓴 돈이 수천 금이 된다고 하더이다. 그래서 자연히 사람들의 관심은 이 천자방이나 군룡회라는 조직이 어떻게 생겨난 것인가에 관심을 모으게 되었소. 나도 마찬가지고."

"그래, 그 연유를 알게 되셨소?"

고산앙의 물음에 왕사적이 약간 목소리를 낮추어 대답했다.

"물론 알고 있소. 어차피 노인장과 청 소협도 알 일이니 말해주어도 상관은 없겠지. 천자방은 애초에 한 사람에 의해 만들어진 문파가 아니라오. 여러 개의 세력이 자신들의 이해관계를 위해 만든 문파란 말이오."

세 사람의 눈앞에 다시 계단이 나타났다. 일층으로 내려가는 계단이었다. 계단이 나타나자 왕사적이 잠시 말을 멈추었다.

일층으로 내려온 왕사적은 두 사람을 이끌고 외삼당의 숙소를 벗어나 건물과 건물 사이에 난 길을 따라 걷기 시작했다. 그 와중에 다시 왕사적의 이야기가 계속됐다.

"애초에 이 싸움은 결국 해남검문과 남궁세가의 싸움이랄 수 있소."

송문악과 고산앙이 고개를 끄덕였다. 천자방에 오기 전 이미 예상하고 있던 일이었기 때문이다.

"또한 광동성을 기반으로 한 해양 상인들과 안휘성을 중심으로 한 내륙 상인들의 싸움이기도 하오. 해남검문과 광동의 상인들이 내륙으로 진출하기 위해 북상하는 와중에 바로 이 포양호에서 남궁세가를 중심으로 한 내륙 상인들의 견제를 받게 된 것이오. 그래서 양쪽에서는 각자 군룡회와 천자방을 만들어 이 포양호 일대에서 싸움을 벌이게 된 것이라오. 그러니 애초에 이 천자방이나 군룡회라는 문파는 딱히 그 주인이 없는 문파라고 보아야 맞을 거요. 굳이 주인을 정하라면 해남검문과 남궁세가라고나 할까?"

"결국 상권을 놓고 벌어진 싸움이구려."

"그렇소이다. 덕분에 이 싸움에는 엄청난 돈이 흘러들어오고 있고, 우리와 같은 용병들도 제법 한몫 단단히 잡을 수 있는 기회를 갖게 된 것이라오."

"그런데 지금 우린 어디로 가는 겁니까?"

문득 아무 말 없이 고산앙과 왕사적의 이야기를 듣고 있던 송문악이 물었다. 세 사람은 어느새 외삼당 숙소의 뒤편으로 와 있었다.

"삼조의 조원들을 만나러 가는 길일세."

왕사적이 손을 들어 한곳을 가리켰다. 송문악이 왕사적의 손끝을 따라 시선을 옮기자 너른 공터에 몇 명의 인물이 자신들 쪽으로 다가오는 세 사람을 바라보고 있었다.

第五章

출전

"*새* 사람들이 왔소."

왕사적이 공터 여기저기 흩어져 있는 칠 인의 용병을 불러 모았다. 비록 왕사적이 삼조의 조장이라고는 하지만 삼조에 속한 인물들 모두 강호의 싸움터를 떠도는 용병들이었으므로 한 문파에 속한 수하를 다루듯 그들을 대할 수 없는 것이 왕 사적의 입장이었다.

결국 천자방에서 조장이란 직함은 효율적인 싸움을 위한 필요에 의해 생겨난 것이지, 평상시에는 조원들에게 어떤 권 위를 내세우기 힘든 자리였다.

그래서인지 조원들에게 송문악과 고산앙을 소개하는 왕사

적의 태도는 처음 두 사람에게 보였던 약간의 거만함조차 찾아볼 수 없었다. 오히려 왕사적은 기존의 일곱 조원들을 무척 존중하는 듯 보였다.

하지만 그런 왕사적의 노력도 무색하게 공터에 이리저리 흩어져 있던 외삼당 삼조의 일곱 조원들은 그저 고개를 슬쩍 돌려 고산앙과 송문악을 흘낏 한 번 살펴보는 것으로 인사를 대신했다. 그러자 머쓱해진 왕사적이 변명하듯 말했다.

"이해하시오. 뭐, 용병 생활을 오래 하셨다니 알겠지만 용병이란 오늘 같이 싸우다가도 내일은 적이 될 수도 있고 하니 서로 간에 예의를 찾기는 어려운 것 아니겠소? 함께 지내다 보면 차차 서로 이름 정도는 알게 될 거요."

하지만 왕사적의 변명은 필요없는 일인지도 몰랐다. 왜냐하면 삼조 조원들을 보는 고산앙과 송문악의 반응도 그들과 크게 다르지 않기 때문이다.

"반갑수. 난 고장원이라 하오. 이쪽은 청명. 함께 있는 동안 잘 지내봅시다."

그렇다고 새로 들어온 사람이 인사를 하지 않을 수도 없는 일. 고산앙이 자신과 송문악을 퉁명스럽게 소개하고는 왕사적을 돌아봤다.

"일이 없을 때는 어떻게 지내오?"

고산앙과 송문악이 삼조 조원들의 반응에 생각보다 잘 적응하자 왕사적도 적이 마음이 놓이는지 편안한 표정으로 대답했다.

"뭐, 보시는 바와 같소. 이렇게 연무장에서 시간을 보내거나, 아니면 자신의 방에서 잠을 자거나, 때가 되면 숙소 일층에 있는 곳에서 요기를 하거나… 싸움터에 나가기 전에는 별다른 일이 없소. 각자 알아서 시간을 보내시구려."

"허! 생각보다 쉬운 돈벌이인걸!"

"하지만 쉬는 날이 그리 많지는 않을 거요. 하루가 멀다 하고 싸움이 벌어지는 실정이니 말이오. 우리 삼당도 싸움에서 돌아온 지 채 닷새가 되지 않았수. 그러니 쉴 수 있을 때 푹 쉬시구려. 다른 것들은 차차 시간이 지나면 알게 될 테니 난 그만 가보겠소."

왕사적이 퉁명스럽게 말하고는 이내 숙소 쪽으로 돌아갔다.

"어떡할까?"

고산앙이 송문악에게 물었다.

"뭘 말입니까?"

"이곳에 있겠어, 아니면 숙소에 가 있을까?"

그러자 송문악이 얼굴에 미소를 지었다.

"그래도 같은 편 얼굴은 알아야 하지 않겠습니까? 싸움터에서 같은 편을 벨 수야 없지요."

"하긴 그렇군. 그럼 잠시 여기서 사람들 얼굴이나 익혀두자고."

고산앙이 고개를 끄덕이고는 공터의 한쪽에 서 있는 제법 큰 나무 그늘 아래로 걸음을 옮겼다. 나무 밑에는 이미 두 명의 인물이 자리를 잡고 있었는데, 그들은 송문악과 고산앙이 다가왔음에도 불구하고 전혀 관심을 두지 않았다.

두 사람 모두 거친 풍파를 지내온 흔적을 얼굴에 훈장처럼 지니고 있었는데, 한 사람은 눈 위쪽으로 길게 자상이 나 있었고, 다른 한 사람은 뺨에 길게 흉터가 나 있었다. 키는 보통의 사람들보다 한 뼘씩은 더 커 보이고 온몸은 근육으로 똘똘 뭉쳐져 있었다. 한눈에 보아도 외공을 익힌 사람들이 분명했다. 또한 둘은 그 모습이 거의 흡사했으므로 형제나 쌍둥이일지도 모른다고 송문악은 생각했다.

"실례 좀 하리다."

고산앙이 나무 그늘 한쪽에 있는 바위에 걸터앉으며 두 사람에게 말을 걸었다.

"그러슈."

하지만 여전히 상대의 반응은 신통치 않았다.

'이 사람들은 지금 자신들 앞에 있는 사람이 천하에서 가장 사람을 잘 죽이는 사람이란 걸 짐작이나 할까?'

송문악이 속으로 고소를 지으며 고산앙의 옆에 자리를 잡고 앉았다. 공터에는 두 사람 이외에 다섯 사람이 더 있었는데, 세 명은 사십대로 보이는 장년 사내들이었고 나머지 두 사람은 이십대 후반으로 보이는 청년들이었다.

사십대의 장년 사내들은 한곳에 모여 앉아 주사위를 던지며 다들 희희덕거리고 있었는데, 다른 사람들이 오건 가건 신경을 쓰지 않을 만큼 도박에 심취해 있는 듯했다.

이십대의 젊은이 두 사람은 한 명은 도를, 다른 한 명은 검을 빼 들고 서로 이리저리 검을 휘두르며 이야기를 나누고 있었다. 두 사람은 제법 친분이 있는 사이로, 서로의 무공에 대해 의견을 주고받고 있는 것이 분명했다.

"젠장, 그래도 꽤 괜찮은 사람들이었는데 말이야."

아마도 고산앙과 송문악이 오기 전 나무 밑에 앉아 있던 두 명의 장한은 누군가에 대해 이야기를 나누고 있었던 모양이다. 송문악과 고산앙의 등장으로 잠시 끊겼던 대화를 두 사람이 이어나가기 시작했다.

"그래서 싸움터에서는 서로 지나치게 가까워질 필요가 없다니까. 언제 죽어나갈지 모르는데 정은 쌓아 무엇 하겠나? 제길, 이번에 다시 나가면 꼭 그놈들을 만나야 할 텐데. 죽은 사람은 죽은 거고 빚은 갚아야 하지 않겠나?"

"당연한 말이우. 형님, 다시 그놈들을 만나면 반드시 권 노야와 이 형의 원한을 갚아줘야지요."

아마도 그들은 지난번 싸움에서 죽은 자신들의 동료에 대해 이야기를 나누고 있는 것 같았다. 그런 두 사람의 모습을 보면서 송문악이 살짝 고개를 갸웃거렸다.

'흠, 이들은 겉으로 보기엔 같이 싸우는 사람들에 대해 아무 관심이 없는 것 같은데 그것도 아닌가 보군. 용병이 싸움

터에서 죽는 것이야 당연한 일인데 그걸 가지고 복수 운운하다니…….'

하지만 송문악은 한 가지 사실을 모르고 있었다. 함께 죽음의 사선을 넘나드는 사람들은 누가 시키지 않아도, 아무리 동료들에 대해 무심하려 해도 자신도 모르는 사이에 함께 싸우는 자들에 대해 짙은 동료애를 느끼게 된다는 사실을. 그리고 그런 동료애는 싸움이 험하면 험할수록 진하기 마련이었다.

"노인장, 이런 거친 싸움터에 오실 나이는 지난 것 같은데?"

문득 그 둘 중 이마에 자상이 난 사내가 고산앙을 돌아보며 말을 걸었다.

"평생 이 짓을 했으니 달리 갈 곳도 없고… 제법 벌이도 괜찮다는 것 같고…….."

"하긴 싸움꾼이 싸움터를 떠나서야 살 수 없는 일이긴 하우만… 노인장의 나이면 싸움터에서 번 돈도 적지 않을 텐데 이쯤 해서 손을 씻는 것도 좋지 않겠수? 이곳은 무척 험한 싸움터라우."

사내는 제법 걱정스런 표정을 지어 보였다.

'정말 생각보다 정이 많은 사람들인 모양이군.'

송문악이 두 사람을 새삼스런 눈으로 보며 생각했다.

"내 한 몸 지킬 힘은 아직 남아 있다네. 그건 그렇고, 난 고 장원이라 하네. 자넨 이름이 뭔가?"

"난 한호라 하오. 이쪽은 한룡이라고, 내 쌍둥이 동생이우."

송문악은 두 사람의 이름이 그들의 모습과 잘 어울린다고 생각했다. 용, 호와 같은 용맹함이 두 사람의 몸에서 자연스럽게 흘러나오고 있었기 때문이다.

"그런데 이쪽은 또 싸움터에 끼어들기엔 너무 어리군. 소형제는 몇 살이나 먹었나?"

한호가 송문악을 보며 물었다.

"스물둘입니다."

송문악이 담담한 음색으로 대답했다. 송문악의 침착함이 조금 의외였는지 한호가 눈빛을 바꾸어 찬찬히 송문악을 살피며 다시 입을 열었다.

"스물둘이라……. 좋은 나이지. 하지만 이런 싸움터를 전전하기엔 좋지 않은 나이야. 이름이 청명이라고 했나?"

아마도 무관심한 척하면서도 새로 자신들의 동료가 된 송문악과 고산앙의 이름은 기억해 두고 있었던가 보다. 송문악이 고개를 끄덕여 대답을 대신했다.

"노인장과는 어떤 사이우?"

"그저 싸움터에서 인연을 맺은 사이지."

고산앙이 대답했다.

"스물둘이라면 그렇게 많은 싸움터를 다녀보진 않았겠구면."

역시 별다른 대답 없이 송문악이 고개를 끄덕였다.

"그렇다면 얼른 이런 생활에서 벗어나게. 스물둘이라면 아직 기회는 있지. 적당한 문파나 표국 같은 곳에 정착하는 것도 좋고. 그렇지 않다면 평생 이 생활을 못 벗어날지도 모른다네. 그렇지 않수, 노인장?"

고산앙이 고개를 끄덕였다.

"그렇지 않아도 나도 줄곧 그 이야기를 해주고 있었다네. 하지만 들으려 하지 않더군."

고산앙의 말에 송문악이 고소를 지었다. 고산앙은 아마도 자신이 살법을 익히고 살수행을 배우는 것을 빗대어 하는 말이리라.

고산앙은 송문악이 살법과 살수행에 너무 깊게 빠져드는 것을 항상 경계하고 있었다. 그가 송문악에게 살법을 가르치고 살수행을 함께 하도록 한 것은 단지 그것으로부터 송문악이 신기루의 거대한 벽에 부딪쳐 가는 데에 조금이라도 도움을 얻기를 바라서이지 송문악이 살수가 되는 것을 원하지는 않는 고산앙이었다.

"나이 든 사람 말은 들어서 나쁠 게 없어."

이번에는 잠자코 있던 한룡이 퉁명스럽게 입을 열었다.

"자네도 혹 저기 두 사람처럼 수련의 일환으로 싸움터를 전전하는 것인가?"

한룡의 말을 받아 한호가 턱을 들어 도검을 빼 들고 서로 진지하게 이야기를 나누고 있는 이십대 후반의 두 젊은이를 가리켰다.

"꼭 그런 것은 아니지만 좋은 경험이 될 수도 있겠다는 생각은 하고 있습니다만……."

"호호호, 좋은 경험이라……. 역시 아직 어리군. 이봐, 청소협. 이곳은 경험이나 쌓으러 오는 곳이 아니야. 한 걸음 나서면 바로 죽음이 기다리고 있는 곳이란 말이지. 진짜 용병들은 무공 수련입네 어쩌네 하며 싸움터를 기웃거리는 자들을 몹시 싫어한다네. 덕분에 저 두 사람도 우리 삼조에서는 외톨이지."

"하지만 저 두 사람은 제법 대단한 무공을 지닌 듯 보이는 걸?"

고산앙이 무리(武理)를 토론하는 데 정신이 없는 두 젊은이를 보며 말했다.

"물론 무공은 뛰어납니다. 아마도 명문의 가르침을 받은 자들이 분명한 듯하지만 자신들이 어디 출신인지는 끝내 말하지 않더이다. 얼마나 대단한 문파 출신들인지 모르겠지만……."

한호가 뭔가 마음에 들지 않은 듯 투덜거리며 대답했다.

"저들의 이름은 뭔가?"

"도를 든 자는 자신을 사마륜이라고 했고, 검을 든 자는 백산이라 하더이다."

"사마륜과 백산이라……. 들어본 적이 없는 이름이군. 이름으로는 어디 출신인지 짐작이 가지 않는걸."

고산앙이 고개를 갸웃거렸다.

"아마 본명이 아닐 거요. 용병 짓 하면서 본명을 쓰는 자가 몇이나 되겠수?"

"그도 그렇군."

고산앙이 겸연쩍은 표정을 지으며 송문악을 돌아봤다. 두 사람 역시 본명을 숨기고 있었다.

"용병의 내력이야 무슨 상관이 있수, 형님. 싸움만 잘하면 되지."

한룡이 퉁명스럽게 말을 내뱉었다.

"아우의 말이 맞아. 이름이 무슨 소용인가. 싸움만 잘하고 살아남기만 하면 되는 거지."

한호가 한룡의 말에 고개를 끄덕였다.

"저기 세 사람은 이름이 뭔가?"

고산앙이 이번에는 주사위를 던지며 희희덕거리고 있는 삼 인의 중년인을 보며 물었다.

"지금 주사위를 던지는 자가 구상(具象)이라 하고, 그 옆이 조풍, 그리고 나머지 한 명이 진탁이라 하오. 모두 십 년 이상 이 생활을 한 노련한 자들이우. 그들이 우리와 함께 외삼당 삼조에서 함께 생활한 지 이 년이 넘었수. 이 년 동안 살아남았으니 그 실력은 말해주지 않아도 알겠지요?"

한호의 말에는 자신들 형제에 대한 은근한 자부심도 들어 있었다.

"제법 뛰어난 자들인가 보군."

"흐흐, 제법 뛰어난 것이 아니라 아주 뛰어난 사람들이라우. 이 천자방 외오당 중 우리 삼당이 가장 뛰어난 용병들로 구성되어 있수. 물론 그 이유는 삼당주가 사람 보는 눈이 남다르기 때문이지만 말이우. 그 삼당 중에서도 우리 삼조는 지난 이 년간 오직 두 사람만이 싸움터에서 돌아오지 못했단 말이오. 그게 바로 지난번 싸움이었고, 노인장과 여기 청 형제가 그 자리를 메운 거요. 그런데 두 사람은 황 당주가 직접 뽑았소?"

한호의 물음에 고산앙이 고개를 끄덕였다.

"그렇다네. 사실 황 당주가 아니었다면 반대쪽에서 자네들과 싸우게 됐을지도 모르지."

그러자 한호의 눈빛이 변했다.

"음, 황 당주가 직접 뽑았다면 두 사람도 괜찮은 실력을 가지고 있나 보군요. 황 당주의 사람 보는 눈은 절대 틀리지 않지요."

말투조차도 변했다. 송문악은 이 두 사람이 삼당주 황충을 무척 신뢰하고 있다는 것을 알 수 있었다.

'싸움터에서 수하가 상관을 신뢰하는 것은 상관이 그만한 능력을 보여줬기 때문이겠지. 황충이라……. 범상치 않아 보

이긴 했어.'

문득 약간 비뚤어진 황충의 모습이 송문악의 머릿속에 떠올랐다.

'그는 과연 어르신과 나의 진면목을 가늠한 것일까?'

그럴지도 몰랐다. 그렇지 않다면 육십이 가까운 노인과 겨우 솜털이나 벗은 애송이를 용병으로 들일 리 없었다. 그것도 중급의 대우를 하면서 말이다.

"황 당주는 처음부터 천자방 소속이었습니까?"

송문악이 묻자 한호가 고개를 끄덕였다.

"음, 천자방의 사정에 대해 왕 조장으로부터 대강 들은 모양이군. 맞네. 황 당주는 처음부터 천자방 소속이었지. 그리고 그건 다른 당주들도 마찬가지야. 아무리 용병으로 구성된 조직이지만 그 조직을 움직이는 사람까지 용병을 쓸 곳은 없을 걸세."

한호의 말이 옳았다. 아무리 용병을 동원해 싸우는 전쟁이라도 그 싸움의 우두머리를 용병에게 맡길 수는 없는 일인 것이다.

"그런데… 혹 파랑검 호종위라고 아나?"

고산앙이 조심스럽게 물었다. 그러자 한호와 한룡의 눈빛이 급변하며 고산앙을 묘한 눈으로 바라봤다.

"아니, 노인장이 파랑검 호 대협을 어찌 아십니까?"

적지 않은 의심마저 들어 있는 물음이었다.

"해남검문주 호상중의 둘째 아들인 그를 알고 있는 게 뭐 그리 대단한 일이라고?"

오히려 고산앙이 의아한 눈으로 두 사람을 바라봤다.

"음음, 그도 그렇군요. 그러고 보니 괜히 긴장을 했군. 하긴, 파랑검 호 대협의 이름이야 강호에서 칼 밥을 먹는 사람이라면 대부분 알고 있는 이름이지. 허허, 상황이 상황인지라 호 대협의 이름이 나오니 우리가 그만 긴장을 하고 말았구먼. 이거 창피하게시리……."

한호가 겸연쩍은 표정을 지으며 말하자 한룡이 여전히 진지한 눈빛으로 물었다.

"물론 호 대협의 이름을 아는 사람은 많지만, 그가 이곳 천자방에 있다는 것을 아는 사람은 드물지요. 노인께서는 그가 이곳에 있다는 것을 어디서 들었습니까?"

"나도 이곳에 오기 전 나름대로 이 싸움에 대해 조사를 했지. 내가 사십여 년 동안 싸움터를 돌아다니면서도 아직 죽지 않고 살아 있는 것은 내가 싸울 곳에 대한 정보를 사전에 미리 알아보고 내 행보를 정했기 때문일세. 당연히 이번 싸움에 대해서도 나름대로 조사를 해봤지. 이 포양호의 싸움이 사실은 해남검문과 남궁세가의 격돌이란 것도 알고 있다네."

고산앙의 대답에 한룡이 고개를 끄덕였다.

"그러셨군요. 그런데 노인장의 소식통도 제법 좋은가 보군요. 파랑검 호종위가 이곳에 있다는 것을 알고 왔다니 말입니다. 사실 그가 이곳에 있다는 것이 알려진 것은 몇 개월 되지 않지요. 더군다나 천자방 내에서도 그의 이름을 언급하는 것은 무척 조심스런 일이기도 하구요. 노인장도 조심하세요. 괜히 오해받지 말고."

"아니, 그의 이름을 입에 올린다고 무슨 오해를 받는단 말인가?"

고산앙이 이해하기 어렵다는 듯 되묻자 한룡이 약간 고개를 수그리며 낮은 목소리로 대답했다.

"노인장께서는 파랑검 호종위가 이곳에 있다는 이야기만 들었지 근래 그를 중심으로 벌어진 일에 대해서는 전혀 알고 계시지 못하는군요?"

"무슨 특별한 일이라도 있었던 것인가?"

물론 고산앙이 호종위를 중심으로 일어난 일을 모를 리 없었다. 한천녀 옥소화의 정보력은 강호제일이었으며, 고산앙이 청부를 맡을 때에 청부자와 관련된 모든 일을 하나도 빠짐 없이 살피기 때문이었다. 하지만 천자방 내에서의 호종위의 움직임은 지금부터 알아봐야 하는 일이었다. 그러기 위해서는 처음부터 아무것도 모르는 사람처럼 행세하는 것이 오히려 그의 행적을 묻기에 편했다.

"벌써 사 개월이 다 되어가는 일입니다. 노인장의 말처럼 지난 삼 년간의 싸움으로 이번 싸움이 어떻게 일어난 것인가는 이제 그다지 비밀이랄 것도 없지요. 해남검문을 중심으로 하는 광동의 상인들이 대륙으로 상권을 넓히는 과정에서 남궁세가와 양자강 이남의 상권을 지배하고 있던 상인들과 세력 다툼으로 벌어지게 된 싸움이 바로 이 포양호의 싸움이지요. 그런데 짐작만 하고 있던 이 일이 확실한 일로 굳어진 것은 바로 사 개월 전 벌어진 한 명의 죽음 때문이지요."

"누가 죽었는가?"

"바로 남궁세가의 고수 남궁산이 죽은 거지요."

"남궁산이라면… 남궁세가의 고수 중 열 손가락 안에 꼽히는 고수가 아닌가?"

순간 한룡이 놀란 눈을 했다.

"노인께서는 정말 강호의 일에 밝으시군요. 남궁산의 이름을 알고 있다니 말입니다. 맞습니다. 그는 남궁세가의 수뇌였지요. 그런데 그가 죽었습니다. 덕분에 파랑검 호 대협의 이름도 수면 위로 올라온 것이지요."

"그렇다면 그를 죽인 사람이……?"

한룡이 고개를 끄덕였다.

"짐작하신 대로입니다. 바로 파랑검 호 대협의 손에 남궁산이 죽은 것이지요. 그 일을 계기로 이 싸움이 해남검문과 남궁세가의 대리전이라는 사실이 공식화되었지요. 그 이전에는 그저 그런 추측만 있고 의견 또한 분분했었지요."

"그럼 그 이전에는 두 문파의 고수들이 전혀 싸움에 참여하지 않았다는 것인가?"

"글쎄요. 그건 저도 잘 모르겠습니다. 형님은 어떻게 생각하시우?"

한룡이 한호를 보며 물었다.

"그럴 리야 없지. 그 이전에도 양 파의 고수들이 싸움에 관여한 것은 분명해. 단지 그 이전 싸움에 관여한 양 파의 고수들은 자신들의 정체를 감추고 군룡회와 천자방의 인물로 싸움에 임했던 것일 거야. 물론 지금 천자방을 구성한 수뇌 중에도 해남검문의 고수가 여럿 섞여 있을 거야. 애초에 천자방 소속이던 일각과 일, 이당의 사람들은 해남검문과 광동의 상가 및 중소문파들의 고수들로 구성되었던 것이 확실해. 단지 천자방의 이름을 빌려쓰고 있었을 뿐이지."

"그렇게 된 일이구면. 결국 양쪽은 싸움의 주체가 누구인지는 서로 알고 있었구면. 다만 강호에 소문이 시끄럽게 나는 것을 방지하기 위해 천자방이니 군룡회니 하는 이름을 동원한 것이었군. 그나저나 어차피 드러난 이름인데 왜 파랑검 호종위의 이름을 말하는 것이 쉬쉬해야 할 일이라는 건가?"

"그게 말입니다. 듣자 하니 지금 포양호의 싸움을 실질적으로 지휘하는 사람이 바로 군룡회 쪽에서는 바로 남궁산, 이쪽에서는 파랑검 호 대협이었다고 하더군요. 그런데 바로 그 남궁산이 죽어버린 것이지요. 그동안 양측은 비록 치열한 싸움을 벌였지만 죽어가는 것은 대부분 외부에서 끌어들인 고수나 용병들이었단 말입니다. 그런데 남궁산이 죽어버린 것이지요. 그것도 파랑검 호 대협의 검에. 이것은 자칫 이 싸움이 해남검문과 남궁세가의 전면전으로 번지는 계기가 될 수도 있다는 의미지요. 그런데 그런 상황은 양 파 모두 원하지를 않는 상황이지요. 포양호에서 패배하면 상권을 잃지만 전면전을 벌여 패하면 문파의 존립이 위험해지니까요."

"그렇군. 서로 천자방이니 군룡회니 하는 조직을 내세운 것은 다 그런 이유 때문이겠지."

"그렇지요. 그렇다고 남궁산의 죽음을 유야무야 넘기자니 아무래도 남궁세가의 자존심 문제도 있을뿐더러 군룡회 쪽 사람들의 사기도 무척 떨어질 것 같아 남궁세가로서는 무척 고민스러운 일이었을 겁니다. 당장 남궁산의 죽음이 알려진 이후 우리 천자방이 군룡회를 몰아붙이고 있는 상황이지요. 해서, 들리는 소문에 의하면 남궁세가에서 강호의 유명한 고수를 초청해 파랑검 호 대협의 목숨을 노리고 있다고 하더군요."

"암습을 노린단 말인가?"

"뭐, 그런 셈이지요. 그래서 최근에 파랑검 호 대협이 있는 천각의 방비는 무척 삼엄해졌지요. 더불어 호 대협의 이름을 함부로 언급하는 것조차도 조심스러워졌고요. 그러니 노인장께서도 조심하십시오. 괜한 오해 받지 마시고."

"음, 사연이 매우 복잡하구먼. 고맙네. 자네들이 이야기해 주지 않았다면 다른 사람들에게 괜한 오해를 받을 뻔했군."

"뭐, 어차피 아실 일이었을 텐데요."

"아닐세. 이런 일은 조금이라도 빨리 아는 것이 중요하지. 그런데 이쯤 되면 저녁을 먹을 시간이 되지 않았나?"

고산앙의 말에 한호와 한룡이 고개를 들어 주위를 살폈다. 과연 어느새 석양이 지고 있었다.

"이런, 어느새 시간이 이렇게 되었군. 자, 저녁이나 먹으러 갑시다. 다 먹고살자구 하는 일인데. 이보시오들, 가서 밥이나 먹읍시다!"

한호가 주사위를 던지고 있는 세 사람과 도검을 들고 대화를 나누고 있는 두 청년을 부르자 그들도 저녁때가 된 것을 그제야 깨달았는지 자리를 털고 일어났다.

"가시죠."

한호와 한룡이 다른 조원들이 움직이는 것을 보고 고산앙에게 말했다.

"그러세. 천자방에서 첫 밥을 먹는구면."

"오래오래 드시기 바랍니다."

"껄껄껄, 자네들이 많이 도와주게. 오랫동안 밥을 얻어먹을 수 있게."

한동안 이야기를 나누면서 제법 친숙해진 한호, 한룡 형제를 앞세우고 송문악과 고산앙이 삼당의 숙소를 향해 걸음을 옮겼다.

　그렇게 두 사람의 용병 생활이 시작되고 있었다.

　"이번 일의 정확한 내용은 어떤 겁니까?"

　무료하다면 무료할 수 있는 천자방 용병 생활이 시작된 지 오 일이 지났을 때 문득 송문악이 고산앙에게 물었다.

　"정확한 내용이라니?"

　"매혼자를 제거하는 일과 파랑검 호종위를 매혼자의 손에서 지키는 일, 둘 중 어느 것이 우선인지 몰라서요."

　그제야 고산앙이 고개를 끄덕였다.

　"청부는 매혼자를 제거하는 것이지만 결국 호종위를 지키는 일도 포함되는 거지. 왜냐하면 청부 기간이라는 것이 호종위가 죽기 전에 먼저 매혼자를 제거하는 것이거든."

　"비싼 청부군요."

　"아! 내가 정확한 청부 금액을 이야기하지 않았군."

　"그저 무척 큰 건이라고만 하셨죠."

　송문악이 입가에 슬쩍 미소를 지었다.

　"정확히 금 오백 냥짜리 청불세."

　순간 송문악이 놀란 듯 눈을 크게 떴다.

　"엄청나군요."

　"매혼자의 목숨 값이 금 오백 냥을 다 채우는 것은 아니고, 역시 호종위가 죽기 전이라는 단서가 붙었기에 그만큼 올라간 것이지."

"그런데 파랑검 호종위의 무공은 남궁세가의 남궁산을 벨 만큼 대단한데 과연 매혼자 하나를 상대하기 위해 이토록 많은 돈을 써야 했을까요?"

"물론 정상적인 싸움이라면 호종위가 매혼자에게 죽을 가능성은 거의 없지. 매혼자가 비록 강호십대괴객 중에서도 손꼽히는 고수라고 해도 해남검문의 검을 쉽게 꺾을 정도는 아니거든."

"그럼 왜?"

"하지만 강호에서 매혼자 음영인이 무서운 인물로 여겨지는 것은 그의 무공 때문이 아니야. 그는 타인의 혼을 제압하는 능력을 지니고 있단 말이지."

"혼을 제압해요? 섭혼술?"

"섭혼술은 섭혼술인데… 이 음영인의 섭혼은 정말 무섭거든. 보통의 섭혼술은 그저 상대의 정신을 혼미하게 하는 정도지만 음영인의 섭혼술은 그야말로 상대의 이지를 완전히 제압하는 경지지. 오죽하면 그의 별호가 매혼자이겠어? 그 섭혼술에 당한 무림고수가 한둘이 아니야. 덕분에 그자는 살수도 아니면서 제법 많은 고수를 암살했지. 그래서 해남검문에서도 그토록 그를 경계하는 거야."

"돈 받고 사람을 죽이면 결국 살수죠."

"음, 그런가? 그렇게 본다면 그는 살수지. 단지 조금 특이한 살수라고나 할까? 굳이 자신을 숨기지는 않으니까. 그래서 사람들이 그를 살수라고 생각지 않는 건지도 모르겠군."

"그를 보신 적은 있나요?"

고산앙이 고개를 저었다.

"아니, 십대괴객이라도 서로 모르고 지내는 사람이 많아. 더군다나 송 공자도 알다시피 나는 사람들에게 내 얼굴을 보이는 것을 꺼려하지. 십대괴객 중 그나마 알고 지내는 사람이 한천녀 옥소화와 귀령파파, 그리고 천학 이렇게 세 사람이야."

"그를 어떻게 알아보죠?"

"그건 걱정할 필요 없어. 때가 되어 그를 만나게 되면… 아니, 그가 내 주변에 존재한다면 난 그가 왔다는 것을 알 수 있어. 이건 오로지 수십 년 살수로 살아온 자만이 가질 수 있는 능력이지. 배운다고 배워지는 것은 아니야."

송문악이 천천히 고개를 끄덕였다. 가끔 말로는 설명할 수 없는 그 무엇인가를 가진 사람들이 존재하기 마련이다.

"파랑검 호종위 곁으로 갈 필요가 있겠군요."

잠시 침묵하던 송문악이 다시 입을 열었다. 고산앙이 고개를 끄덕이고는 송문악을 돌아봤다.

"그래서 처음에는 송 공자가 힘을 써야 할 거야."

송문악의 시선이 고산앙과 마주쳤다.

"실력있는 용병은 내삼각으로 들인다더군. 첫 번째 싸움에서 살수가 아닌 무인으로서의 송 공자의 능력을 보여줘. 그러면 아마도 파랑검 호종위의 곁으로 갈 수 있겠지. 호종위는 천각에 있다니까. 그의 곁에서 매혼자를 기다리자구."

"매혼자가 오기 전에 그의 곁으로 가야겠군요."

"싸움이야 하루가 멀다 하고 벌어진다니까 기다려 보자구."

그때였다. 방문 밖에서 삼조장 왕사적의 목소리가 들렸다.

"안에 있소?"

"들어오시게."

고산앙의 대답에 빼꼼히 문이 열렸다. 왕사적은 두 사람의 방 안으로 들어오지 않고 열린 문틈으로 안을 들여다보며 말했다.

"갑시다. 밥값할 때가 되었소."

"일인가?"

"그렇수. 병기를 챙겨 나오시우."

왕사적은 그 말만 빠르게 던져 놓고 무엇이 바쁜지 이내 문 앞에서 사라졌다.

"확실히 오래 기다릴 필요가 없군요."

좀 전에 고산앙이 한 말을 떠올리며 송문악이 말했다.

"세상에는 절대 공짜가 없는 법이니까. 가자구!"

고산앙이 먼저 자리에서 일어났다. 송문악이 벽에 걸어두었던 목함을 꺼내 등에 둘러메었다.

"그 목함을 가져가게?"

"어딜 가든 이걸 놓고 갈 순 없지요."

"방을 나서기 전에 그중 하나를 골라 들게. 싸움터에서 목함을 열고 병기를 꺼낼 수는 없으니까."

"그렇군요."

송문악이 고산앙의 말에 고개를 끄덕이고는 등에 둘러멨던 목함을 끌러낸 후 뚜껑을 열었다. 그러자 청명검과 흑도, 그리고 마창과 철궁이 목함 안에 가지런히 놓여 있었다. 네 개의 병기를 놓고 잠시 고민하던 송문악이 그중 흑도를 집어 들었다.

"좋지. 이런 싸움에는 도가 제격이지. 더군다나 그 흑도는 길이만 길 뿐 다른 도와 그 생김새가 크게 다르지 않아 그게 귀곡육보 중 하나인 흑도라는 사실을 알아챌 사람은 없을 테니까."

고산앙이 고개를 끄덕였다. 송문악은 목함을 닫은 후 다시 등 뒤로 돌려 메고 흑도를 허리춤에 꽂았다.

"가시죠."

"그러지."

두 사람이 방문을 나섰다. 여기저기서 삼당의 용병들이 부산한 걸음으로 한 방향을 향해 움직이고 있었다.

*　　　*　　　*

　달을 등불 삼아 포양호 변을 이동하고 있는 스물한 명의 천자방 외삼당 일, 삼조 조원들의 표정이 자못 심각했다. 보통의 경우 이렇게 스무 명 남짓한 인원이 동원될 때에는 당주가 직접 싸움에 나서는 일이 드문데 오늘은 삼당주 황충이 직접 무리를 이끌고 있었다. 적은 인원이 동원되었지만 중요한 일이란 의미였다.

　"제길, 어째 일이 진행되는 꼬라지가 오늘도 몇은 죽어나가게 생겼군."

　송문악과 고산앙의 바로 앞에서 이동하고 있던 한호가 낮은 목소리로 동생 한룡에게 말했다. 작은 목소리였지만 송문악과 고산앙의 귀에 들리지 않을 정도는 아니었다. 둘은 모두 등에 커다란 대도를 메고 있었는데, 그들의 장대한 체구와 등에 멘 장도가 제법 어울려 어둠 속에서 볼 때는 마치 천군만마를 호령하는 전장의 장수와 같은 분위기를 자아내고 있었다.

　"언제 우리 삼당에게 쉬운 일 맡기는 것 봤수?"

　한룡이 당연한 일이라는 듯 퉁명스럽게 대답했다.

　"이거 새로 들어온 후 첫 싸움인데 분위기가 심상치 않습니다."

한룡의 대답이 만족스럽지 않자 한호가 바쁘게 움직이는 와중에도 고개를 돌려 고산앙을 보며 말을 걸었다.

"예상하고 있던 일이네. 그런데 지금 어디로 가는 것 같은 가?"

"글쎄요. 이리로 가면 포양호 동남쪽에 있는 개령포(改令 浦)가 나오는데… 아우, 개령포는 천자방 영역이지?"

한호의 질문에 한룡이 고개를 끄덕였다.

"맞수. 개령포가 천자방의 영역이 된 것이 이미 일 년이 넘 지 않았수."

"흠, 군룡회가 개령포를 욕심내는 건가?"

한호가 고개를 갸웃거렸다. 그러자 한룡이 한호를 보며 말 했다.

"개령포는 작은 포구가 아니우. 만약 군룡회에서 개령포를 욕심냈다면 적어도 백여 명은 동원해야 개령포를 장악할 수 있을 거요. 그런데 지금 우리 인원은 겨우 스물한 명이 아니 우. 천자방주가 미치지 않았다면 겨우 이 인원으로 개령포를 지키라고 보냈겠수? 더군다나 개령포는 포양호에서 천자방 이 확보하고 있는 포구 세 개 중 하나인데 말이우. 그건 아닐 거유."

"하긴 아우의 말이 맞긴 하군. 그럼 무슨 일일까?"

"그건 가보면 알지 않겠수?"

한룡의 대답은 여전히 퉁명스럽다. 한호도 한룡의 대답을 듣고는 더 이상 입을 열지 않았다.

황충과 스무 명의 천자방 외삼당 일, 삼조원들은 어느새 포양호 변에 위치한 작은 포구 마을을 눈앞에 두고 있었다. 그런데 개령포가 가까워지자 황충이 갑자기 일행을 마을 쪽이 아닌 마을 서쪽에 포양호와 잇닿아 있는 험준한 산속으로 인솔하기 시작했다.

"제길, 개령포에 볼일이 있는 것이 아니었나 보네?"

한호가 투덜거렸다. 밤중의 산행은 위험하기도 하지만 피곤하기도 한 일이었다.

"형님, 잠자코 어서 갑시다. 속도를 내는 것을 보니 어째 목적지에 거의 다 온 모양이오."

투덜거리는 한호를 한룡이 재촉했다. 과연 한룡의 말대로 일단 숲으로 들어서자 일행의 속도가 빨라지기 시작했다.

'생각보다 대단한 실력들이군.'

송문악은 숲 속을 이동하는 삼당 일, 삼조의 조원들을 보며 내심 감탄하고 있었다. 그저 싸움터를 찾아다니며 칼품이나 파는 용병이라고는 치부하기에는 만만찮은 움직임을 보여주는 삼당의 용병들이었다.

"발검(拔劍)!"

그런데 뜬금없이 숲 속을 달려나가는 도중에 황충의 입에서 나직하면서도 엄중한 명령이 떨어졌다.

"제길, 그대로 들이칠 모양이군."

한호가 잠시 닫아두었던 입을 열면서 등에 메고 있던 도갑에서 도를 빼 들었다.

스르릉!

동시에 이곳저곳에서 도검이 뽑혀지는 소리가 섬뜩하게 들려왔다. 송문악도 허리춤에서 흑도를 빼 들었다.

"빛을 숨겨라."

다시 들려오는 황충의 목소리. 삼당의 용병들이 제각기 희미한 달빛을 반사하고 있는 자신의 병장기 끝을 땅으로 내렸다. 그때였다. 일행의 앞으로 두 명의 신형이 불쑥 모습을 드러냈다.

"당주!"

그들은 나타나자마자 황충에게 허리를 숙였다.

"놈들은?"

황충이 짧게 물었다.

"북쪽 강변에서 물건을 배에 싣고 있습니다."

"거리는?"

"지금 속도로 일각이면 도착합니다."

말을 하는 와중에도 일행의 속도는 전혀 줄어들고 있지 않았다.

"인각 사람들은?"

"인각주 우 노사께서 인각의 고수 네 분과 함께 근처에서 놈들을 감시하고 있습니다."

삼당의 용병들보다 먼저 와 있는 천자방의 고수들이 있는 모양이었다.

"좋아, 목적지에 도착하면 이 속도 그대로 적을 벤다! 적 중 도검을 들지 않은 자들은 베지 마라! 도검을 든 자들은 군룡 회의 정예 고수들이니 몸조심들 하고! 아침에 얼굴을 볼 수 있길 바란다!"

황충이 조금 더 커진 음성으로 자신의 뒤를 따르는 삼당의 용병들에게 명을 내렸다. 황충의 말이 끝나자 후끈한 열기가 일행 속에서 흘러나오기 시작했다. 거칠어지는 호흡, 이리와 같은 눈빛. 용병들은 곧 있을 생사결(生死決)에 대비해 서서 히 살기를 끌어올리기 시작했다.

송문악과 고산앙은 일행의 가장 뒤쪽에서 달리고 있었으 므로 순식간에 변하는 일행의 분위기를 한눈에 읽어낼 수 있 었다. 송문악은 가슴 한쪽이 조금씩 들썩이는 것을 느꼈다.

그동안 고산앙을 따라 제법 많은 살행을 했기에 지금은 사 람의 목숨을 취하는 것이 그다지 별스런 경험은 아니었다. 하 지만 은밀히 사람의 목숨을 취하는 것이 아니라, 지금처럼 한 패의 적을 향해 이렇게 정면으로 부딪쳐 가는 싸움은 처음 경 험하는 것이었다.

'이건 또 다른 느낌이군.'

송문악은 불현듯 북방의 석산에서 무공을 수련할 때 보았던 이민족 간의 싸움을 떠올렸다. 지금 자신의 눈앞에 기다리고 있는 싸움이 어쩌면 그때 초원에서 두 개의 종족이 벌이던 싸움과 닮아 있는 것 같기도 했다.

갑자기 시야가 트였다. 일행은 어느새 작은 산등성이를 넘어서고 있었다. 산 아래로는 제법 평탄한 지형이 호수 변까지 이어져 있었다. 그리고 희미한 달빛이 비추는 호수 변에서 움직이고 있는 수십 명의 사람 그림자가 눈에 들어왔다.

어느 순간, 숲의 한쪽에서 다섯 명의 신형이 일행 속으로 섞여들었다. 아마도 먼저 와서 기다리고 있었다는 내삼각의 인각 고수들인 모양이었다. 일행의 달리는 속도가 좀 더 빨라졌다. 그들은 마치 폭풍처럼 전진하고 있었다.

"적이다!"

삐이익!

군룡회의 경계무사가 발한 경고음이 호수 변에서 은밀히 배에 물건을 싣고 있던 자들에게 들리는 순간, 이미 천자방 고수들이 군룡회 고수들을 덮쳐 가기 시작했다.

차차창!

도검 격돌하는 소리가 순식간에 강변을 가득 메웠다.

"상인들은 물러나라! 물러나면 베지는 않겠다!"

황충의 목소리가 밤공기를 타고 퍼져 갔다. 그에 따라 군룡회 고수들과 이리저리 섞여 있던 자들 중 손에 도검을 들지 않은 수십 명의 사람들이 호숫가의 한쪽으로 다급히 몸을 뺐다.

"제길! 보통 놈들이 아니야!"

한호가 긴장한 듯 소리쳤다. 군룡회의 고수들과 부딪쳐 가는 선두의 천자방 고수들이 달려들던 속도를 유지하지 못하고 있었다. 적의 반발이 만만치 않다는 의미였다. 기습을 당하고도 진형을 유지해 분산되지 않는 자들이라면 보통 고수가 아니다. 기습하는 쪽의 입장에서 보자면 기습으로 적을 분산시키지 못했다면 공격은 일차적으로 실패한 것으로 봐야했다.

실패한 기습은 곧 전면전으로 이어졌다. 호수 변에서 수십 명의 고수들이 난전을 벌이기 시작했다.

"함정인가?"

아직 전장에 뛰어들지 않은 고산앙이 중얼거렸다.

"함정이라뇨?"

송문악이 주변을 경계하며 고산앙을 돌아봤다. 그러자 고산앙이 손으로 강변에 정박한 채 상인들로부터 물건을 받아 싣고 있던 선박을 가리켰다. 송문악이 고산앙의 손끝을 따라 시선을 돌리자 과연 상선으로 보였던 선박에서 수십 명의 사람들이 강변으로 날아 내리고 있었다.

"물러난다! 함정이다!"

천자방 고수들의 가장 앞쪽에서 군룡회 고수를 맞아 싸우고 있던 황충의 입에서 사자후가 터져 나왔다.

"핫하하! 오늘 천자방으로 돌아갈 수 있는 자는 단 한 명도 없으리라! 한 놈도 살려두지 마라!"

황충의 고함 소리에 맞춰 군룡회 쪽의 누군가가 장내가 떠나갈 듯 웅혼한 목소리로 소리쳤다.

"처음부터 제대로 시작하는군."

고산앙이 혀를 찼다.

"돈을 많이 받으니까요."

어느새 처음 대하는 난전으로 약간 들떠 있던 심장을 차갑게 가라앉힌 송문악이 담담한 표정으로 고산앙의 말을 받았다.

"표정을 보니 싸움에 뛰어들 준비가 된 것 같군."

고산앙의 말에 송문악이 고개를 끄덕였다.

"좋아, 그럼 먼저 같은 식구부터 돕도록 하지."

고산앙이 어느새 양손에 뽑아 들고 있던 협검 중 하나를 들어 난전이 벌어지는 전장 한쪽을 가리켰다. 한호와 한룡이 생각보다 강한 적을 맞아 힘겹게 대도를 휘두르며 뒤로 물러나고 있었다.

"제가 맡죠."

송문악의 말이 고산앙의 귀에 들려왔을 때 그의 신형은 이미 야공을 날아 한씨 형제를 몰아치고 있는 세 명의 군룡회 고수들 위로 떨어져 내리고 있었다.

第六章
청년 용병(青年傭兵) 청명(淸鳴)

흑도(黑刀)는 빛을 흡수한다. 이 음울한 장도(長刀)는 육절기인 무극산으로부터 시작하여 귀곡주 방국진을 거쳐 귀곡육절의 둘째 유공무의 손에 이어졌다.

'밤에 어울리는 도야.'

송문악은 막 한호, 한룡 형제에게 매서운 협공을 펼치는 군룡회 고수들을 베어가며 생각했다. 흑도의 도면이 빛을 흡수해 적을 향해 움직이는 도의 실체가 자연스럽게 감춰지기 때문이었다.

쇄애액!

흑도가 속력을 내자 파공음이 일었다. 그리고 드디어 적의 목전에 다다랐을 때는 시퍼런 도기가 번뜩였다. 흑도의 실체가 드러났다.

"헉!"

불현듯 어둠 속에서 발광하는 흑도를 눈치 챈 적의 입에서 기겁성이 새어 나왔다. 하지만 그는 더 이상 아무 말도 할 수 없었다. 왜냐하면 송문악의 흑도가 빛을 발한다 싶은 순간 이미 그의 목줄기에서 붉은 피분수가 터져 나오고 있었기 때문이다.

피는 사람을 흥분시킨다. 오직 경험만이 그 흥분을 가라앉힐 수 있다. 죽음에 익숙해지는 것, 살수와 용병만큼 피와 죽음에 익숙한 사람은 없다.

송문악의 신형이 한호, 한룡 형제를 공격하던 삼 인의 군룡회 고수 중 살아 있는 두 사람 사이를 헤치며 지나쳤다. 한 명의 동료가 죽음을 당한 것을 보고도 군룡회 고수들은 침착했다. 숙련된 무사란 의미였다.

"놈!"

대신 두 고수의 입에서 싸늘한 살기를 담은 일갈이 터져 나왔다. 두 고수는 한호, 한룡 형제를 놓아두고 재빨리 자신들 사이를 빠져나가는 송문악을 공격하기 위해 몸을 돌렸다. 좋은 무공과 싸움터에서의 오랜 숙련이 만들어내는 신속한 반응이었다. 하지만 송문악은 그들이 상상하는 것 이상의 능력을 지닌 사람이었다.

그들이 송문악에게 반격을 가하기 위해 돌아섰을 때 이미 송문악의 흑도는 좌우로 휘둘러지며 두 번의 도초를 뿌려대고 있었다. 시퍼런 도기가 허공에서 열십 자로 교차했다. 다시 두 군룡회 고수의 가슴 어림에서 피분수가 터져 나왔다. 한호, 한룡 형제를 공격하던 군룡회의 고수들은 미처 검도 뻗어보지 못하고 속절없이 죽음을 당하고 만 것이다.

"제길! 처음 볼 때부터 심상치 않았어!"

"그동안 우리 흉 좀 봤겠어. 도기(刀氣)를 만들 수 있는 고수 앞에서 재롱을 떨고 있었으니 말이야."

한호와 한룡이 송문악의 무공을 눈앞에서 확인하고는 투덜거렸다. 자신들을 위기에서 구해주었지만 별로 기분 좋아하는 모습은 아니었다.

용병의 경우 한두 수쯤 자신의 본신 무공을 숨기고 있는 자가 대부분이었지만 송문악의 무공은 그렇게 숨겨놓은 한두 수 정도가 아니었다. 송문악은 고수였던 것이다. 그것도 이런 용병들의 싸움에는 어울리지 않을 정도의 강한 고수.

"고수(高手)라……."

한호가 중얼거리며 고개를 흔들었다. 능력있는 자는 결국 그 능력에 맞는 곳으로 가게 마련이다. 특히 이런 싸움터에서는 더더욱 그러했다.

"이제 곧 떠나겠구면."

한호가 퉁명스럽게 말했다. 그런 한호, 한룡 형제는 마치 송문악에게 속았다는 듯한 표정을 하고 있었다. 잠시 가까워졌던 사이가 처음보다도 더 멀어진 듯한 느낌이 송문악과 두 형제 사이에 만들어졌다.

"일단 싸움이 먼저죠."

송문악은 한호, 한룡을 보며 말했다. 미안하다거나 자신을 감추고 있었던 것에 대한 겸연쩍음 같은 것은 없었다. 그가 두 형제를 속인 것은 없었다. 두 형제가 자신과 고산앙을 못 알아본 것뿐. 잘못이 있다면 두 형제의 낮은 안목에 있었다.

"하긴, 굳이 우리에게 설명해 줄 필요는 없었겠지. 아우, 밥값이나 하자구. 아무래도 오늘 일진은 그리 좋을 것 같지 않아."

한호가 찜찜한 기분을 털어내듯 한룡을 보며 말했다.

"기회를 보아 퇴로를 뚫어야 할지도 모르겠습니다."

한룡도 어느새 싸움터의 용병으로 돌아와 있었다. 한룡의 말처럼 그들이 들어온 뒤쪽으로 어느새 십여 명의 검은 인영이 길을 막아서기 시작했다. 군룡회 고수들이 퇴로를 차단하고 있는 것이다.

"귀곡도 요광이군."

한호가 중얼거렸다. 미세한 두려움이 느껴지는 음성이었다.

"제길, 군룡회 놈들이 단단히 준비를 하고 나온 것 같수. 저기 황 당주를 상대하는 자는 아무래도 남궁세가의 인물

같수."

한룡이 희미한 달빛 아래 다른 사람들과 확연히 구별되는 싸움을 벌이고 있는 황충과 그의 상대를 보며 두려운 듯 말했다.

황충은 고전하고 있었다. 그 사실이 가뜩이나 함정에 빠져 당황하던 천자방의 무사들을 위축시켰다. 송문악은 전장의 중앙에서 황충과 격돌하고 있는 자에게 시선을 주었다.

그는 한 자루의 검을 들고 있었다. 황충 역시 검을 사용했는데, 황충의 검이 폭풍이 몰아치는 듯한 격함을 보여주고 있다면 상대의 검은 완벽하게 정제된 노련한 문사의 붓놀림과 같은 흐름을 보여주고 있었다.

"남궁세가의 검객이 맞는 것 같군."

어느새 다가온 고산앙이 송문악의 옆에 서며 말했다.

"무서운 검이군요."

송문악이 낮게 대답했다.

"대대로 남궁세가는 절정의 검객을 배출해 왔지. 도가의 무당검이라면 속가의 남궁검이랄까? 그런데 저자는 남궁세가에서도 몇 손가락 안에 들 만한 실력을 가지고 있는걸."

"황 당주의 실력도 만만치는 않군요."

고산앙이 고개를 끄덕였다.

"역시 황 당주의 검은 해남검문의 검인 것 같군. 저 노도와 같은 검풍은 해남검문의 독특한 특징이랄 수 있지. 하지만 역시 남궁가의 검객에게는 미치지 못해. 다급하게 되었어. 이 상황에서 황 당주마저 당한다면 천자방은 전멸을 면치 못할 것일세."

"그나마 저들이 있어 버텨내는군요."

송문악이 전장의 가장 앞쪽에서 치열하게 싸움을 벌이고 있는 다섯 명의 천자방 고수를 가리켰다. 중도에 합류한 천자방 내삼각 중 인각의 각주 우보와 네 명의 인각 고수들이었다.

"하지만 저들로는 부족해. 역시 황 당주가 살아나야 해. 그래야 후퇴를 하더라도 할 것 같군. 물론 그도 쉽지는 않겠지만 말이야."

고산앙은 그러나 말과는 달리 편안한 얼굴을 하고 있었다. 하긴 살황 고산앙이 이런 변방의 싸움에서 목숨을 걱정할 이유는 없을 것이다.

"어르신께서 좀 도와주시겠습니까?"

송문악이 나직이 물었다. 그러자 고산앙이 고개를 저었다.

"난 이런 난전에는 섞이고 싶지 않아. 송 공자가 알아서 해."

고산앙의 무덤덤한 말에 송문악이 희미한 미소를 지었다. 그가 생각하기에도 살황 고산앙은 확실히 이런 싸움에는 어울리지 않았다. 그렇다면 역시 오늘의 일은 자신의 몫이라 할 수 있었다. 더군다나 지금은 능력을 보인다면 내삼각에 들어 파랑검 호종위의 곁으로 가기에 안성맞춤인 상황이었다.

"그럼 후에 매혼자 음영인은 어르신 몫입니까?"

"그건 두고 보자구."

고산앙이 엷은 웃음을 머금었다.

"그럼!"

송문악이 움직였다. 그의 신형이 난전을 벌이고 있는 천자방과 군룡회 고수들 사이를 비집고 황충과 남궁세가의 고수가 격투를 벌이고 있는 곳으로 접근해 갔다. 장내에는 서로의 목숨을 노리는 싸움이 흉험하게 진행되고 있었지만 그들 중 누구도 송문악의 움직임을 방해하지 않았다. 송문악의 움직임은 어두운 밤중에 부는 한가닥 미풍과 같은 것이었다.

"영보(影步)도 곧 나를 능가하겠어. 정말 대단한 재질이야. 일신에 지닌 무공은 이미 나를 능가했고, 이제 살법에 있어서도 내 밑천을 드러내게 하고 있다. 과연 강호무림 역사상 이십대 초반에 저런 경지에 이른 자가 누가 있을 것인가? 더군다나 처절한 원한을 가슴에 묻고 때를 기다리는 저 인내심이란……. 신기루는 무서운 적을 키우고 있어. 신기루 백 년의 아성에 금이 간다면 반드시 문악 저 아이로 인해서일 것이다."

고산앙이 어느새 황충과 남궁세가 고수의 곁으로 다가선 송문악을 보며 나직하게 중얼거렸다.

따다당!

경쾌한 검음이 허공에 울려 퍼졌다. 그와 동시에 황충의 신형이 몇 장 뒤로 물러났다. 그의 얼굴이 어둡게 가라앉아 있었다. 눈은 자신을 밀어낸 상대를 차분하게 응시하고 있었지만 가슴은 그의 진탕된 진기에 놀라 눈에 띄게 움직이고 있었다. 황충과 같은 고수가 자신의 숨을 조절하지 못하는 지경에 처했다는 것은 무척 위태로웠다는 의미였다.

"제대로 걸려들었군."

진탕된 내기를 다스릴 시간을 얻기 위함인가. 황충이 나직한 말을 내뱉었다.

"천자방 외삼당주 황충답지 않은 의기소침이군. 듣기로 그대는 천자방에서 가장 자존심이 강한 무인이라더군. 덕분에 실력은 뛰어나면서도 외당에 머물고 있다던가? 그런 그대가 죽는 소릴 하다니, 어울리지 않아. 더불어 난 궁지에 몰아넣은 사냥감이 원기를 회복하게 놔둘 만큼 엉성한 사냥꾼은 아니지."

황충을 위기에 몰아넣은 군룡회 고수가 차가운 비웃음을 흘려내며 시간을 주지 않고 황충을 향해 날아들었다. 겨우 진정되어 가던 황충의 내기가 다시 들끓기 시작했다.

"제길, 역시 좋지 않아."

황충이 투덜거렸다.

까가강!

순식간에 허공에서 두 사람의 검이 다섯 번의 초식을 교환했다. 그때가 송문악이 막 두 고수의 곁으로 다가들고 있을 때였다.

마지막 다섯 번째 초식을 교환했을 때 황충은 자신이 더 이상 이 군룡회 고수의 검을 막아내기 힘들다는 것을 깨달았다. 하지만 쉽사리 뒤로 물러날 수도 없었다. 그가 물러난다는 것은 어렵게 버티고 있는 싸움의 추가 완전히 군룡회 쪽으로 기울게 된다는 의미가 되기 때문이었다.

진퇴양난이라는 단어가 황충의 머릿속에 떠올랐다. 그대로 적을 상대하자니 자신의 목숨이 위태로웠고, 상대의 검을 피해 물러나자니 싸움에 참여한 천자방의 고수 전부가 몰살당할 위기에 처할 지경이었다.

하지만 상대의 검은 황충에게 생각할 시간을 허락하지 않았다. 오 초의 교환이 지나고 다시 한 번 황충의 신형이 뒤로 밀리고 있을 때 그를 상대하던 군룡회 고수가 매서운 일초를 뻗어왔다.

황충은 결정을 내려야 했다. 자신 혼자 몸을 빼는 것은 그리 어려운 일이 아니다. 하지만 평소 황충의 성정을 보아 혼자 몸을 빼는 것은 어울리지 않았다. 망설이는 사이 상대의 검은 황충의 목줄기를 찢어놓을 기세로 닥쳐들었다.

"제길!"

황충의 입에서 욕지거리가 흘러나왔다. 동시에 그의 검이 상대의 검을 막아갔다. 결국 혼자 몸을 빼는 것을 포기한 황충이 목숨을 걸고 상대와 일검을 나누기로 결정한 것이다.

"역시 황충! 하지만 오늘 이곳이 너의 무덤이다!"

상대의 입에서 황충의 결단에 대한 감탄과 싸늘한 경고가 동시에 흘러나왔다.

"누가 죽을지는 아무도 모르지."

황충의 입에서도 독 오른 대꾸가 흘러나왔다. 하지만 이미 무공의 고하가 드러나 있었다. 적의 검은 흔들리는 황충의 검에 비해 너무 매끄러웠다.

쩡!

한 가닥 소성이 울려 나오며 황충의 검이 상대의 검에 밀려 자신의 몸 앞에서 벗어났다. 동시에 군룡회의 고수가 검을 들어 비어 있는 황충의 전면으로 뛰어들며 마지막 일격을 내리그었다. 황충의 이마가 적의 검 아래 무방비로 노출된 바로 그 순간, 갑자기 한 자루 검은색 장도(長刀)가 군룡회 고수의 옆구리를 향해 무서운 속도로 파고들었다.

"웬 놈이냐?"

군룡회 고수가 황충의 이마를 갈라가던 검을 재빨리 회수해 자신의 옆구리를 베어오는 검은색 장도를 막아가며 소리쳤다.

까룽!

도신과 검신이 얽혀들며 불유쾌한 소음을 만들어냈다.

"음!"

그리고 다음 순간 군룡회 고수의 입에서 묵직한 신음성이 흘러나오며 그의 신형이 자신을 공격한 불청객으로부터 훌쩍 물러났다.

"웬 놈이냐?"

신형을 물린 군룡회 고수의 입에서 차가운 질문이 터져 나왔다.

"누구긴, 천자방에서 칼 밥을 먹는 용병이지."

송문악이 무뚝뚝한 한마디 대답을 던져 내고는 이내 다시 몸을 날려 군룡회 고수를 덮쳐 갔다. 흑도가 그의 머리 위로 치켜들려 있었다.

쿠쿠쿵!

육양공의 진력이 흑도에 실려 군룡회 고수를 향해 날아갔다. 순간 군룡회 고수의 얼굴이 경악으로 물들었다. 송문악이 휘두르는 흑도는 보통의 도에 비해 길이가 한 뼘 정도 긴 장도였다. 그리고 그 장도에 실린 육양공의 공력은 일찍이 군룡회의 고수가 경험하지 못한 강력한 것이었다.

"네놈은 도대체 누구냐?"

다시 한 번 군룡회 고수의 입에서 당혹스런 질문이 터져 나왔다. 동시에 그의 검이 송문악을 향해 뻗어나갔다. 간결한 검로. 하지만 검에 깃든 진기는 무시할 수 없는 기운을 뿜어냈다. 그러나 이미 승기(勝氣)는 송문악에게 있었다. 송문악의 육양공은 일단 한번 발휘되자 완전히 장내를 압도할 만큼

엄청난 기세를 뿜어내는 것이었다.

꽈릉!

천지를 진동시키는 충돌음이 두 사람 사이에서 터져 나왔다. 전장에 있던 군룡회와 천자방의 고수들이 일순 싸움을 멈추고 천둥소리가 터져 나온 곳으로 시선을 돌렸다.

"저런!"

그리고 누가 먼저랄 것도 없이 사람들의 입에서 당혹스런 외침이 흘러나왔다. 지난 오 년간의 포양호 싸움에서 혁혁한 무명을 날리던 천자방 외삼당주 황충을 위기에 몰아넣었던 군룡회의 고수가 새파란 애송이에게 일도를 허용하고 피를 뿌리며 뒤로 날아가고 있었다.

"놈!"

순간 매서운 일갈이 터져 나오며, 군룡회의 고수 중 일부가 부상을 입고 뒤로 물러나는 군룡회 고수를 향해 재차 공격을 시도하려는 송문악의 앞을 막아섰다.

하지만 다음 순간 그들은 자신들이 한 행동이 스스로에게 얼마나 위험한 일인지를 깨달았다. 군룡회 고수를 향해 움직이던 송문악의 흑도가 자신의 앞을 막아서는 자들에게로 방향을 틀었기 때문이다.

송문악의 흑도가 허공에서 빙그르르 한 바퀴 원을 그리더니 강력한 도기를 뿜어내며 자신의 앞을 가로막는 세 명의 군룡회 무인을 향해 떨어져 내렸다.

구우웅!

송문악의 흑도에서 대호(大虎)가 웅얼거리는 듯한 울음이 흘러나왔다. 그 소리를 듣자 송문악의 공격을 받아내야 하는 군룡회 무사들의 얼굴이 흑빛으로 변했다. 도저히 자신들의 실력으로 감당할 수 있는 고수가 아니라는 것을 흑도의 울음소리를 듣는 순간 깨달았던 것이다.

귀곡육보 중 가장 패도적인 무기를 들자면 송문악은 망설이지 않고 유공무가 쓰던 흑도를 꼽을 것이다. 유공무의 흑도는 일반적인 도보다 길이도 길거니와 그 무게도 몇 근은 더 나가서 육양공의 공력을 모두 실어내기에 가장 적합한 병기였다.

애초에 육절기인 무극산도 그런 의도로 흑도를 만든 듯 흑도에 적혀 있는 도식 또한 일격필살의 패기를 담고 있었다. 그리고 지금 송문악의 손에서 흑도의 위력이 유감없이 발휘되고 있었다. 육양공의 공력이 뒷받침되는 흑도의 위력이란 과거 유공무가 흑도를 사용할 때와는 도저히 비교가 되지 않는 것이었다.

더군다나 오늘 이 전장에서 송문악은 자신의 무위를 굳이 숨기려 하지 않았다. 왜냐하면 오늘 자신의 무위를 드러내는 것이 파랑검 호종위의 곁으로 갈 수 있는 기회를 그와 고산앙에게 만들어줄 것이기 때문이었다.

아마도 송문악이 북방의 석산(石山)을 떠난 이후 자신의 본신 무공을 가감없이 드러내는 첫 싸움이 오늘일 터이다.

"으아앗!"

송문악의 도를 막아가는 군룡회 무사들의 입에서 거친 함성이 터져 나왔다. 자신들을 공격하는 상대에 대한 두려움을 잊고자 질러대는 기합성. 하지만 입으로 아무리 큰 소리를 질러댄다 하더라도 결과를 바꿀 수 없는 것이 무공의 고하였다.

까깡!

흑도가 여지없이 상대의 검에 부딪쳐 가며 소성을 만들어 냈다.

"윽!"

"크헉!"

그리고 다음 순간, 두 마디의 비명 소리가 들려왔다. 송문악의 일도가 자신의 앞을 막던 세 명의 군룡회 무사 중 둘의 검을 잘라 버리며 그대로 두 사람의 몸을 베어 넘긴 것이었다. 세 명 중 유일하게 살아남은 군룡회의 무사는 이 무지막지한 상대의 공격에 검을 든 손을 미처 움직이지 못한 채 그 자리에 얼어버린 듯 멈춰 서서 멍하니 송문악의 얼굴을 바라보고 있었다.

그사이, 처음 황충과 싸움을 벌이다 송문악의 공격을 받고 적지 않은 부상을 입은 군룡회의 고수가 송문악으로부터 멀찍이 물러나 있었다. 그의 주위로는 어느새 제법 고강해 보이는 군룡회 고수들이 둘러서 있었다.

"네놈은 누구냐?"

벌써 세 번째 질문이다.

"천자방 외삼당의 용병이라지 않았소."

패도(覇刀)를 들면 주인의 성격까지 변하는 것일까. 평소의 송문악답지 않은 거친 음성이 그의 입에서 흘러나왔다. 그리고 그것이 오히려 흑도를 한 손에 든 송문악을 좀 더 두려운 존재로 보이게 만들었다.

싸움은 멈춰져 있었다. 어느새 양편은 싸움을 멈추고 송문악과 송문악의 손에 부상을 입은 군룡회 고수를 중심으로 좌우로 갈려 있었다. 하지만 위기를 벗어난 천자방과 승기를 놓쳐 버린 군룡회 양측 고수들 모두 자신들의 눈앞에서 벌어진 일에 당황하고 있기는 마찬가지였다. 젊은 용병이 일으킨 변화치고는 그야말로 경악할 만한 사건이 벌어진 것이다.

"천자방 외삼당의 일개 용병이 너와 같은 실력을 가지고 있다니, 그동안 본 군룡회가 천자방의 손에 살아남은 것이 용하구나."

부상당한 군룡회 고수의 입에서 심사가 뒤틀린 듯한 말이 흘러나왔다. 송문악의 대답을 신뢰하지 못하는 것이 분명했다. 그리고 그것은 그의 잘못이 아니었다. 한바탕 펼쳐진 송문악의 무공은 누구라도 그가 천자방 외삼당의 일개 용병에 지나지 않는다는 말을 믿기 어렵게 만드는 것이기 때문이었다. 송문악과 함께 군룡회의 함정으로 뛰어든 천자방의 용병들조차도 혹 송문악이 천자방에서 비밀리에 준비한 고수가 아닌가 하는 의심이 들 정도였다.

"그는 천자방 외삼당 삼조의 용병이 맞소. 그를 뽑은 것은 나니까."

송문악 뒤에 있던 황충이 앞으로 나섰다. 군룡회의 고수에게 밀려 송문악의 도움을 받았지만 상대의 우두머리를 상대하는 일조차 송문악에게 맡길 수는 없는 일이었다.

"그 말이 사실이라면 황충 그대는 정말 운이 좋군. 그대가 천자방의 외오당 당주 중 사람 보는 눈이 가장 뛰어나다는 소문은 익히 들어 알고 있었지만 이런 고수를 불러들일 줄은 몰랐소."

"나 또한 이 청년이 이렇게 뛰어날 것이란 생각은 못했소. 그런데 나도 한 가지 물읍시다."

황충의 질문에 군룡회 고수가 고개를 끄덕였다.

"오늘 이 자리는 역시 군룡회가 함정을 파고 우리를 유인한 것인 듯한데… 이 일을 주도한 그대의 정체를 모르겠구려."

황충의 질문에 군룡회 고수가 일순 입을 닫았다. 아마도 자신의 정체를 드러내는 것을 꺼려하는 것이 분명했다.

"그대의 무공으로 보아 남궁세가의 사람 같긴 한데……."

그것까지는 장내에 있는 자들 중 고수 측에 드는 사람들은 누구나 짐작하는 것이었다. 궁금한 것은 그가 남궁세가의 누구인가 하는 것이었다. 그리고 대답은 다른 사람의 입에서 흘러나왔다.

"아마도 그의 이름은 남궁무기일 것이오, 삼당주."

순간 황충이 몸을 옆으로 비키며 그와 송문악이 서 있는 곳으로 다가오는 한 명의 천자방 고수를 맞았다.

"인각주께서 그를 알아보았다면 정확한 것이겠지요. 맞소?"

"역시 천자방에는 인재가 많군. 내 이름을 아는 사람은 군룡회 내에서도 그리 많지 않은데. 그럼 그대가 바로 천자방의 내삼각 중 인각을 맡고 있는 우 노사겠구려."

스스로 남궁무기임을 인정한 군룡회의 고수가 자신을 알아본 천자방 인각주 우보(牛步)를 날카로운 눈으로 쏘아보며 말했다.

"과연 그대였군. 허허! 정말 군룡회에서 단단히 일을 꾸민 모양이군. 남궁가의 절정고수가 직접 모습을 드러내다니… 지난번 군자검 남궁산 이후에 처음 있는 일이군."

순간 남궁무기의 표정이 살짝 변했다. 번뜩이는 분노가 그의 얼굴에 떠올랐다. 군자검 남궁산의 죽음은 아직도 남궁세가에 씻어지지 않은 아픔이었다. 복수의 검은 아직 파랑검 호종위의 가슴에 꽂히지 않았고, 복수를 위해 초청한 매혼자 음영인은 자신의 방에 틀어박혀 진혀 움직일 생각을 하지 않고 있었다.

'망할 놈의 괴물!'

남궁무기는 매혼자 음영인의 얼굴이 떠오르자 갑자기 불쾌한 감정이 불쑥 솟아올랐다.

"그가 나와야 나도 일을 하지 않겠소?"

　매혼자 음영인의 말이었다. 그의 요구는 간단했다. 파랑검 호종위를 죽이고 싶으면 그를 전장으로 끌어내라는 것. 하지만 군자검 남궁산이 죽은 이후 파랑검 호종위는 천자방 깊숙한 곳에 틀어박혀 움직일 생각을 하고 있지 않았다. 어떻게 그를 끌어낼 것인가?

　조사한 바로는 파랑검 호종위가 실질적으로 천자방을 움직이는 자임이 분명했다. 천자방주 하륜조차도 파랑검 호종위의 의견대로 방을 움직인다는 것이 세작들의 전갈이었다. 어쩌면 그것은 당연한 일인지도 몰랐다.

　천자방이 해남검문이 광동의 세가와 상인들을 모아 만든 단체라면 해남검문주 호상중의 둘째 아들인 호종위가 천자방을 실질적으로 움직인다고 해서 놀랄 일은 아니었다. 더군다나 호종위는 해남검문에서조차 다섯 손가락 안에 드는 고수였다. 소문에 의하면 그의 형인 해남검 호검위조차도 호종위에게는 미치지 못한다고 했다.

　그런 호종위였으므로 일단 그가 천자방 안에 칩거하고자 마음먹은 이상 천자방 안으로 침투하여 그를 죽이는 일은 매혼자 음영인이 아니라 그 누가 와도 거의 불가능한 일임은 분명했다. 매혼자 음영인의 요구, 파랑검 호종위를 죽이고 싶다면 그를 끌어내라는 요구는 결국 과한 요구가 아니었다.

'그래서 겨우 마련한 함정인데……'

남궁무기의 얼굴이 어두워졌다. 호종위를 끌어내기 위해선 그가 움직일 수밖에 없는 상황을 만들어야 했다. 그래서 오늘 이 함정이 마련된 것이다.

포양호 싸움이 있기 전 포양호 남쪽에서 북쪽으로 거래를 튼 상인들이 여럿 있었다. 그들은 비록 자리 잡기는 포양호 아래쪽에 자리를 잡고 있었으나, 주요 시장이 포양호 북쪽의 대륙 상계였으므로 이번 천자방과 군룡회의 포양호 싸움으로 가장 피해를 많이 보는 집단이었다. 그들의 상행(商行)은 천자방이 포양호 남쪽을 장악함으로써 중지됐다. 천자방이 군룡회 쪽 상인들과의 거래를 금지시켰기 때문이다.

그들을 구슬렸다. 그들에게 막대한 이윤을 보장하며 기존의 거래를 다시 트자고 설득했다. 상인들이란 눈앞의 이윤을 결코 물리치지 못하는 법. 그들은 결국 천자방의 눈을 피해 비밀리에 거래를 재개하는 것에 동의했다. 그리고 그들 모르게 함정을 마련했다.

천자방에서 자신들의 감시하에 있는 상인들의 움직임을 놓칠 리 없다는 당연한 예상은 적중했다. 천자방 무인들은 온전히 함정 속으로 들어왔다. 물론 함정 속으로 들어온 천자방 무인들의 숫자는 기대보다 적었다.

하지만 그런 것은 상관없었다. 함정에 빠져든 자들을 완전히 멸절시킨다면 천자방도 움직이지 않을 수 없을 것이고, 그렇다면 천자방의 실질적인 수뇌 파랑검 호종위라고 언제까지 천자방 깊숙이 틀어박혀 움직이지 않을 수 없을 터이다.

그가 천자방을 벗어나는 순간 매혼자가 움직일 것이다. 그리고 매혼자의 손에 호종위가 죽는 순간, 이 싸움은 끝을 맺을 것이다. 해남검문주 호상중이 직접 오지 않는 이상, 아니, 설혹 호종위를 죽이지 못한다고 할지라도 이 싸움은 끝날 것이다. 왜냐하면 군룡회는 이미 남궁산의 죽음으로 방심한 천자방의 허점을 노려 그들의 세력권 안에 자신들만의 거점을 마련해 놨기 때문이다. 결국 남궁산의 죽음은 묘하게도 포양호 싸움의 승리를 군룡회에게 가져다줄 기회를 제공한 셈이었다.

'그런데 어디서 저런 놈이 나타났단 말인가?'

남궁무기가 독한 눈으로 송문악을 바라봤다. 모든 일이 계획대로 진행되는 와중에 생겨난 변수, 바로 눈앞의 청년고수였다. 겨우 이십대 초반으로밖에는 보이지 않는 나이. 하지만 장도를 들고 있는 모습은 좌중을 압도할 만큼 무거웠다.

'무림에 잠룡이 나타난 것인가? 혹 구파일방의 인물?'

남궁무기의 낯빛이 더욱 어두워졌다. 구파가 개입했다면 싸움은 어려워질 것이다.

백여 년 전부터 구파는 중원의 무림세가에 대한 감시의 끈을 놓지 않고 있었다. 그들의 서슬에 밀려 본격적으로 문파의 힘을 드러내지도 못하는 무림세가들이었다. 남궁세가는 그런 무림세가 중에서도 가장 앞에 서서 구파의 감시를 받는 문파였다.

포양호에서 군룡회니 천자방이니 하는 이름을 내걸고 싸우고 있는 것도 다 구파의 이목을 꺼려했기 때문이 아니던가. 물론 구파일방에서 이 싸움의 주체가 남궁세가와 해남검문임을 모를 리는 없었다. 단지 이렇게 다른 이름으로 싸움을 벌이는 것으로, 스스로 조심하고 있다는 것을 그들에게 보여주는 것만으로도 구파일방의 견제에서 벗어날 수 있을 것이란 기대로 벌인 일들이었다.

그리고 기대대로 구파는 이 포양호 싸움을 그저 지켜보고 있었다. 이 싸움에서 승리를 거두는 문파가 막대한 이득을 얻을 것이 분명함에도 남궁세가나 해남검문의 이름이 아닌 천자방과 군룡회의 이름으로 벌어지는 이 포양호 싸움에 구파는 관여치 않고 있는 것이었다. 그런데…….

'지금까지는 그랬지!'

남궁무기의 시선이 다시 송문악에게로 향했다가 이내 황충과 우보에게로 움직였다.

"천자방에서는 정말 대단한 용병을 얻었구려. 그것도 그대들도 미처 이런 실력을 가진 사람이란 것을 모르고 뽑았다니 횡재했구려. 그런데 그의 출신을 알고 있소?"

"한 달에도 수십 명 드나드는 용병의 출신을 일일이 확인하는 것은 불가능한 일이지. 군룡회에서도 그렇게 일하지는 않았을 터인데?"

사실은 황충과 우보의 머릿속에도 송문악의 출신에 대한 의문이 뭉게구름처럼 일어나고 있었다. 하지만 적에게까지 자신들의 마음을 드러낼 필요는 없었다. 남궁무기가 고개를 끄덕였다.

"그렇구려. 하지만 이제는 그의 내력을 알아보실 필요가 있을 거요. 어쩌면 이 포양호 싸움에 강호의 호랑이들이 관심을 보이기 시작했을 수도 있을 테니."

황충과 우보의 눈빛이 남궁무기의 말에 살짝 변했다. 그들은 노련한 고수들이었다. 남궁무기가 하는 말의 의미를 모를 리 없었다. 만약 이 젊은 용병고수가 구파일방에서 나온 인물이라면 지금 그가 천자방의 용병이라 하여 좋아할 일만은 아니었다. 구파일방이 포양호 싸움에 관여한다면 남궁세가뿐 아니라 해남검문에게도 심각한 문제가 될 일이었다.

하지만 그런 것은 지금과 같이 목숨을 건 싸움을 벌이고 있는 와중에 고민할 문제가 아니었다. 지금은 눈앞의 적, 군룡회가 파놓은 함정으로부터 벗어나는 것이 중요했다.

"강호의 호랑이가 이 포양호의 싸움에 관심을 보이면 확실히 문제긴 하오. 하지만 지금 우리에게 급한 일은 강호의 호랑이가 아니라 당장 눈앞의 늑대가 아니겠소?"

우보가 남궁무기를 차갑게 응시하며 대꾸했다. 그러자 남궁무기가 천천히 고개를 끄덕였다.

"과연 우 노사의 말이 맞소. 지금 천자방의 형제들께서 고민해야 하는 것은 당장 오늘 목숨을 부지하는 것이지."

"그리고 군룡회의 형제들이 고민해야 하는 것은 과연 오늘 우리 천자방의 형제들을 완전히 제압할 수 있느냐는 것이겠고. 자신있소? 지금 상황으로 보아서는 이미 이 함정의 한 축이 허물어진 것 같은데?"

우보의 말에 남궁무기의 눈살이 살짝 찌푸려졌다. 우보의 지적은 정확했다. 계획대로라면 이미 천자방의 문도들은 전멸에 이르러 있어야 했다.

'그 모든 것이 저 새파란 젊은 용병 하나 때문이란 말이지.'

남궁무기의 가슴속에 새삼스레 자신의 몸에 상처를 입히고 또 오랫동안 공을 들여 만든 군룡회의 함정을 흔들어놓은 송문악에 대한 분노가 치밀어 올랐다.

하지만 송문악은 남궁무기의 차가운 분노의 시선을 받고도 전혀 미동을 하지 않았다. 그는 그저 마치 재미있는 싸움을 구경하는 사람처럼 긴 장도를 들고 양측의 대화를 흥미롭게 지켜보고 있을 뿐이었다. 그런 송문악의 태도가 남궁무기의 자존심을 건드렸다. 남궁무기가 질끈 입술을 깨물었다.

"우 노사의 말이 맞소. 우리가 준비한 함정은 저자로 인해 그만 한 축이 허물어지고 말았소. 하지만 그렇다고 해도 아직 천자방의 형제들이 완전히 우리의 함정을 벗어난 것은 아니오. 애초에 우리는 천자방의 내삼각 중 하나, 그리고 외오당 중 온전한 한 개의 당 정도가 올 것을 대비하여 이번 일을 준비했소. 그런데 천자방에서는 생각보다 적은 숫자의 형제가 왔구려. 우리의 준비는 차고 넘치는 것이지. 그래서 단 한 명의 고수가 출현했다고 해서 그대들이 목숨을 구했다고는 확신할 수 없을 거요. 오히려 아직은 삶보다 죽음에 가까운 것이 그대들의 처지요."

남궁무기가 차가운 음성을 내뱉으며 한 손을 들어올리자 다시 어둠 속에서 수십 명의 군룡회 고수들이 모습을 드러냈다. 드러난 적이 모두가 아니었던 것이다.

모습을 감추고 있던 군룡회의 무사들이 추가로 모습을 드러내자 송문악의 활약으로 여유를 찾아가던 천자방 무사들이 다시 동요하기 시작했다. 벗어났다고 느끼던 함정이 더욱 조여오자 심리적 압박감은 처음보다 한층 더 강하게 천자방 무사들의 가슴을 파고들었다.

황충과 우보 또한 천자방의 다른 무인들과 다르지 않았다. 그들의 안색도 순식간에 어두워졌다.

"어떻게든 길을 만들어 몸을 빼야 할 듯하오."

우보가 황충을 보며 말했다. 비록 우보가 내삼각 중 인각의 각주이기는 하지만 지금 천자방의 무인들을 이끌고 있는 실질적인 수뇌는 황충이었다. 황충이 외삼당의 당주로 머물러 있는 것이 결코 내삼각 고수들보다 실력이 모자라기 때문이 아닐뿐더러 이런 난전을 이끌어가는 능력은 천자방에서 황충을 따라올 자가 없기 때문이었다.

"그럽시다."

황충이 짧게 대답했다. 외오당의 다른 당주가 이런 식으로 자신의 말에 대답했다면 우보는 무척 기분이 상했겠지만 다른 사람이 아니라 황충이었으므로 우보는 황충의 대답을 당연하게 받아들였다. 외삼당주 황충은 천자방주 앞에서도 이런 식으로 말할 인사였던 것이다.

"선두는 인각이 맡겠소."

우보의 말에 황충이 고개를 끄덕였다. 선두에서 길을 뚫는 것은 역시 고수의 몫. 외삼당의 용병들에 비하면 인각 고수들의 무공은 몇 수 위에 있었다.

그리고 냉정하게 보자면 외삼당의 용병이야 죽으면 다시 뽑으면 그만이지만 인각의 고수들은 그 빈자리를 보충하기가 쉽지 않은 인물들이었다. 황충은 괴팍한 성정을 가지고 있지만 누구보다도 냉정하게 사리 분별을 할 줄 아는 사람이었다.

"길을 뚫는다! 인각이 앞에 선다! 인각의 좌우를 삼당 일조가 지원한다! 삼조는 후방을 맡는다! 모두 무운을 빈다! 가자!"

이것이 황충이다.

싸움에 임했을 때의 단호함은 언제나 상대에게서 선기를 빼앗는 효과를 가져왔다. 그리고 천자방의 무인들은 그런 황충의 명령에 익숙했다.

황충의 입에서 명령이 떨어지는 순간 이미 우보와 네 명의 인각 고수의 신형은 천자방의 무인들 가장 후방으로 날아가고 있었다. 그와 동시에 삼당 일조의 고수들이 인각의 고수들 좌우를 따라 그들이 함정으로 들어왔던 길을 되돌아 나가기 시작했다.

"막아라! 단 한 명의 적도 살려 보내는 것을 허락지 않는다!"

남궁무기의 입에서 천둥 같은 사자후가 토해졌다. 비록 송문악의 손에 부상을 입긴 했지만 가히 남궁세가를 대표하는 고수의 진면목을 보여주는 남궁무기였다.

"제길, 이래서 사람은 줄을 잘 서야 한다니까. 잘못하다간 꼼짝없이 죽게 생겼는걸."

한호가 투덜거렸다. 하지만 별로 겁을 집어먹은 것 같지는 않았다. 용병에게 죽음이란 언제나 가까이 있는 것이었다. 이런 위험을 한두 번 겪은 한호가 아닌 것이다. 하지만 오늘의 위험은 그 어느 때보다도 위태로웠다. 삼조의 조원들이 눈빛을 굳히고 자신들을 엄습해 오는 군룡회 고수들을 노려보며 억세게 도검을 잡아갔다.

용병의 목숨이란 가을날 떨어지는 낙엽과 진배없다. 사람의 목숨을 값으로 치자면 한 냥도 쳐주지 못할 것이 용병의 목숨이었다. 삼조 용병 조풍의 목이 낙엽처럼 날아갔다.

그 조풍의 목을 벤 군룡회 고수가 상대에게서 터져 나오는 피분수를 피해내며 다른 적을 찾으려는 순간 그의 신형이 갑작스럽게 무너져 내렸다. 그리고 그의 옆으로 고산앙이 스치고 지나갔다. 난전이 시작되고 상황이 위급하게 되자 고산앙도 싸움을 피하고만 있을 수는 없었던 것이다.

삼조의 조원들은 일렬로 늘어선 채 군룡회 고수들을 막아내고 있었다. 그들은 군룡회 고수들을 막아내면서 앞서 길을 열고 있는 인각의 고수들과 일조의 고수들 후미를 따라 움직이고 있었지만 그 속도는 그리 빠르지 않았다. 선두에 선 인각의 고수들이 수월하게 길을 열고 있지 못했기 때문이다.

"크악!"

다시 한마디 단말마가 흘러나왔다. 삼조에서 이 년이 넘게 살아남았다던 진탁이 검을 든 팔을 움켜잡으며 뒤로 몸을 뺐다. 그가 빠지자 이제 뒤에 남아서 군룡회의 고수들을 막고 있는 사람은 삼조 여덟 명과 삼당주 황충. 반면 천자방 무인들의 뒤를 엄습해 오는 군룡회 고수들은 이십여 명이 넘어 보였다.

절대적인 열세. 그나마 무너지지 않고 버티고 있는 것은 다시금 독보적인 무위를 선보이고 있는 송문악과 황충, 그리고 드러나지 않게 삼조의 조원들을 위기에서 구해내고 있는 고산앙의 활약 덕분이었다.

하지만 세 사람의 활약에도 불구하고 싸움은 점점 위태롭게 변해가고 있었다. 시간이 흐르자 세 사람을 제외한 나머지 삼조 조원들의 몸은 온통 작고 큰 상처에서 흘러나오는 붉은 선혈로 물들어가고 있었다.

"제길! 뭘 꾸물대고 있는 거야! 이곳에서 다 죽자는 거야?"

한호가 신경질적으로 소리쳤다. 선두에서 길을 열지 못하고 있는 인각 고수들에 대한 불만이었다.

힘든 것은 한호만이 아니었다. 송문악과 고산앙을 제외한 삼조의 조원들 모두 입에서 단내가 나고 있었다. 삼조장 왕사적 역시 다른 조원들과 사정이 크게 다르지 않았다. 특이한 것은 오히려 다른 조원들보다 젊은 축에 드는 사마륜과 백산이 그런대로 기력을 유지하고 있다는 것이었다.

이들 두 사람은 천자방에서 용병 생활을 하면서도 다른 용병들과 거리를 두고 어울리지 않던 사람들이었다. 용병들은 본래 서로의 과거나 생활에 대해 관여하지 않는 것이 보통이나, 싸움이 끝난 후거나, 혹은 무료한 기다림의 시기를 보낼 때는 서로 술잔을 주고받거나 도박을 즐기거나 하며 자연스레 서로를 알아가기 마련이었다.

그런데 사마륜과 백산 이 두 사람은 지난 이 년 동안 천자방의 용병으로 활동하면서도 전혀 다른 용병들과 교류가 없었던 것이다. 그러면서도 동료의 도움이 없이는 버텨내기 힘든 싸움터에서 이 년이나 성한 몸으로 살아 있다는 것은 이들의 내력이 심상치 않다는 것을 의미했다.

그리고 지금 군룡회의 고수들을 상대하면서 그들은 자신

들의 실력을 유감없이 발휘하고 있었다. 아마도 송문악과 고산앙을 제외하고는 삼당 삼조의 무인들 중 이들 두 사람이 가장 고강한 무위를 지니고 있을지도 몰랐다. 그러나 외삼당 삼조의 조원들은 싸움의 위급함으로 이들 두 사람의 무위를 살필 겨를이 없었다.

그런 사마륜과 백산조차도 계속 밀려오는 군룡회 고수들의 공세에는 견뎌내기 힘든지 차차 거친 숨을 몰아쉬며 점차 자신들 본래의 초식을 유지하지 못하고 그때그때 임기응변으로 초식을 전개하기 시작했다. 후방을 막고 있던 삼조의 조원들이 버틸 수 있는 한계가 가까워지고 있었던 것이다.

"길을 뚫어주게."

날아드는 군룡회 고수를 향해 일검을 뻗어내어 적의 어깨를 찔러 버린 후 황충이 송문악에게 툭하고 말을 던졌다. 다급한 기색도 없었다. 그렇다고 사정조도 아니었다. 그냥 마치 당연한 것을 요구한다는 듯한 황충의 말에 송문악이 슬쩍 황충의 눈을 바라봤다.

허공에서 두 사람의 시선이 엉켜들었다. 그리고 그 순간 송문악은 외삼당주 황충이 말과는 다르게 무척 간절하게 그가 인각의 고수들이 뚫어내고 있지 못하는 적의 포위망을 뚫어주길 바란다는 것을 알아챘다. 단지 황충은 본래 남에게 아쉬운 소리를 못하는 사람이었기에 송문악에게 그런 식으로 말을 했을 뿐이었던 것이다.

"그래야 할 것 같아."

옆에 있던 고산앙도 황충의 말을 거들었다.

그때 제법 매서운 파공음을 내며 번뜩이는 창날이 송문악의 심장을 향해 날아들었다. 순간 송문악의 흑도가 섬광처럼 몇 차례 휘둘러졌다. 전광석화처럼 휘둘러지는 흑도가 송문악을 향해 날아들던 적의 창을 허공에서 삼 등분으로 잘라 버렸다. 그리고 흑도의 마지막 일초가 창의 주인을 향해 떨어져 내렸다.

"크악!"

군룡회의 고수 한 명이 송문악의 흑도에 맞아 입에서 피분수를 쏟아내며 몇 장 뒤로 날아가 땅바닥에 처박혔다.

"그러죠!"

그와 동시에 송문악의 입에서 황충의 요청에 대한 대답이 흘러나왔다.

순식간에 송문악의 신형이 앞에서 길을 뚫고 있는 인각의 고수들을 향해 날아가더니 훌쩍 몸을 날려 다섯 명의 인각 고수를 뛰어넘어 숲으로 이어진 길목을 막고 있는 군룡회 고수들 위로 떨어져 내렸다.

천자방 고수들의 퇴로를 막고 있던 군룡회 고수들은 갑자기 하늘에서 떨어져 내린 송문악을 보고는 일순 당황하며 뒤로 신형을 물렸다. 하지만 땅 위로 떨어져 내린 송문악은 잠시도 지체하지 않고 그대로 군룡회 고수들에게로 부딪쳐 갔다.

이런 식의 난전은 송문악으로서는 처음 치러보는 싸움이지만, 이미 앞서의 싸움으로 송문악은 어느새 집단과 집단 간에 벌어지는 싸움의 원리를 몸으로 체득하고 있었다. 기세에서 밀리는 쪽은 좀체 싸움의 승기를 잡기 어려운 것이 바로 이런 난전의 특징이었다. 송문악이 땅 위에 내려서자마자 속도를 줄이지 않고 물러서는 군룡회 고수들을 향해 부딪쳐 간 것은 바로 그 때문이었다.

이미 송문악의 무위를 견식했던 군룡회 무사들이었다. 해서 뒤로 물러나 갑자기 날아든 송문악과 거리를 벌린 후 여유를 찾으려던 군룡회 고수들의 의도는 여지없이 빗나갔다. 송문악이 상대에게 물러날 여유를 주지 않고 호랑이처럼 날아들었기 때문이었다.

"어엇!"

비록 함정을 파고 고수를 가려 뽑아 기다리고 있던 군룡회의 무사들이었지만 이들 또한 그 대부분은 군룡회에서 고용한 용병들. 애초에 육절기인 무극산의 무공을 수련한 송문악과는 그 무공의 고하를 겨룰 수 없는 자들이었다.

"길을 열지 않으면 벤다!"

송문악의 입에서 차가운 일갈이 터져 나왔다.

"막아랏! 길을 열어주면 안 돼!"

멀리서 남궁무기의 사자후가 터져 나왔다. 그러자 송문악의 기세에 밀려 뒤로 물러나던 군룡회의 고수 중 셋이 정신을 가다듬고 송문악을 향해 도검을 뻗어냈다.

"갈 수 없다!"

그들의 입에서 제법 영악한 소리가 흘러나왔다. 순간 송문악이 아무 말 없이 머리 위로 치켜들었던 흑도를 번개 같은 속도로 세 명의 군룡회 고수를 향해 쳐냈다. 그러자 허공에 세 가닥의 도기가 생겨나더니 번개처럼 삼 인의 군룡회 고수를 쓸어갔다.

"큭!"

시뻘건 피분수가 허공으로 비산하며 밤공기를 타고 비릿한 혈향이 번져 갔다. 동시에 세 명의 군룡회 고수가 송문악의 도기를 얻어맞고 사방으로 튕겨져 나갔다.

송문악은 세 명의 군룡회 고수를 벤 기세 그대로 남아서 길을 막고 있는 군룡회 고수들을 향해 다시 무서운 속도로 육박해 들어갔다. 그러자 송문악의 기세에 질겁한 군룡회 고수들이 좌우로 쫙 벌어지며 막고 있던 퇴로를 열었다.

"됐다! 모두 퇴각한다!"

멀리서 송문악에 의해 길이 열리는 것을 지켜보고 있던 황충의 입에서 고함 소리가 터져 나왔다. 그의 명에 따라 고전하고 있던 천자방 고수들이 송문악의 뒤를 따라 군룡회의 포위망을 뚫고 썰물 빠지듯 어두운 숲 속으로 달려나가기 시작했다.

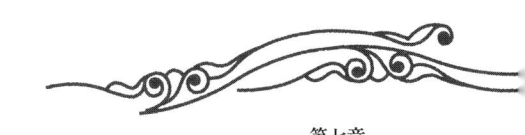

第七章
그가 올 자리

이각여 동안 진행된 매서운 숲 속의 추격전이 거짓말처럼 멈춰졌다. 개령포가 어스름이 눈에 들어오는 시점에서였다. 사나운 이리처럼 천자방 고수들의 꼬리를 물고 늘어지던 군룡회 고수들이 개령포가 눈에 들어오는 지점에 도달하자 씻은 듯 사라져 버린 것이다.

함정은 목표물이 그 안에 들어 있을 때만 유용한 법이다. 일단 목표가 함정에서 벗어나면 함정의 용도는 쓸모가 없어진다. 무리해서 적을 추격하는 것은 오히려 함정을 판 자들을 위험에 빠뜨리는 결과를 가져온다.

남궁무기는 이런 싸움의 이치 정도야 이미 오래전에 깨달은 노련한 고수였다. 개령포가 눈에 들어오자 남궁무기는 망설이지 않고 군룡회 고수들을 뒤로 물렸다.

"사상자를 확인하라!"

황충의 입에서 나직한 명이 떨어졌다. 나직한 그의 말꼬리가 떨려오는 것은 그가 무척 화가 나 있다는 의미였다. 외삼당주 일조 조장 위혼과 삼조 조장 왕사적이 재빨리 조원들의 생사를 확인하기 시작했다.

"젠장! 셋이나 죽었군."

왕사적이 재빨리 삼조의 생존자들을 확인하고는 씹어뱉듯 말을 내뱉었다. 삼조에서는 공교롭게도 서로 어울려 주사위나 마작을 즐기던 삼 인, 구상, 조풍, 진탁 세 사람이 군룡회 고수들에 의해 저승길로 들어섰다. 한 판의 싸움에서 세 명의 조원을 잃기는 포양호 싸움에 왕사적이 참여한 이후 최초의 일이었다.

일조의 피해는 더욱 컸다. 살아 돌아온 자가 채 반이 안 돼 일조장 위혼을 포함해 단 두 명만이 생존해 있었다. 가히 외삼당이 황충에 의해 지휘된 이후 최대의 피해를 본 것이다.

인각의 사정도 그리 좋지만은 않았다. 인각주 우보의 어두운 표정에서 드러났듯 다섯 명의 인각 고수 중 둘이 이번 싸움에서 목숨을 잃었다. 내삼각의 고수들은 천자방에서도 신중하게 영입한 고수들로서 그 한 사람의 목숨 값이 삼당의 용병들과는 비교할 수 없는 인물들이었다.

외삼당의 결원이야 앉아서 찾아오는 용병을 뽑아 보충할 수 있지만, 내삼각의 결원은 천자방이 직접 외부의 고수를 찾아가 초청해 들여야 하는 자리였다.

"인각에서 두 명, 일조에서 일곱 명, 삼조에서 세 명, 총 열두 명의 손실이군. 절반 이상의 손실이라니… 제대로 당했구려."

우보가 허탈한 표정으로 황충을 보며 말했다.

"함정을 파고 기다리는 자들에겐 당해낼 수 없는 일이오. 그나저나 군룡회에서 꽤나 공들여 준비한 모양이구려. 상인들을 설득하기도 쉽지 않았을 터이고… 그나마 이만큼이라도 살아남은 것이 다행이오."

"그의 도움이 컸소이다."

우보가 멀찍이 뒤쪽에 고산앙과 함께 서 있는 송문악을 보며 말했다.

"처음 볼 때부터 보통이 넘는 인물들이라는 것은 알고 있었소. 하지만 기대 이상이었소. 난 본래 젊은 쪽보다는 늙은 쪽에 더 기대를 하고 있었는데……."

"늙은 쪽도 드러나지는 않지만 만만치 않은 실력을 가지고 있더이다."

우보의 말에 황충이 고개를 끄덕였다. 사시를 벗어난 천자방의 고수들 중 유일하게 고장원이라 불린 노인만이 싸움을 치르지 않은 듯 깨끗한 몸을 하고 있었다.

"어쨌든 대단한 물건이 천자방에 굴러들어 온 것 같구려."

우보가 눈빛을 빛내며 중얼거렸다.

"데려가시려오?"

황충이 우보를 보며 물었다.

"주시겠소이까?"

"인각에서 원한다면야……. 좋은 재목은 중요한 자리에 쓰여야지."

"황 당주께서 그런 말씀을 하시니 의외구려. 그러시는 황 당주께서는 왜 외삼당에 머물러 계시는 거요?"

"아시잖소? 내 그릇이 이 정도밖에 되지 않는다는 것을. 그리고 난 내삼각에 들어 복잡한 일을 처리하는 것은 영 취미에 없고 말이오."

"그런 말씀 하지 않아도 황 당주께서 외오당의 중심을 잡기 위해 외삼당의 당주로 계시다는 것은 이미 다 알고 있는 일입니다."

우보의 말에 황충이 슬쩍 미소를 지었다.

"누가 그러더이까?"

"황 당주께서 해남검문의 드러나지 않은 고수라는 것은 내삼각의 인물들은 모두 알고 있는 사실이지요."

"껄껄! 내가 비록 해남검문의 사람이긴 하지만 해남검문에서도 이 돼먹지 못한 성정 때문에 언제나 뒷구석에 처박혀 있는 존재였소이다. 그러니 내가 외삼당에 머무는 것에 큰 의미를 부여할 필요는 없소이다. 그나저나 저 두 사람이 인각으로 가고 안 가고는 역시 그들의 의견을 무시할 수 없소. 그들은 용병이니 내삼각으로 가려면 당연히 그들의 등급을 중급에서 상급으로 올려야 하고 그만한 예우를 해줘야 할 거요. 내가 보니 그들은 제법 금전을 밝히는 것 같더구려."

황충의 말에 우보가 고개를 끄덕였다.

"물론 저만한 실력을 가진 자들이니 그에 걸맞는 대우를 해줘야겠지요. 하지만 그전에 저들에 대한 조사를 해볼 필요가 있을 듯하외다. 남궁무기의 말이 아주 틀린 말은 아닌 듯하니."

"저들이 구파일방의 사람들이란 생각을 하시는 거요?"

"꼭 그렇다는 것은 아니지만 저만한 나이에 저런 실력을 지닌 자를 구파일방 말고 어디에서 배출할 수 있겠소?"

"하긴, 그는 겨우 스물두 살이라고 하더구려."

"스물두 살이라……. 무서운 나입니다."

"무섭다니요?"

"눈앞에 보이는 것이 없는 나이이니 무섭고, 지금도 저 정도인데 몇 년이 지난 후의 그를 생각하니 역시 무섭고."

우보의 말에 황충이 고개를 끄덕였다.

"그렇구려. 확실히 무서운 나이외다. 일단 조사를 해봅시다. 나도 안 해본 것은 아니지만 별반 나오는 것이 없더구려.

하지만 내각에 들이려면 역시 한 번 더 조사해 볼 필요는 있을 거요."

"일단 방으로 돌아가서 방주와 두 각주께 상의를 드리겠소이다."

우보의 말에 황충이 고개를 끄덕이고는 잠시 휴식을 취하고 있던 천자방의 고수들을 향해 명을 내렸다.

"방으로 돌아간다! 준비하라!"

황충의 명에 이리저리 흩어져 한바탕 혈전으로 소비한 기력을 회복하고 있던 천자방의 무사들이 황충과 우보의 곁으로 모여들었다.

"삼조가 앞을 연다! 출발!"

그의 명령에 잠시의 휴식을 끝내고 삼조의 생존자들이 앞으로 나서며 천자방을 향해 길을 열기 시작했다.

"그나저나, 역내의 상인들을 단속할 필요가 있을 것 같소."

황충이 천자방을 향해 밤길을 걷기 시작하는 삼조를 바라보다가 문득 입을 열었다.

"그 말씀은?"

"군룡회가 생각 외로 깊이 우리의 세력권에 스며들어 와 있는 것 같소이다. 상인들이 동요하면 싸움은 불리해지지요."

"그것도 내각에 돌아가 논의해 보도록 하겠소이다. 그나저나 이번에 군룡회와 줄을 대었던 상인들은 역시 손을 봐주어야겠지요?"

"당연한 일이지요. 그들에게도 변명거리는 있을 수 있지만 역시 천자방의 권내에서 군룡회와 거래한 것을 그냥 두고 볼 수는 없는 일이지요."

"전장터 밖에서 손에 피를 묻히는 것은 좋은 일이 아닌데……."

우보가 입맛을 다셨다.

"그렇긴 하지만 어쩔 수 없는 일이지요. 가십시다."

이미 천자방의 무인들이 멀찍이 앞서 가고 있었다. 황충과 우보는 천천히 주변을 한번 살피고는 이내 무리의 뒤쪽으로 따라붙었다.

깊은 밤 호젓한 호수 변에서 벌어진 천자방과 군룡회의 격돌은 이렇게 막이 내리고 있었다. 하지만 이 작다면 작고 크다면 큰 한 번의 격돌이 포양호의 싸움을 막바지로 밀어 넣는 단초가 될 줄은 아무도 예상치 못했다.

*   *   *

군룡회의 함정에 빠져 적지 않은 손실을 입은 일 때문에 개령포로 출전했던 인각과 외삼당의 고수들이 돌아온 후 천자방은 한동안 어두운 분위기에 빠져 있었다.

파랑검 호종위가 군자검 남궁산을 벤 후 한껏 올랐던 기세는 함정에 빠져 절반의 손실을 본 이번 출전으로 인해 급격하게 꺾여 버렸다. 더군다나 이번 함정을 파는 데 일조를 한 자들이 천자방 세력권 내의 상인들이었다는 사실은 천자방에 알 수 없는 불안감을 던져 주는 일이기도 했다. 보통 안으로부터 이탈자가 발생하면 그 싸움은 견디기 어려운 법이기 때문이었다.

그런데 천자방의 분위기가 이렇게 침잠된 와중에도 끊임없이 사람들의 관심을 끄는 일이 하나 있었다. 바로 이번 개령포 출전에서 갑작스레 두각을 나타낸 한 젊은 용병의 무위가 천자방 부인들 사이에 큰 관심을 불러일으키고 있었던 것이다.

용병의 이름은 청명(淸鳴). 함께 출전했던 삼당의 일, 삼조 조원들이 전하는 바에 의하면 청년 용병 청명은 검은색의 긴 장도를 사용했는데, 함정을 파고 기다리던 군룡회의 최고수 남궁무기조차 그의 도를 당해내지 못했다고 한다. 남궁무기란 이름은 무림에 그리 알려지지 않은 인물이지만 남궁이라는 성씨만으로도 그가 남궁세가의 고수라는 것은 쉽게 짐작할 수 있는 일이었다.

더군다나 이번에 군룡회가 만든 개령포의 함정을 통솔하는 수장으로 나왔다면 남궁무기는 아마도 남궁세가의 드러나지 않은 절정고수가 분명했다. 그런 자를 이제 이십대 초반의 젊은 용병이 물리쳤다는 것이다. 또한 그의 활약으로 인해 전멸의 위기에 처했던 천자방의 무인들이 그나마 절반의 손실만 입고 생환했다는 것까지 더해지자 천자방 무인들의 관심은 온통 외삼당 삼조에 소속된 청명이라는 젊은 용병에게 집중되었다.

더군다나 이 젊은 용병이 천자방에 들게 된 경위 또한 사람들의 이야깃거리로 새삼 거론되었다. 당시 그와 함께 용병에 뽑힌 자들의 이야기에 따르면 그는 어쩌면 천자방이 아니라 군룡회를 위해 일했을지도 모른다는 것이었다.

애초에 외오당주 구중산은 그를 뽑으려 하지 않았는데, 외삼당주 황충의 눈에 들어 겨우 천자방에 들게 된 내력이 알려지자 사람들 입에서는 과연 황충이라는 말이 저절로 흘러나왔다.

외오당 중에서 삼당은 항시 가장 위험한 임무를 맡으면서도 가장 생존률이 높은 당이었는데, 그것은 삼당주 황충이 용병을 뽑을 때 다른 당주들보다 탁월한 식견을 발휘에 쓸 만한 강자들을 뽑기 때문이라는 것은 공공연한 사실이었다.

그런데 이번에 다시 청년 용병 청명이 천자방에 들게 된 경위가 알려지자 자연스럽게 삼당주 황충의 안목이 다시 한 번 사람들의 입에 오르내리게 되었던 것이다.

청명에 대한 천자방도들의 관심은 천자방의 수뇌들 입장에서도 반가운 일이었다. 대체로 싸움에 임해 큰 패배를 당한 후에는 반드시 그 방도들의 사기가 떨어지게 마련이었다. 그리고 떨어진 방도들의 사기는 쉽게 다시 되돌릴 수 없는 법인데, 그 와중에 청명이라는 젊은 영웅이 탄생하여 사람들의 이목을 집중시키자 자연스럽게 싸움에 패한 충격이 어느 정도 완화되었던 것이다. 사람들은 죽어간 동료들보다 새롭게 부상한 영웅에게 더 많은 관심을 갖는 법이기 때문이었다.

"잠시 갈 곳이 있네."

송문악과 고산앙은 의아한 눈으로 숙소의 문을 열고 두 사람에게 말을 건네는 황충을 바라봤다. 보통 그가 두 사람에게 볼일이 있을 때는 삼조장 왕사석을 보내 두 사람을 자신의 방으로 부르기 마련이었다. 그런데 오늘은 이 괴팍하며 자존심 강한 외삼당주 황충이 직접 두 사람을 찾아왔으니 송문악과 고산앙이 의아하게 생각하는 것은 당연한 일이었다.

"일입니까?"

송문악의 물음에 황충이 고개를 저었다.

"그건 아니네. 방주와 내각의 수뇌들이 두 사람을 보고 싶어하는군."

"천자방의 수뇌들이요?"

송문악의 물음에 황충이 고개를 끄덕였다.

"그렇다네. 왜, 내키지 않는가?"

"그런 건 아닌데……."

"그럼 가세."

"지금 말입니까?"

"그렇다네. 지금 내원에서 기다리고들 있을 걸세. 노인장도 함께 갑시다."

황충이 고산앙을 보며 말하자 고산앙이 어눌한 목소리로 왜 자신을 함께 가자는지 모르겠다는 듯 물었다.

"나도 말이우?"

"그렇소이다. 두 사람 모두 함께 가십시다."

고개를 끄덕이면서도 황충은 고산앙의 눈에서 시선을 떼지 않았다. 그는 이 어눌해 보이는 노인에게 무언가 사람들이 알지 못하는 능력이 있다는 것을 그가 천자방의 문을 두드릴 때부터 직감하고 있었다. 그래서 오당주 구중산이 이 노인과 청년을 되돌려보내려 할 때 그가 나서서 이들을 삼당에 들인 것이었다.

결과만 놓고 보자면 이 노인보다도 청명이라는 젊은 쪽이 더욱 뛰어난 용병으로 판명났지만 황충은 아직도 이 어눌한 노인에 대해 일종의 신비감 같은 것을 가지고 있었다.

그것은 그가 개령포의 호숫가에서 보여준 은밀하면서도 정확한 검법 때문만은 아니었다. 오히려 당시의 그 은밀한 검법보다도 더 깊고 무서운 무공을 지니고 있을 것 같은 까닭없는 기대 같은 것이 황충의 마음속에 들어 있었던 것이다.

"나 같은 늙은이를 왜 만나려 하는지 모르겠군. 하지만 부른다니 일단 가보기로 합시다. 청 형제, 함께 가보자구."

고산앙이 나무 침상에서 몸을 일으키자 송문악이 앞서서
황충이 서 있는 곳으로 걸음을 옮겼다.

황충을 따라 삼당의 숙소를 벗어난 송문악과 고산앙이 외
오당의 숙소 안쪽으로 세워진 또 하나의 긴 담장 중앙에 나
있는 내문(內門)에 도달했을 때였다. 갑자기 내문이 열리면서
문 안쪽으로부터 십여 명의 인물이 모습을 드러냈다. 그리고
그중 한 명은 송문악과 고산앙도 익히 알고 있는 얼굴이었다.

"어서 오시구려, 삼당주!"

인각주 우보가 황충에게 인사를 건넸다.

"어딜 가시는 모양이구려. 설마 이 사람을 기다린 것은 아
닐 테고……."

"상인들을 만나는 일을 내가 맡게 되었소이다."

우보의 안색이 별로 좋지 않았다.

"고생하시겠구려."

웬일인지 황충도 평소답지 않게 침중한 어조로 위로하듯
말했다.

"어쩔 수 없지요. 그렇다고 천자방을 속인 자들을 그대로
둘 수도 없고."

"인각의 고수만 데려가시는 거요?"

"일당에서 세 개 조가 함께 가기로 했소이다."

우보의 말이 끝나기도 전에 멀리 일당의 숙소에서 삼십여

명의 무사들이 흘러나와 숙소 앞에 도열하고 있었다.

"그럼 수고하시구려. 우리는 기다리는 사람들이 있어서……."

황충이 말꼬리를 흐렸다. 그러자 우보가 황충의 뒤에 서 있는 송문악과 고산앙을 유심히 보며 아쉬운 듯 입을 열었다.

"함께 이야기를 했으면 좋았을 터인데……."

"방주께 인각주의 생각은 말씀드렸소이까?"

우보가 고개를 끄덕였다.

"말을 해놓긴 했지만 마침 이때 명을 내리는 것으로 보아 내 바람대로 일이 이루어지기는 어려울 것 같소이다."

"방주께 다른 생각이 있다면 어쩔 수 없는 일이지요."

"삼당주께서 한 번 더 말씀드려 봐주시구려. 우리 인각은 이번에 입은 손실도 손실이거니와 그동안 충원이 제대로 이루어지지 않아 고수가 절실히 필요한 실정이오."

"어디 제가 말한다고 될 일이겠소?"

"그렇기는 하지만 기회가 된다면 이 사람의 생각을 한 번 더 말씀드려 주시기 바라오."

"그러리다. 그럼 수고하시구려."

황충이 가볍게 고개를 숙여 보이고는 송문악과 고산앙을 문 안쪽으로 인도했다.

"모두 출발하라! 개령포로 간다!"

세 사람이 문을 통과해 천자방의 내원 쪽으로 몇 걸음 옮겼

을 때 그들의 뒤쪽에서 일당주 주남의 높은 목소리가 들려오
고 있었다.

내원에 들어서자 주위의 풍경이 변했다. 외오당이 머무는
외원이 사람들이 생활하는 데 필요한 최소한의 물건들로 채
워진 반면, 천자방 내원은 곳곳에 기화이초를 심어놓아 아름
다운 정원을 만들어놓았을 뿐 아니라 지어진 건물들도 보기
드물게 아름다운 모양을 하고 있었다.

'역시 돈이 많은 동네인가 보군.'

송문악은 씁쓸한 고소를 흘렸다. 담 하나를 사이에 두고 한
쪽은 은자 몇 푼에 목숨을 파는 용병들이 살고 있는 허름한
숙소가 있고, 다른 한쪽은 기화이초 가득한 별천지가 펼쳐져
있었다. 포양호의 싸움이 상권을 다투는 싸움이란 말이 틀리
지 않은 듯 천자방 내원은 돈 쓰기를 아끼지 않은 기색이 역
력했다.

황충은 그 화려한 내원에서도 가장 웅장하고 화려하게 치
장된 건물로 두 사람을 데리고 갔다.

"삼당주께서 오셨습니다."

건물 밖을 경계하고 있던 무사 다섯 중 하나가 황충의 모습
이 보이자 재빨리 건물 안쪽에 기별을 넣었다. 그러자 문 안
쪽에서 무슨 말인가가 들려왔다.

그때 마침 세 사람이 문 앞에 당도했다. 그러자 안쪽에 기

별을 넣었던 무사가 돌아서며 황충에게 정중히 허리를 숙여 보였다.

"어서 오십시오, 삼당주님. 안에서 기다리고 계십니다."

"수고하는군. 열게."

황충이 무뚝뚝하게 말하자 문을 지키던 무사들이 재빨리 안으로 들어가는 커다란 문을 양쪽에서 열어젖혔다. 무사들의 행동은 마치 눈앞에서 황충이 빨리 사라져 주기를 바라는 모습 같았다. 그도 그럴 것이, 황충의 괴팍한 행동은 지위 고하를 가리지 않았다. 지위가 높건 낮건 자신의 마음에 들지 않는 일이 있으면 황충은 그 자리에서 상대에게 거친 말을 해대기 일쑤였다.

천자방 내에서도 황충의 그런 성격은 널리 알려져 있었으므로 천자방주 하륜의 집무실을 지키는 호위무사들조차도 황충과 오랫동안 마주하기를 꺼리는 것이었다. 자칫 말을 섞다가 실수라도 하면 이 괴팍한 노고수에게 치도곤을 당할 것이 분명했기 때문이다.

"들어갑시다."

그런 황충이 자신이 데리고 온 두 노소를 제법 정중하게 안으로 안내했다. 송문악과 고산앙이 황충의 안내를 받으며 웅장하고 화려한 천자방주의 거처로 천천히 들어섰다.

"그가 바로 청명인 모양이군."

세 사람이 건물 안쪽으로 들어가자 이내 문을 닫은 경비무사들이 닫힌 문 쪽을 보며 중얼거렸다.

"생각보다 몹시 젊군."

"젊다기보단 어리다는 게 맞을 것 같군. 그런데 과연 저 어린 자가 소문처럼 그렇게 대단한 무위를 지니고 있는 게 사실일까? 난 도저히 믿어지지 않는군."

"그렇기에 그가 이 내원으로 불려들여진 것 아니겠는가? 들리는 소문에 의하면 이번에 군룡회의 함정을 빠져나온 것은 모두 저 청년 용병 덕분이라더군."

"그럼 그는 이제 내삼각에 들겠군."

"그렇게 되겠지. 그래서 그를 부른 것일 테고."

"허! 그렇게 된다면 천자방 역사상 가장 어린 나이에 내삼각에 드는 경우가 되겠군."

"그리고 외오당의 용병으로 뽑혀 내각에 드는 첫 번째 인물이 될 터이고."

경비무사들이 부러운 기색을 보이며 자신도 모르게 고개를 돌려 다시 한 번 송문악 등이 사라진 문 안쪽을 기웃거렸다.

다섯 명의 노인과 한 명의 중년인. 송문악은 멀리 그들의 모습이 보이는 순간부터 그들의 앞에 도착하는 동안 빠르게 대전 곳곳을 살폈다. 그리고 그들 앞에 도착했을 때는 그저 무심한 눈으로 그중 한 명의 노인을 바라봤다.

커다란 원형 탁자에 둘러앉은 여섯 명의 인물 중 금색 비단 장삼을 걸치고 있는, 노인치고는 제법 풍채가 좋은 인물이 송문악의 시선을 받아내며 입을 열었다.

"어서 오시오, 삼당주!"

'무림인이 아닌가?'

송문악이 고개를 갸웃거렸다. 천자방주 하륜에게서 느껴지는 기세는 무림인의 그것이 아니었다. 물론 하륜의 전신에서 풍겨 나오는 기운은 한 집단의 우두머리에게 어울리는 대인의 기질을 담고 있었다. 하지만 그에게선 무림인이라면 당연히 가지고 있어야 할 공력의 기세가 느껴지지 않았다.

'완전히 내부로 갈무리했다?'

그럴 리는 없다고 송문악은 생각했다.

그의 육양공과 천비심천문은 점점 끝을 알 수 없는 경지로 들어서고 있었다. 이 두 신공의 효용은 송문악이 상상하는 것 이상으로, 북쪽의 석산을 나와 고산앙과 천하를 주유하는 지난 이 년 동안 송문악의 공력은 자신이 상상했던 것 이상의 성취를 보이고 있었던 것이다.

그런 송문악의 눈을 속일 수 있는 고수란 흔치 않았다. 당연히 제법 치열하긴 하지만 변방의 싸움을 움직이는 수장에게 그런 능력이 있을 것이라고 기대할 수는 없는 일이었다.

'무림인이 아니군.'

결론은 간단했다. 하륜은 무공을 익힌 무림인이 아닌 것이다.

"두 사람을 데려왔소이다, 방주."

황충의 대답으로도 이 천자방이라는 집단의 성격이 여실히 드러났다. 오랜 전통을 가진 문파라면 도저히 있을 수 없는 황충의 어투였으나 천자방주 하륜의 얼굴에는 전혀 분노의 빛이 보이지 않았다.

"자, 모두 자리에 앉으시구려."

오히려 황충보다도 자리에 앉기를 권하는 천자방주 하륜의 목소리가 나긋하게 들렸다.

황충은 송문악과 고산앙에게 먼저 자리에 앉기를 권하고 두 사람이 여섯 명이 미리 자리를 잡고 앉은 탁자의 맞은편에 앉자 자신도 의자 하나를 차지하고 앉았다.

"두 분에 대한 이야기는 많이 들었소. 이번 개령포에서 본 천자방을 큰 위험에서 벗어나게 도와주신 점 고맙게 생각하오."

하륜의 목소리에는 사람의 기분을 편안하게 만드는 힘이 깃들어 있었다.

'상인이군.'

송문악은 이런 식의 말투가 노련한 상인들에게서나 들을 수 있는 말투라는 것을 금세 알아챘다. 천자방주 하륜은 무인이 아니라 상인이었던 것이다.

세간에 돌아다니는 소문, 포양호의 싸움이 해양 상권을 장악한 후 내륙 상계로 진출하려는 광동의 상인들과 그것을 저지하려는 내륙 상계의 대리전이라는 말이 확인되는 순간이었다.

"돈을 받고 고용된 용병으로서 당연히 할 일을 한 것이니 너무 고마워하실 것 없소이다."

고산앙이 언제나처럼 약간 어눌한 목소리로 하륜의 말에 대꾸했다.

"물론 두 분은 우리 천자방에서 돈을 주고 고용한 용병의 신분이지만 이번 개령포에서 보여준 두 분의 활약은 평범한 용병의 활약을 뛰어넘는 대단한 것이었다고 들었소이다. 그래서… 두 분을 그저 외삼당의 중급 용병으로 머물게 하는 것은 이 천자방의 큰 실례라 생각되어 두 분께 새로운 조건을 제시하려 하는데 두 분 생각은 어떠신지……."

"먼저 새로운 조건이란 것을 들어봅시다."

장내에 있던 몇몇 사람은 고산앙의 무뚝뚝한 말투에 살짝 얼굴을 찌푸렸다. 하지만 하륜은 처음 송문악과 고산앙을 보았을 때의 표정을 전혀 바꾸지 않은, 너그럽고 사람 좋아 보이는 표정으로 고산앙의 물음에 답을 하고 있었다.

"우리 천자방에서 용병을 들일 때는 세 가지 등급으로 나누어 그 대우를 결정하오이다."

"그것은 알고 있소."

"그중 중급과 하급은 외오당 소속으로 일을 하게 되고 상급으로 분류된 고수 분들은 내삼각으로 초빙하게 되지요. 그런데 두 분께서는 지금 중급의 용병으로 외삼당에 머물러 계시는데 그것은 이번에 보여주신 두 분의 무위로 보자면 어울리지 않는 일이라 할 수 있지요. 해서 두 분을 내삼각으로 모시고자 하는 것이 우리 천자방의 생각이오만……."

하륜의 은근한 말투는 사람을 설득하는 미묘한 힘을 지니고 있었다. 하지만 고산앙의 무심함은 그런 설득의 힘을 허무하게 무산시키는 능력이 있었다.

"청 형제, 어쩌겠나?"

고산앙이 송문악을 보며 물었다. 송문악은 고산앙의 질문을 들으며 이런 식의 행동은 고산앙답지 않다고 생각했다. 처음부터 두 사람의 목적은 천자방의 내삼각, 그것도 파랑검 호종위 곁으로 다가가는 것이었다. 그곳에서 매혼자를 기다리는 것, 그것이 두 사람의 애초 목적이었다. 그리고 평소 고산앙의 성격이라면 그저 좋다고 대답하면 그뿐인 일을 그는 송문악에게 의견을 묻고 있었다.

'어눌해 보이서도 언제나 빈틈이 없는 양반이지.'

미끼를 덥석 물면 상대에게 없던 의심도 생기는 법이다. 내삼각으로 드는 일은 두 사람이 애초에 원한 일이기는 해도 말이 나오자마자 기다렸다는 듯 승낙할 수 있는 문제가 아니었다.

"조건만 맞다면 저야 상관없습니다."

송문악이 대답했다.

"우리 같은 용병은 본래 일의 중요도에 따라 몸값을 달리 받게 마련이오. 천자방에 대해 잘 알지는 못하지만 내삼각에 들게 되면 아마도 군룡회의 수뇌들을 상대해야 할 터이니 몸값 역시 다시 이야기해 봐야 할 것 같소이다. 값이 맞는다면 거절할 이유는 없는 것 같고."

"물론 본 방에서도 두 분께 섭섭지 않은 대우를 해드릴 생각이오. 두 분께 한 달에 금 열 냥을 드리도록 하리다. 어떻소이까?"

금 열 냥이라면 적은 돈이 아니다. 중급의 용병이 한 달에 은자 오십 냥을 받는 것에 비하면 그야말로 하늘과 땅 차이의 대접이었다.

'확실히 손이 크군.'

송문악은 천자방주가 제시한 금액을 듣고 이 포양호의 싸움이 자신이 생각했던 것보다도 훨씬 큰 이권이 걸린 싸움이라는 것을 깨달았다. 금 열 냥이면 웬만한 가정집의 일 년 양식을 사고도 남는 금액이라 할 수 있었다. 아무리 두 사람의 능력을 높이 평가하고 있다 해도 싸움의 결과가 가져올 이문이 크지 않으면 고수 한 사람을 한 달간 쓰는 데 소진하기 어려운 금액이었다.

"생각보다 좋은 조건이군. 청 형제, 어떤가?"

"그 정도면 마다할 이유가 없지요."

"좋소. 천자방의 요구를 받아들이도록 하겠소."

고산앙이 시원스럽게 하륜이 제시한 조건을 수락했다. 그 모습에서는 영락없이 제법 큰돈을 손에 쥐게 된 자의 약간의 흥분이 느껴졌다.

"이렇게 선선히 응낙해 주어서 고맙소이다. 그럼 이제 두 분은 내삼각의 식구가 되었구려. 황 당주, 죄송하외다. 당주께서 뽑은 용병을 내삼각에 들이게 되어서."

하륜이 정중하게 황충을 보고 양해를 구했다.

"방주께서는 신경 쓰지 마십시오. 어차피 사람은 그 능력에 맞게 쓰이기 마련이지요. 그런 면에서 이 두 분은 외삼당에 있기에는 확실히 어울리지 않은 양반들이지요. 그럼 오늘 바로 두 분의 숙소를 내원으로 옮기도록 하겠소이다."

황충은 송문악과 고산앙 두 고수가 삼당을 떠나는 것이 별반 아쉬울 게 없는 모습이었다.

"그런데 두 분이 내삼각에 들면 어느 곳 소속으로 있게 되는 겁니까? 인각주가 두 분에 대해 욕심을 내던데……."

황충이 우보에게 들은 말도 있고, 또 오늘 송문악과 고산앙이 내삼각으로 자리를 옮기게 되면 당장 그들이 가 있어야 할 곳을 결정해야 했기에 하륜에게 물었다. 황충의 질문이 있자 하륜이 기다렸다는 듯 자신의 옆에 앉아 있는 장년인에게 고개를 돌리며 물었다.

"그 일은 천각주께서 결정하실 문제 같구려."

그러자 지금껏 살짝 고개를 숙이고 송문악 등과 하륜의 이야기를 묵묵히 듣기만 하던 장년고수가 고개를 들었다. 순간 그의 눈에서 날카로운 안광이 쏟아져 나와 순식간에 송문악과 고산앙을 스치고 지나갔다.

'고수다!'

순간 송문악의 눈에 기광이 스쳤다. 천자방주 하륜이 의견을 물은 천각주라는 장년고수는 천자방주와는 달리 송문악조차도 순식간에 긴장하게 만드는 고수였다.

"이번 개령포 일로 인각의 사정이 급한 것은 알겠으나 두 분의 실력이 소문대로라면 당연히 천각에 드서야 하지 않겠습니까? 듣자 하니 이번 개령포에서 인각주를 포함한 인각의 고수들도 이 두 분의 무공을 보고 크게 놀랐다니 말입니다."

그는 무척 말을 낮게 했다. 하지만 그 낮은 말소리에는 풍부한 울림과 묵직한 진기가 실려 있어 장내를 압도하는 기운이 서려 있었다.

"천각주께서 그렇게 생각하신다면 이 두 분은 천각 소속으로 하겠습니다."

천자방주 하륜이 천각주라 불리는 장년 사내의 말에 정중하게 대답했다. 하륜의 모습으로 보건대 비록 하륜이 천자방의 방주 직을 맡고 있으나 이 천각주라는 사내에 대해서는 오히려 그를 어려워하는 것이 분명해 보였다.

"방주의 선처에 감사드립니다. 두 분, 반갑소이다. 난 천각주를 맡고 있는 호종위라 하오. 앞으로 잘 부탁드리오."

순간 송문악과 고산앙의 눈이 다시 한 번 반짝였다.

'이자군. 드디어 미끼 옆으로 다가왔군. 이제 고기가 미끼 곁으로 다가오기를 기다리기만 하면 되는 것인가?'

송문악과 고산앙의 시선이 천각주 호종위에게 머물렀다. 그런 송문악과 고산앙을 응시하는 천각주 호종위의 눈빛이 잘 벼른 도검처럼 날카롭게 꽂혀왔다. 하지만 송문악도 고산 앙도 호종위의 날카로운 눈빛을 담담히 받아내고 있었다.

"청명이라 합니다. 앞으로 잘 부탁드립니다."

"고장원이라 하오."

송문악과 고산앙이 자신의 이름을 밝히며 가볍게 고개를 숙이자 호종위의 입가에 작은 미소가 그려졌다.

"생각지도 않게 두 분의 고수를 천각에 모시게 되어 무척 기쁘오. 앞으로 많은 도움 부탁드리겠소."

"몸값은 하리다."

호종위의 말에 고산앙이 간단하게 대답했다. 그러자 호종 위와 그의 곁에 있던 내삼각의 고수들의 입가에 씁쓸한 미소 가 흘렀다. 본래 용병들이란 대체로 고용주에 대한 예의가 별 반 없는 존재들이란 사실이 새삼스레 그들의 머릿속을 스치 고 지나갔다.

"자, 그럼 두 분은 이제 돌아가도 좋소. 오후에 사람을 보 내 내각으로 안내할 테니 미리 준비를 해두시구려."

중요한 이야기가 모두 끝나자 하륜이 송문악 등을 보며 말했다. 그러자 고산앙이 간단하게 대답하며 자리에서 일어났다.

"알겠소이다. 그럼."

고산앙이 일어서자 송문악도 자리에서 일어나다 말고 황충을 보며 물었다.

"삼당주께서는?"

"제가 필요합니까?"

송문악의 질문에 황충이 하륜을 보며 물었다.

"당주께는 따로 드릴 말씀이 있습니다. 잠시 기다려 주시지요."

하륜의 대답에 황충이 송문악과 고산앙을 바라봤다.

"그렇다는구려. 두 분 먼저 가보시구려."

"알겠습니다. 그럼."

송문악이 황충과 장내에 있는 고수들에게 가볍게 고개를 숙여 보이고 앞서 걷자 고산앙이 흘낏 천자방의 수뇌들을 한 번 바라보고는 송문악의 뒤를 따라 하륜의 집무실을 벗어났다.

"그들을 믿을 수 있겠소?"

두 사람이 완전히 실내를 벗어나는 것을 기다렸다가 문이 닫히자 하륜이 황충을 보며 물었다.

"이미 내각에서 조사를 하지 않았습니까?"

"음, 물론 내각에서도 나름대로 두 사람에 대해 조사를 해

보긴 했소. 하지만 두 사람의 과거 행적은 어느 것 하나 찾아내지 못했소이다. 그들은 마치 과거가 없는 사람들인 것 같더구려."

"내각에서도 그들의 과거를 알아내지 못했는데 이 황충이 무슨 재주로 그들의 신원을 보증할 수 있겠소이까. 난 그저 모습이 범상치 않아 보여 용병으로 뽑은 것밖에는 그들에 대해 알고 있는 것이 없소이다."

"으음, 그렇겠지요. 위험하지 않겠습니까?"

하륜이 천각주 호종위를 보며 물었다.

"물론 그들의 과거가 명백하게 드러나지 않은 것이 개운치는 않으나 일단 그 실력만큼은 쓸 만하니 일단 천각에 두도록 하겠습니다. 혹 그들에게 다른 목적이 있다고 해도 이 호종위가 있는 이상 그리 걱정하지 않으셔도 될 겁니다."

파랑검 호종위의 눈에서 은은한 진기가 흘러나온다. 그것을 본 하륜이 더 이상 할 말이 없다는 듯 고개를 끄덕였다.

"천각주께서 그들을 주시하고 계신다면 다른 일을 걱정할 필요는 없지요. 자, 그럼 저 두 사람의 문제는 그 정도로 하고… 이번 개령포의 일 말입니다. 무언가 좀 이상하지 않습니까?"

하륜이 어두운 안색을 하며 물었다.

"이상하다니, 어떤 점을 두고 하시는 말씀입니까?"

파랑검 호종위가 하륜에게 되물었다.

"비록 그동안 군룡회와 본 천자방이 곳곳에서 일진일퇴를 거듭했지만 그들이 이렇게 우리 측 세력 안에 깊숙이 들어와 대담하게 일을 꾸민 적은 없지 않습니까?"

"그들도 다급했나 보지요."

하륜의 말을 받은 사람은 백발이 성성한 노인이었지만 얼굴은 대춧빛처럼 붉어 한 마리 대호를 연상시키는 풍모를 지닌 거한이었다.

"다급하다니요? 지각주께서는 왜 그렇게 생각하시는 거외까?"

"지난 오 년간 본 천자방과 군룡회는 서로 간에 치열한 싸움을 벌여오긴 했으나 그동안의 싸움은 그야말로 재물의 싸움이랄 수 있었소이다. 아시다시피 양쪽 모두 대부분의 인원을 용병으로 보충하였고, 결국 싸움에 나서서 죽어가는 자들도 대부분 용병들이었소. 그러다 보니 끊임없이 재물이 소요됨에도 불구하고 오히려 싸움의 승패는 쉽게 갈리지 않았지요."

"그야 서로 간에 치명적인 손실을 꺼려하기 때문에 일어난 일이 아니겠소?"

"물론 그렇지요. 하지만 싸움이란 것이 어느 한쪽이 견딜 수 없어야 끝나는 것인데 우리나 군룡회나 서로에게 치명적인 타격을 줄 만한 공세를 취한 적이 없었지요. 우리 천자방만 해도 내삼각이 전력을 다해 싸움에 동원된 적은 없지 않소이까? 덕분에 싸움은 삼 년이나 끌었고, 양쪽에서는 좀 더 솜씨 좋은 용병을 쓰기 위해 더더욱 많은 돈을 쓰기 시작했지요. 결국 천자방도 처음에는 일각, 이당이었던 조직이 어느새 삼각, 오당으로 커지고 말이외다. 그런데 이런 싸움의 양상이 변한 것이지요. 바로 천각주께서 군룡회의 최고수랄 수 있는 군자검 남궁산을 베어버리는 일이 발생한 겁니다. 당시의 싸움은 삼 년간의 포양호 싸움 중 처음으로 양측의 최고수들이 동원된 싸움이었는데 그 싸움에서 군룡회의 남궁산을 제거함으로써 전세가 우리 천자방에게 무척 유리하게 변했지요. 아무래도 군자검 남궁산의 죽음은 양측 무인들에게 미치는 영향이 적지 않으니까 말입니다. 삼 년의 싸움으로 모든 사람들이 지쳐 있는 와중에 발생한 남궁산의 죽음은 군룡회 쪽에 무거운 패배감을 안겨주었을 겁니다. 당연히 군룡회로서는 분위기를 반전시킬 그 무엇인가가 필요했을 테지요."

"우리가 생각했던 그들의 반격은 이런 것이 아니었지 않소이까? 우린 그들이 매혼자를 불러들인 것을 이미 알고 있소. 당연히 매혼자를 통해 지난 일에 대한 보복을 해올 것으로 예상하고 있지 않았소이까?"

"방법은 오직 한 가지만 있는 것이 아니지요. 또한 아무리 매혼자 음영인이 십대괴객의 일인이라 하더라도 천각주께 접근하는 것 자체가 힘든 상황에서 언제까지 매혼자만 바라보고 있을 수는 없었겠지요. 그사이 전세는 점점 그들에게 불리해져 갈 테니 말입니다. 매혼자 음영인이 군룡회에 초청된 지 이미 여러 날이 지났지만 그는 여전히 움직이지 않고 있지 않습니까? 그들에겐 다른 계기가 필요했던 겁니다."

"흠, 움직이지 않기로는 우리의 고용한 자 역시 마찬가진 것 같구려. 뭘 하고 있는지……."

천각주 호종위가 살짝 아미를 모으며 불만스런 목소리로 말했다.

"아마도 군룡회에 들어가 있지 않겠습니까?"

"난 사실 그를 고용하는 것 자체가 마음에 들지 않았소이다. 이 호종위의 목숨은 나 스스로 지킬 수 있소. 그런데 그런 거금을 들여 꼭 살황에게 청부를 넣었어야 했는지 원."

호종위가 혀를 찼다. 그러자 하륜이 미소를 지으며 달래듯 말했다.

"그야 해남검문주께서 특별히 천각주님을 걱정해 하신 일이니 어쩌겠습니까. 또 그만큼 검문주께서 천각주님을 아끼신다는 뜻이기도 하지요. 더군다나 천각주께서는 이 포양호 싸움을 실질적으로 이끄시는 분이므로 천각주님의 신변을 특별히 신경 쓰지 않을 수 없는 것이 우리 천자방의 사정입니다. 어쨌든 살황은 강호의 살수 중 최고라고 알려진 자니 그에게서 좋은 소식이 오기를 기다려 보는 것도 나쁜 것은 아니지요."

하륜의 말에도 호종위의 안색은 쉽게 풀리지 않았으나 다시 입을 열지는 않았다. 그런 호종위를 일별한 하륜이 지각주를 보며 다시 말을 건넸다.

"그러니까 지각주께서는 군룡회의 수뇌들이 어려워진 국면을 전환시킬 목적으로 이번 일을 꾸몄다는 이야기구려."

"그렇소이다. 그리고 그 성과는 제법 크다고 할 수 있지요. 어쨌거나 우리 쪽에서 보자면 대패를 당한 것이니 말입니다. 더군다나 싸움의 결과보다도 이번 일을 꾸미는 데 우리 천자방의 세력권에 포함되어 있던 상인들이 군룡회에 포섭되었다는 것이 우리 세력권의 다른 상인들을 동요시킬 수도 있을 겁니다."

"그래서 인각주와 외일당을 급히 보내 이번 일에 연관된 자들을 징치하려는 것이 아니오?"

그때였다. 묵묵히 다른 사람들의 이야기를 듣고 있던 황충이 불쑥 입을 열었다.

"좋지 않군요."

황충의 갑작스런 말에 장내의 사람들이 황충에게로 시선을 돌렸다.

"무엇이 좋지 않다는 거외까, 삼당주?"

하륜의 눈빛이 어두워졌다. 삼당주 황충은 외당의 당주이며 성격이 괴팍한 자이긴 했으나 천자방의 고수 중 가장 노련한 무인이기도 했다. 그가 무언가 불길한 생각을 가졌다면 그것은 단순히 듣고 흘릴 일이 아니었다.

"그들이 과연 뒷일을 준비하지 않고 일을 꾸몄겠소이까?"

"무슨 말씀인지……?"

"이번에 군룡회에 포섭된 상인들 말이외다. 생각해 보면 아무리 군룡회에서 좋은 조건을 제시한다 해도 그들이 우리 천자방의 세력권 내에서 군룡회와 야합하여 일을 꾸민다는 것은 생각하기 힘든 일이외다. 왜냐하면 일이 끝나면 군룡회야 포양호를 건너가면 그만이지만 그들은 계속 포양호 남쪽, 즉 우리 천자방의 세력권에 남아 있어야 하니까 말이오. 그런데 천자방의 보복이 있을 것을 뻔히 예상하면서도 그들이 군룡회의 제의를 수락했다면……."

순간 하륜과 천각주 호종위, 그리고 지각주의 얼굴이 흙빛으로 변했다.

"젠장! 또 다른 함정이 기다리고 있겠군. 놈들은 전면전을 생각하고 있었던 거야. 이런 멍청한!"

얼마나 다급했는지 호종위가 자리를 박차고 일어났다.

"천각주, 어찌하시려고?"

하륜이 시퍼런 살기를 뿌려대는 호종위를 놀란 눈으로 보며 물었다.

"지금 즉시 인각과 일당을 구원하러 가야 하오! 벌써 늦었는지도 모르지만!"

호종위가 씹어뱉듯 말했다. 그리고 황급히 방주의 집무실을 벗어나기 시작했다. 지각주와 황충이 급히 일어나 호종위의 뒤를 따르고 있었다.

第八章

또 다른 인연

곧 천각으로 안내할 사람을 보내겠다는 천자방주의 약속
은 지켜지지 않았다. 그 대신 천자방 외원에 자리한 외오당
다섯 곳의 숙소가 콩 볶듯 소란스러웠다.

"뭔가 일이 생긴 모양이군요."

송문악이 창을 열고 외원 앞 공터를 내려다보며 말했다. 내
원에서 일단의 고수들이 쏟아져 나와 외원을 통해 천자방 밖
으로 사라져 갔다.

"일을 나간 인각주와 일당(一黨)에 문제가 생긴 거겠지."

고산앙이 담담하게 말했다. 마치 이런 일이 일어날 줄 예상
이라도 했었다는 듯.

"예상하셨던 일입니까?"

"예상했던 일은 아니지만 생각해 보면 당연히 문제가 될 만한 행보였어. 군룡회에도 사람이 있을 텐데 무턱대고 천자방 세력권에서 일을 꾸몄겠어? 단 한 번의 함정으로 쓰고 버리기에는 너무 많은 준비를 한 일이었단 말이지."

"또 다른 함정이 기다리고 있었겠군요."

"더불어, 어째 이 싸움은 조만간 끝이 날 것 같아."

"그렇게까지야……. 삼 년 동안 승패를 가리지 못한 싸움인데요?"

송문악의 반문에 고산앙이 고개를 저었다.

"그렇지가 않아. 내가 한천녀 옥소화에게 듣기로는 지난 삼 년간 천자방과 군룡회는 포양호를 두고 치열한 싸움을 벌였지만 죽어나간 건 모두 돈을 주고 고용한 용병들이었지. 양측의 수뇌들은 철저히 위험한 싸움을 피했단 말이야. 오죽했으면 천자방이나 군룡회의 수뇌 중 제대로 알려진 인물이 천자방주 하륜과 군룡회주 조상 정도일까. 그 이외의 양 진영 최고수들은 이름조차 제대로 알려지지 않았지. 송 공자도 느꼈겠지만 같은 천자방의 고수들조차 서로에 대해 정확히 모르는 것 같지 않던가?"

고산앙의 지적은 정확했다. 그것은 송문악도 의아하게 느끼는 일이었다. 천자방주 하륜을 포함해 내삼각의 각주들과 외오당의 당주들은 비록 한 지붕 아래 거처하고 있지만 서로에 대해 일정한 거리를 두고 있는 듯 보였기 때문이다.

"아마도 천자방에 속한 모든 고수들의 내력을 알고 있는 자는 방주 하륜과 천지인 삼각의 각주들 정도일 거야. 어쨌든 그건 그렇고, 지난 삼 년간 이어져 온 싸움의 양상이 최근 들어 바뀌었단 말이야. 그게 중요해. 용병들만의 싸움에서 양측이 자신들의 수뇌부를 싸움에 동원하기 시작한 거지."

"결국 군자검 남궁산의 죽음이 단초가 되었군요."

고산앙이 고개를 저었다.

"그렇진 않아. 그가 죽기 전 이미 양측은 이 지루한 싸움을 끝내려는 생각을 하고 있었던 것 같아. 천각주 호종위와 군자검 남궁산이 전장에 출도했다는 것이 바로 그 근거지. 즉, 남궁산이 죽기 전에 이미 양측은 최고수들을 싸움에 동원하기 시작했던 거야."

고산앙의 말투는 어눌했지만 그의 분석은 날카로웠다. 송문악은 다시 한 번 어수룩해 보이는 이 살수의 제왕에 대해 내심 감탄사를 흘려냈다. 지난 이 년간 보아온 고산앙은 지금껏 송문악이 보아왔던 그 어떤 인물보다도 치밀한 계산에 의해 움직이는 사람이었다.

'살수의 일이 이 양반을 이렇게 치밀한 성격으로 만든 것인지, 아니면 타고난 치밀한 성격이 그를 살수의 제왕으로 만든 것인지 모르겠지만 어쨌든 감탄하지 않을 수 없단 말이야.'

송문악이 지난 이 년간 고산앙에게 배운 것은 살법과 영보만은 아니었다. 하나의 살행을 위해 움직이기 전, 고산앙이 보여주는 치밀함은 살법이나 영보(影步)보다도 더 많은 깨달음을 송문악에게 전해주었던 것이다.

"어르신의 판단이야 언제나 정확하셨죠."

"살수는 항상 정확한 판단을 내려야 해. 그게 다른 무엇보다도 중요해. 움직일 때와 몸을 숨길 때를 정확히 구분해야 해. 냉정하게 자신의 현재 상황을 살펴야 하고. 감정에 치우치면 안 돼. 감정이란 항상 정확한 판단을 가로막는 최대의 방해꾼이거든."

"그럼 지금이 실행할 때인가요?"

송문악이 묻자 고산앙이 고개를 저었다.

"아니, 아직은 기다릴 때지. 하지만 머지않았어. 생각보다 일찍 그를 만나겠군."

급박하게 천자방을 떠난 고수들은 생각보다 일찍 천자방으로 복귀했다. 상황은 애초에 천자방의 수뇌들이 예상한 것보다 훨씬 위태로워 보였다. 그 와중에 사람이 송문악과 고산앙을 찾아왔다.

"모시겠습니다."

송문악과 고산앙은 조금 뜨악한 표정으로 자신들을 찾아온 내원무사를 바라봤다.

"지금 말입니까?"

송문악이 물었다. 해가 진 지 오래였다. 숙소를 옮기는 것
보다는 잠자리에 드는 것이 더 어울리는 시간이었다.

"천각주께서 특별히 오늘 안에 두 분을 내원에 모시라는
명을 내리셨습니다. 내원에는 이미 두 분께서 머무실 숙소가
준비되어 있으니 몸만 가시면 달리 번거로운 일은 없으실 겁
니다."

내원의 중년 무사는 무척 정중하게 두 사람을 대하고 있었
다. 천자방에서 내원과 외원은 지리적 구분뿐 아니라 그곳에
속한 자들의 지위 또한 구별하는 의미였기에 내원 소속 무사
들의 자신감은 대단했다. 그럼에도 불구하고 두 사람을 데리
러 온 내원무사가 이토록 정중한 것은 그가 이곳으로 오기 전
그의 상관으로부터 특별한 주의를 받았음이 분명했다.

"하긴 우리도 따로 준비할 것이 없긴 하지. 청 형제, 내원
으로 가세나."

"그러시죠."

고산앙의 말처럼 두 사람이 숙소를 옮기는 것은 그리 어려
운 일이 아니었다. 그저 몸만 숙소를 벗어나면 되는 일이기
때문이었다.

송문악이 벽에 걸어두었던 목함을 꺼내 들어 등 뒤로 둘러
메는 것으로 두 사람이 내원으로 이동할 준비가 끝났다.

"갑시다."

"모시겠습니다."

고산앙의 말에 내원에서 나온 무사가 살짝 허리를 숙여 보인 후 앞장서서 긴 복도를 따라 걷기 시작했다. 고산앙과 송문악이 슬쩍 근 한 달여 간 머물던 방을 훑어보고는 이내 내원무사를 따라 걸음을 옮기기 시작했다.

"아니, 이런. 어르신, 어딜 가시는 모양입니다?"

내원무사를 따라 외삼당의 숙소 일층에 내려섰을 때 문득 송문악과 고산앙의 발걸음을 잡아끄는 목소리가 들려왔다. 두 사람이 걸음을 멈추고 소리가 난 쪽을 바라보자 한호, 한룡 형제가 각자 한 손에 술병을 든 채 두 사람을 바라보고 있었다.

"어딜 다녀오시는 겐가?"

"심란해서 술이나 한 잔 하려구요. 그런데 어르신과 청소협은 어딜 가시는 중입니까? 그러잖아도 우리 둘이 마시기엔 심심해서 살아 있는 삼조원들 모두와 한잔하려고 조원들을 부르려던 참이었습니다만?"

한호가 조심스러우면서도 궁금한 표정으로 고산앙에게 물었다.

개령포의 싸움 이후 삼당 내에서, 아니, 삼당뿐 아니라 외오당 내에서 송문악과 고산앙을 대하는 천자방 무인들의 태도는 그 이전과는 확연히 달라져 있었다. 그중에서도 삼당 삼조의 생존자들은 가까이서 송문악과 고산앙의 활약을 지켜보았으므로 개령포로 가기 이전과는 전혀 다른 태도로 두 사람을 대하고 있었다.

조장 왕사적조차도 두 사람이 마치 자신의 상관이나 되는 듯 행동을 조심했고, 한호와 한룡은 목숨의 은인으로, 사마륜과 백산은 눈 속 깊은 곳에 숨어 있는 호승심으로 두 사람을 바라봤다.

"내원으로 가는 길이라네."

고산앙이 웃으며 대답했다.

"내원에요? 이 밤중에 말입니까?"

"그렇게 되었네."

고산앙이 고개를 끄덕이며 대답하자 한호와 한룡이 아쉬운 표정을 지으며 말했다.

"이미 왕 조장에게 두 분께서 내삼각으로 들어가시게 되었다는 말은 들어 알고 있었습니다. 그래서 사실은 그전에 술이라도 한잔하려고 자리를 준비했던 것인데… 만나자마자 이별이군요."

"껄껄껄! 이별은 무슨 이별인가? 그저 담장 하나 사이에 두고 잠자리만 바뀌는 것인데."

"휴, 비록 높지 않은 담장 하나지만 그 거리는 하늘과 땅처럼 멀지요."

한호의 말처럼 천자방 내원과 외원은 담 하나 차이지만 그

경계로 구분되는 사람의 값은 하늘과 땅 차이다. 더군다나 사람이란 떠날 때의 마음을 떠난 후에는 곧 잊어버리게 되는 존재이기도 하다. 한호의 말속에 포함된 허망함을 고산앙이 이해하지 못할 리 없었다.

"시간이 되면 한번 나와서 내 술을 사지."

한호의 눈에 반가운 기색이 돌았다. 가끔 세상에는 입 밖으로 낸 말을 반드시 지키는 사람도 있게 마련이다.

"흐흐, 어르신께서 약속하시는 거라면 믿음이 가네요. 좋습니다. 기다리지요. 내원에 들어가면 수당도 지금과는 천지 차이일 테니 난 반드시 좋은 술을 마실 겁니다. 이런 싸구려가 아니고요."

한호가 손에 든 술병을 들어올렸다. 투박한 술병에 담긴 술이 철렁거리며 소리를 냈다.

"내 약속하지."

고산앙이 고개를 끄덕였다.

"두 분, 이제 그만 가시지요. 시간이……."

두 사람의 안내를 맡은 내원무사가 말꼬리를 흐렸다.

"이런, 미안하게 됐소. 어서 갑시다. 그대도 쉬어야 할 시간일 테니."

고산앙이 기다리고 있던 내원무사에게 미안한 듯 말하자 내원무사가 고개를 저었다.

"저야 무슨 상관이 있겠습니까? 단지……."

"뭐, 우리가 더 알아야 할 것이 있소?"

"천각주께서 기다리고 계십니다."

송문악과 고산앙이 의아한 눈으로 내원무사를 바라봤다.

"왜 미리 말하지 않았소?"

"천각주께서 따로 말씀드리지 말라고 하셨습니다."

내원무사를 탓할 일은 아니었다. 본시 심부름을 하는 자들이란 주인이 시키는 대로 일을 하면 그만인 법이니까. 그런데 왜 천각주 파랑검 호종위는 이 늦은 시간에 두 사람을 기다리고 있는 것일까? 송문악도 고산앙도 알 수 없는 노릇이었다.

"이만 가봐야겠군. 기다리는 사람이 있다는구먼."

한호와 한룡 형제도 내원무사의 말을 함께 듣고 있었으므로 두 사람의 걸음이 바쁘다는 것을 알고 있었다.

"어서 가보십시오, 어르신. 괜히 저희들 때문에 시간을 지체했습니다."

"무슨 말을……. 그럼 다음에 보세."

내원무사는 이미 신형을 돌려 걸음을 옮기고 있었다. 송문악과 고산앙 두 사람이 한호, 한룡 형제에게서 멀어져 몇 걸음 옮겼을 때 한룡이 송문악을 불렀다.

"청 소협!"

그러자 막 삼당의 숙소를 벗어나려던 송문악이 고개를 돌려 한룡을 바라봤다.

"무슨 하실 말씀이라도……?"

"구명지은(求命之恩), 감사드리오."

한룡과 한호가 정중히 포권을 해 보였다. 개령포에서 군룡회에게 기습을 당해 위급한 처지에 빠졌을 때 송문악의 도움으로 목숨을 건진 것에 대한 때늦은 인사였다.

"싸움터에서 동료의 위급함에 손을 더하는 것은 당연한 일입니다. 두 분, 너무 마음 쓰지 마십시오. 그럼 다음에 뵙겠습니다."

송문악이 두 사람의 인사에 가볍게 미소를 지으며 고개를 숙여 보였다.

"혹 우리가 필요한 일이 있다면 언제라도 불러주시구려. 이곳 천자방에서의 일이 아니라도 언젠가 우리를 필요로 하신다면 우리 두 형제가 꼭 청 소협의 은혜를 갚으리다."

투박하지만 진심이 담겨 있는 말이다. 송문악이 빙그레 미소를 지었다. 무림의 용병은 거칠지만 또한 이렇게 담백하다.

'음모나 꾸며대는 자들보다야……'

송문악이 두 사람의 시선을 등 뒤로 하고 삼당의 숙소를 벗어났다. 그리고 파랑검 호종위가 기다리고 있다는 내원의 숙소로 걸음을 옮기기 시작했다.

그는 조금은 무료한, 그러면서도 한 무리를 통솔하는 자의 권위를 드러내 보이며 송문악과 고산앙을 기다리고 있었다. 어려서부터 명가에서 잘 훈육된 자의 기도(氣度)가 파랑검 호

종위에게서 느껴졌다. 그렇다고 집 안에서 보살핌만 받고 자
란 화초와는 또 다른 호탕함이 함께 우러나오는 파랑검 호종
위였다.

파랑검 호종위는 해남검문주 광풍검 호상중의 둘째 아들
이다. 그의 위로 형 하나가 있는데 이름은 호검위, 별호는 해
남검이라 불렀다. 형 호검위와 호종위의 나이 차는 여섯 살.
한 형제이면서 두 사람의 나이 차가 많이 나는 이유는 두 사
람의 어머니가 다르기 때문이었다.

호종위의 당년 나이는 사십팔 세. 하지만 그는 나이보다 노
련해 보였다. 노련해 보인다는 말은 좋게 말해준 것이고, 솔
직히 말하자면 나이보다 훨씬 늙어 보였다. 대가의 귀공자로
커온 사람치고는 특이한 현상이었다. 어려서부터 익힌 검술
의 수련이 고되었을 수도, 혹은 그간 강호에서 겪은 일들이
험했을 수도 있었지만 그가 나이보다 늙은 얼굴을 하고 있는
이유는 다른 곳에 있었다. 그는 해남검문을 놓고 형 호검위와
수년간 팽팽하게 대립 중이었던 것이다.

"어서 오시오. 기다리고 있었소이다."

나이보다 늙어 보이는 것은 그의 외모만이 아니었다. 송문
악과 고산앙 두 사람을 맞아들이는 호종위의 말투에서 느껴
지는 무게감은 그가 해남검문의 차기 문주 자리를 노리고 있
는 잠룡임을 유감없이 드러내고 있었다.

"이 늦은 시간까지……."

고산앙이 어눌한 목소리로 말을 흘렸다. 그것은 상대의 의도를 알지 못할 때 가장 효과적으로 자신의 의도를 숨기고 상대의 이야기를 끌어낼 수 있는 태도이기도 했다. 어눌한 말투는 상대의 경계를 허물고 방심을 만들어내기 때문이다.

"물론 두 분을 내일 모시고 올 수도 있었고, 만나는 일을 내일로 미룰 수도 있었지만, 작금의 방(邦) 상황이 내일을 기약할 수 없는 실정이라 이렇게 늦은 밤 두 분을 만나게 되었소이다."

정중하지만 권위를 잃지 않는다.

'인물이군.'

송문악은 속으로 이 호종위라는 인물에 대해 감탄하고 있었다. 지난번 천자방주를 만날 때 일견하기는 했으나, 직접 눈앞에서 그를 대면하고 있자니 당시 천자방주의 집무실에서 느낄 수 없었던 그 무엇을 파랑검 호종위에게서 느낄 수 있었다.

그것은 한겨울 설산 위에 우뚝 서 있는 청송을 보는 듯한 느낌이었다. 숱한 평지풍파를 겪으며 오늘의 자리에 서 있는 강호인의 모습. 애초에 파랑검 호종위가 해남검문주 호상중의 둘째 아들로서 태어나면서부터 다른 사람들이 가질 수 없는 것을 가지고 태어난 자라는 선입견은 그를 눈앞에서 대면하는 순간 씻은 듯 사라졌다.

'하긴, 그러니 이렇게 늙었겠지.'

송문악이 속으로 실소를 흘려내는 사이 어느새 호종위와 고산앙은 원형 탁자를 사이에 두고 의자에 앉고 있었다. 송문악도 두 사람을 따라 조용히 한 자리를 차지하고 앉았다.

"이곳이 두 분께서 거처할 천각의 숙소요. 마음에 드실지 모르겠소."

"마음에 들고 말고 할 게 있겠소이까. 무림에서 사는 인생이란 잠자리를 따질 팔자가 아니지요. 더군다나 나무랄 데 없이 훌륭한 잠자리로 보이는군요. 그런데……."

고산앙이 말꼬리를 흐리자 호종위가 기다렸다는 듯이 되물었다.

"하실 말씀이 있으시다면 주저 말고 물어보시오."

"우리 두 사람이 지난번 출정에서 제법 괜찮은 활약을 했다고는 하지만 우리는 그야말로 돈을 받고 칼품을 파는 용병에 지나지 않소이다. 그런데 천각주께서 이 늦은 시각에 우리를 기다릴 이유가 무엇인지 궁금하오이다."

"물론 난 두 분께 긴히 상의드릴 일이 있어 이곳에서 두 분을 기다리고 있었소이다."

호종위가 지체없이 고산앙의 말을 받았다. 그는 아마도 고산앙이 이런 식으로 자신에게 말을 건네주기를 기다리고 있었던 듯했다.

"우리와 상의할 일이라면……?"

"고 노사께서는, 아, 이렇게 불러도 실례가 되지 않을는지……."

"좋도록 하시구려. 오히려 강호를 떠도는 늙은이에게는 과한 호칭인 듯하지만……."

"가끔 강호를 바람처럼 떠도는 사람들 중 무림에 알려지지 않은 절정고수가 섞여 있기도 하지요."

호종위의 말에 고산앙과 송문악이 가타부타 말을 하지 않고 그저 작은 미소만 지어 보였다.

"전 두 분이 그런 분들이라고 보았소이다만……?"

"그렇게 생각해 준다면야 고맙지만 역시 과찬이라 아니 할 수 없겠구려. 그래 봐야 뜨내기요, 내일을 기약할 수 없는 용병이 아니겠소?"

이번에는 호종위가 얼굴에 웃음을 그렸다.

"하하, 용병도 그냥 용병은 아니지요. 이 파랑검 호종위가 이렇게 늦은 밤에 찾아와 만나고 싶은 분들이라면 말이오."

스스로에 대한 자만심은 아닌 듯했다. 자신감과 자만심은 종이 한 장 차이지만 어쨌든 호종위의 말은 스스로에 대한 자신감이 배어 나오는 말이었다.

"그런데 하실 말씀이란 게……?"

고산앙이 길어지는 이야기를 바로잡으려는 듯 슬며시 정말 호종위가 하고 싶은 이야기가 무엇인지를 물었다. 그러자 호종위의 낯빛이 어두워지더니 아주 천천히, 하지만 사람을 설득할 수 있는 흡입력을 가진 목소리로 입을 열었다.

"아마도 조만간 이 포양호 싸움은 끝이 날 것이오."

"어느 정도 예상은 하고 있었소이다."

고산앙의 대답에 호종위의 눈에 기광이 스치고 지나갔다. 천자방의 수뇌가 아니면서 싸움의 형세를 읽는다는 것은 눈앞의 이 어수룩한 노인 용병이 보기와는 달리 탁월한 식견을 지니고 있다는 의미였다. 호종위가 천천히 고개를 끄덕였다. 자신이 사람을 잘못보지 않았다는 만족감이 드러나 있는 얼굴이었다.

　"고 노사께서는 확실히 보통 분이 아니시구려. 숙소에 계시면서도 싸움의 양상을 이미 판단하고 계시니 말입니다. 그럼 제가 하나 묻도록 하겠소이다. 머지않아 결판이 날 이 포양호 싸움에서 누가 승자가 되겠소이까?"

　어려운 질문이다. 고산앙이 스스로 판단한 진솔한 대답을 하려면 상대에 대한 믿음이 필요한데 두 사람은 이번이 겨우 두 번째 만나는 것이었다. 상대에 대한 신뢰 같은 것이 형성돼 있을 리 없었다.

　"일개 용병에게 묻기엔 지나치게 민감한 질문이구려."

　"용병으로서가 아니라 강호의 선배께 조언을 구하는 것이라면……?"

　호종위가 말꼬리를 흐렸다. 그는 정말 진심으로 고산앙의 대답을 듣고 싶어하는 것처럼 보였다.

　"그리 말한다면 굳이 대답하지 않을 이유도 없구려. 내가 보기에 이 싸움은 특별한 변수가 없는 이상 천자방의 패배로 끝날 것이외다."

순간 송문악이 시선을 돌려 호종위의 표정을 살폈다. 보통 사람이라면 당연히 화가 날 만한 대답이었지만 호종위는 그저 잠깐 어두운 표정을 지을 뿐 특별히 반발하지 않았다.

'역시 인물이군.'

송문악이 다시 한 번 감탄했다. 보통 사람에게는 비록 그것이 진실이라 할지라도 자신들이 패할 것이란 말은 본능적인 반발심을 불러일으키게 마련이었다. 그러므로 그런 말을 듣고도 반발하지 않는다면 그 사람은 이미 보통 사람이 아닌 것이다.

"이유를 물어봐도 되겠소이까?"

호종위가 물었다.

"이유를 설명하는 것은 부질없는 짓이오. 그저 늙은이의 예감이라고만 해둡시다."

"휴, 강호에서 보통 나이 든 분들의 예감은 언제나 맞게 되어 있지요. 그리고 저 역시 고 노사와 마찬가지 생각을 하고 있었습니다. 싸움의 선기가 이미 군룡회 쪽에 넘어가 있는 실정이지요. 우리가 남궁산을 벤 이후 방심하는 사이 저들은 우리 세력권의 상인들을 비밀리에 자신들 편으로 끌어들이고 있었지요. 그 결과 최근에 저들의 함정에 걸려 두 번의 큰 패배를 당하게 된 겁니다. 이 두 번의 패배로 군룡회와 천자방의 전세는 크게 변화를 가져오게 되었지요. 맞습니다. 아마도 천자방은 곧 포양호에서 군룡회에게 밀려날 겁니다."

파랑검 호종위가 담담히 자신들의 패배를 예상했다. 그러자 송문악은 새삼스럽게 이 파랑검 호종위가 자신들을 찾아온 이유가 궁금해졌다. 자신들을 이용해 패배가 예정된 싸움의 승패를 돌리기라도 하려는 것일까. 하지만 송문악의 생각은 더 이상 이어지지 않았다.

"탁!

갑자기 호종위가 무엇인가를 탁자 위에 올려놓았다. 송문악과 고산앙의 시선이 호종위가 탁자 위에 올린 물건으로 향했다.

두 개의 큼직한 전낭. 전낭의 표면에 수놓은 화려한 금빛 문양이 보배롭게 빛난다. 송문악과 고산앙이 고개를 들어 눈으로 호종위의 의도를 물었다.

"한 달치, 금 열 냥이 들어 있소이다."

다시 말해, 천각 소속의 용병으로서 받게 될 대가란 말이었다.

"원래 내삼각에서는 이런 식으로 직접 각주가 수당을 주시오?"

고산앙이 고개를 갸웃거리며 물었다.

"물론 그렇지는 않소이다. 단지 오늘은 두 분께 따로 상의할 일이 있어 내가 직접 가지고 온 것이지요."

송문악과 고산앙이 호종위의 말에 아무 대꾸 없이 그를 응시했다. 어서 그 따로 의논할 일을 털어놓아 보라는 의미였다. 그러자 호종위가 다시 품속에 손을 내어 이번에는 손바닥만 한 봉투를 끄집어내어 두 사람 앞에게 각각 하나씩 내려놓았다.

"이게 뭐요?"

"한번 보시고 나서 이야기하십시다."

송문악과 고산앙이 호종위의 권유에 따라 탁자 위에 놓인 봉투를 들고 안에 든 내용물을 확인했다. 그리고 봉투 안의 내용물을 확인하는 순간 두 사람의 눈에 기광이 스치고 지나갔다.

"이건……?"

두 사람이 동시에 호종위를 바라봤다.

"어차피 두 분께서 천자방을 위해 일하는 것은 이번 달을 넘기지 못할 겁니다. 그리고 두 분의 실력으로 보자면 당연히 이번 이 포양호 싸움에서 살아남겠지요. 난 그 이후에도 두 분을 계속 내 곁에 두고 싶소이다. 그 전표는 일종의 계약금이라 할 수 있지요."

"그러나 이것은 지나치게 큰 금액이구려."

고산앙이 손에 든 봉투를 흔들며 말했다.

"두 분과 같은 고수를 모시는 데에는 그리 많은 금액도 아니지요."

"천자방의 일이 끝난 이후에도 우리 두 사람이 쓰일 일이 남아 있습니까?"

이번에는 그동안 말이 없던 송문악이 입을 열었다.

"물론 이 포양호 싸움보다 더 중요한 일이 날 기다리고 있소이다. 으음, 이 포양호 싸움이 천자방의 승리로 끝난다면 이런 준비를 할 필요도 없었겠지만 미리 말씀드렸듯이 이 싸움은 이미 패색이 짙소. 해서 난 이 싸움 이후에도 두 분을 내 곁에 잡아두려는 것이외다. 어떻소이까. 내 곁에 있어주시겠소?"

"만약 우리가 천각주의 곁에 머문다면 얼마 동안 머물길 원하시는 겁니까? 이 봉투에 든 전표의 금액을 지금 우리가 천각에서 받는 수당으로 환산하자면 적어도 일 년 이상이라는 이야기인데……."

"얼마나 오랫동안 두 분을 모시게 될지는 나도 잘 모르겠소이다. 아주 짧을 수도 있고… 길면 몇 년 걸릴 수도 있겠지요. 그 금액은 그야말로 선금이오. 만약 내 곁에서 일을 도와주신다면 매년 그 금액의 두 배를 드리겠소."

엄청난 거래였다. 지금 호종위의 입에서 언급되는 금액은 거의 살황 고산앙이 매혼자 음영인의 청부를 받아들인 금액에 육박하는 금액이었다. 도대체 파랑검 호종위는 그런 막대한 금액을 들여 왜 두 사람을 곁에 두려 하는 것일까.

"이유를 물어도 될까요? 아니, 우리가 해야 할 일이 무엇입니까?"

"그걸 지금 말해야 하오?"

"이런 큰돈을 받을 때는 항상 조심해야 하는 법이지요. 나중에 약속을 어긴 사람이 되기는 싫습니다."

송문악의 말에 호종위가 고개를 끄덕였다. 송문악의 말이 옳았다. 금으로 수백 냥에 달하는 거래를 하는 자리였다. 자신들이 맡을 일이 무엇인지도 모른 채 무턱대고 호종위의 뜻에 따를 수는 없었다. 그리고 무엇보다도 송문악은 이번 매혼자의 일이 끝나면 슬슬 신기루를 향해 움직여 볼 생각이었던 것이다.

송문악의 질문이 타당하다는 것을 인정하면서도 호종위는 선뜻 자신이 그들을 고용하려 하는 이유를 설명하지 않았다. 하지만 송문악과 고산앙 두 사람의 태도를 보면 반드시 그 이유를 알아야 이 거래를 승낙하겠다는 뜻이 확고해 보였다. 그리고 결국 목마른 사람이 우물을 팠다.

"휴, 어쩔 수 없구려. 두 분께서도 무턱대고 날 도울 수는 없겠지요. 사실 이 이야기는 내 입장으로 보자면 밖으로 드러내기가 창피스런 일이라고 할 수 있지요. 두 분께서는 나에 대해 얼마나 알고 계시오이까?"

물론 송문악과 고산앙은 파랑검 호종위에 대해 그가 예상하는 것보다 훨씬 많은 것을 알고 있었다. 그들은 바로 그를 매혼자 음영인에게서 지키기 위해, 그의 목을 노리는 매혼자 음영인을 제거하기 위해 이곳에 들어와 있기 때문이었다. 그러나 가끔 진실은 한 꺼풀 아래 묻어두어야 할 때도 있는 법이다.

"천각주가 해남검문주의 둘째 아들이라는 것은 알고 있소."

고산앙이 대답하자 호종위가 고개를 끄덕였다. 군자검 남궁산을 죽인 이후 자신이 해남검문 출신이며 해남검문주 호상중의 둘째 아들이란 사실은 더 이상 비밀이 아니었다.

"그럼 이 천자방에 대해서는 얼마나 알고 있소?"

"천자방이 해남검문을 중심으로 한 광동의 상인들이 대륙 상권에 발을 들여놓기 위해 만든 조직이란 것은 알고 있소. 물론 그 안의 세세한 내용이야 알 수 없는 일이지만……."

"음, 그 정도면 일반적으로 강호에 알려진 것 정도만 알고 계신 모양이구려."

어쩌면 호종위는 고산앙의 대답에 조금 실망했는지도 몰랐다. 고산앙의 대답을 듣는 그의 표정에 그런 기운이 묻어났다.

"이제 우릴 필요로 하는 이유를 듣고 싶소."

고산앙이 호종위의 대답을 재촉했다. 그러자 호종위가 나직한 목소리로, 하지만 힘이 실린 어조로 자신이 두 사람을 원하는 이유를 설명하기 시작했다.

"먼저, 난 야망이 큰 사람이외다. 그리고 내가 원하는 것을 얻기 위해서는 힘이 필요하지요. 그래서 두 분을 내 곁에 모시길 원한 것이오. 문제는 내가 원하는 야망이 무엇인가 하는 것이겠지요?"

물론 그것이 송문악과 고산앙 두 사람이 진실로 듣고 싶은 이야기였다.

"난 해남검문을 원합니다."

호종위가 단언하듯 말했다. 하지만 송문악과 고산앙 두 사람은 전혀 그의 말에 놀라지 않았다.

"그런데 내가 해남검문을 나의 부친으로부터 물려받기 위해서는 넘어야 할 산이 하나 있소. 그 산이 뭔지 아시겠소?"

'형제간의 싸움인가?'

송문악이 살짝 아미를 모았다. 과거에 귀곡육절의 싸움, 사형제간의 다툼이 가져온 결과를 알고 있는 송문악으로서는 호종위가 말하는 형제간의 권력 싸움이 달가울 리 없었다.

"해남검문에 파랑검과 해남검이 있다는 것은 알고 있소."

고산앙이 돌려 말했으나 그는 파랑검 호종위가 말한 넘어야 할 산이 해남검 호검위라는 것을 말하고 있었다.

"잘 알고 계시는군요. 맞습니다. 내가 넘어야 할 산은 바로 나의 형님인 해남검 호검위요. 두 분, 형과 권력을 놓고 맞서는 날 비난하시겠소?"

"남의 일에 옳고 그름을 따질 만큼 잘난 인간은 아닙니다."

이번에는 송문악이 대답했다. 하지만 말은 그렇게 하면서도 그의 표정에는 이 일에 관여되고 싶지 않다는 기색이 역력했다. 형제간의 싸움에, 그것도 한 문파의 내부 싸움에 타인이 끼어든다는 것은 자칫 후일 큰 부담이 될 수도 있는 일이었다. 호종위는 재빨리 송문악의 마음을 읽어냈다. 그만큼 송문악의 반응이 좋지 않았던 것이다.

"내가 형님과 해남검문의 후계 자리를 놓고 힘 겨루기를 하는 것이 타인의 눈에 곱게 보이지 않는다는 것을 모르는 것은 아니오. 하지만 내가 형님과 해남검문을 놓고 겨루는 이유는 사람들이 생각하는 것처럼 그렇게 단순한 권력욕 때문은 아니라오. 이 일은 바로 나 자신의 생존과 관련된 일이기 때문에 나도 이 싸움을 피할 수가 없는 것이오."

담담한 말투였지만 그 속에 담긴 의미가 심상치 않았다. 도대체 해남검문에선 무슨 일이 벌어지고 있는 것일까. 또 해남검 호검위와 파랑검 호종위는 대체 무엇 때문에 목숨을 걸고 해남검문의 후계자가 되려는 것일까. 아무리 권력이 좋다기로서니 형제간에 목숨까지 걸어야 할 이유가 무엇이란 말인가.

하지만 호종위의 말에서는 전혀 과장된 기색이 엿보이지 않았다. 이 형제간의 권력 싸움이 그의 생존과 관련있다는 말은 사실인 것이다.

"이 천자방의 싸움은 나에겐 정말 다시 찾아오기 힘든 기회였소. 이 일을 아버님이 나에게 맡긴 것은 아버님이 날 위해 한 번의 기회를 주신 것이라 말할 수도 있소이다. 이 포양호 싸움에서 내가 승리를 거뒀다면 난 아마도 형님과의 후계 싸움에서 무척 유리한 위치에 올라섰을 것이오. 이 자리… 이 천각주 자리는 형님도 무척이나 원하던 자리라오. 그런데 이 싸움은 결국 패하게 되고 말았소이다. 그야말로 이 호종위의 신세가 무척 위태로워졌다는 의미지요. 아마도 내가 해남검문으로 복귀하면 형님은 나에 대한 치죄를 아버님께 강권할 것이고, 아버님이 이를 거절하면 형님은 무력으로라도 날 제거하려 할 것이오."

"해남검문주께서는 천각주님을 이미 후계로 정해두신 모양이군요."

송문악이 불쑥 입을 열었다. 호종위의 말하는 품새로 보아 해남검문주 호상중의 뜻이 호종위에게 있다는 뜻이 엿보였던 것이다.

"부끄러운 말이지만 아버님께서는 형님보다는 제가 해남 검문을 맡기를 원하고 계시지요."

"의외구려."

이번에는 고산앙이 반문했다. 한 나라나 한 문파나 보통 특별한 문제가 없는 이상 장자 상속이 세속의 법규다. 그것은 무림의 문파라 하여 다르지 않았다. 오히려 그 능력에서 아우에 미치지 못한다 하더라도 특별한 하자가 없다면 장자가 가문을 물려받는 것이 세상사 이치였다. 고산앙의 말에 호종위가 씁쓸한 미소를 지었다.

"특별히 아버님이 날 좋아해서라기보다는 문 내에 여러 복잡한 사정이 얽혀 있어 그렇게 되었습니다. 그런 것은 두 분께서 내 곁에 머무신다면 자연히 알게 될 일이고… 그래서 난 형님과 해남검문을 놓고 치열한 싸움을 펼쳐야 하는 입장이오. 단언컨대 형님을 지원하는 문 내외의 세력은 나를 후원하는 자들보다 강하오. 그래서 난 두 분처럼 외부의 힘이라도 빌려야 하는 실정이라오. 그런데 강호에는 고수가 모래알처럼 많다고 하지만 정작 도움을 청하려면 쓸 만한 고수 구하기가 하늘의 별을 따는 것보다 어렵더이다. 그래서 난 두 분을 이대로 놓치기는 싫소이다. 어떻소. 날 도와주시겠소?"

호종위의 강렬한 눈빛이 송문악의 동공에 와 닿았다.

　하지만 쉽게 내릴 수 없는 결정이다. 타 문파의 후계 싸움에 끼어든다는 것은 무척 신중하게 결정해야 할 사항이었다. 더군다나 두 사람이 특별히 이 파랑검 호종위와 친분이 있는 사이도 아니었다. 단지 그들은 파랑검 호종위를 노리는 매혼자 음영인의 제거를 위해 고용된 살수에 지나지 않았다. 그리고 호종위는 그 사실조차 모르고 있었다.

　"이 일은 쉽게 대답할 수 있는 일이 아니구려. 우리도 생각을 좀 해봐야겠소이다."

　고산앙이 확답을 피했다.

　"물론 나도 오늘 대답을 들을 수 있을 거란 생각은 하지 않았습니다. 생각해 보시고 이 싸움이 끝나기 전에만 대답을 주시면 됩니다."

　"그럼 이것은 도로 돌려 드리겠소. 나중에 천각주의 제의를 받아들이기로 하면 그때 다시 받겠소이다."

　고산앙과 송문악이 들고 있던 전표 봉투를 호종위 앞으로 도로 밀었다. 그러자 호종위가 고개를 저었다.

　"넣어두십시오, 두 분. 만약 두 분께서 내 제의를 받아들이지 않으시겠다면 그때 돌려주시면 됩니다."

　"하지만 그리되면 부담스러운데……."

　"하하하, 부담스러우시라고 그리하는 겁니다. 이 호종위는 그렇게라도 두 분이 내 곁에 있어주기를 바랍니다. 사실 난 무척 다급한 처지지요. 하하하!"

호종위가 시원스럽게 웃음을 터뜨렸다. 그의 웃음 속에는 다급한 자의 조급함이 조금도 느껴지지 않았다. 위기가 닥쳐 와도 그 위기에 당황하지 않는 자는 세상에서 흔히 찾아볼 수 없다. 송문악은 점점 이 파랑검 호종위란 자에 대해 호감이 생겨나고 있었다.

"자, 난 이만 가보겠습니다. 두 분의 시간을 너무 많이 빼앗았소이다. 아마도 내일부터는 몹시 바빠질 겁니다. 물러날 때 물러나더라도 한바탕 신나게 싸움을 하고 나서 물러나야 후회가 없을 테니까요. 혹 모르지요. 이 호종위의 목숨이 이번 싸움에서 사라질지도. 그렇다면 두 분께서는 정말 운이 좋으신 거겠지요. 그 금전 일백 냥의 전표를 공으로 얻게 되시는 거니까 말이외다."

"물론 그건 우리에게 몹시 운이 좋은 일이긴 하지만, 아마도 천각주께서는 이번 싸움에서 반드시 무사하실 거요."

"사람 일이란 모르는 거지요. 저쪽의 고수들도 만만치 않고."

"싸움이 일어나면 우리 두 사람이 각주의 곁에 있도록 하겠소이다."

고산앙의 말에 호종위가 뜻밖이라는 표정을 지어 보였다.

"그 말은 나와 함께 해남검문으로 가시겠다는 말씀이시오?"

"그것은 아닙니다. 일단 천자방의 천각에 속한 신분으로 싸울 때는 각주의 곁을 지키겠다는 말이외다. 그 후의 일은 역시 그 후에 결정해야겠지요."

"부디 그 후에도 내 곁에 있기를 바랍니다. 그럼 두 분, 쉬시오. 난 이만 가리다."

호종위가 자리에서 일어나 두 사람의 숙소에서 막 벗어나려 할 때 송문악이 불쑥 물었다.

"도대체 왜 한 핏줄을 가진 형제가 싸움을 하는 지경에 이른 겁니까?"

그러자 호종위가 물끄러미 서 있다가 고개를 돌려 송문악을 바라보고는 천천히, 그러나 매우 비탄한 음성으로 말했다.

"여러 이유가 있지만 가장 큰 이유는 역시 형님과 나의 어머니가 다르기 때문이라오. 그럼 쉬시구려."

호종위가 그 대답을 던져 놓고는 방에서 벗어났다. 문이 닫히는 소리가 거칠었다. 호종위는 자신이 마지막에 한 대답을 무척이나 하고 싶지 않았던 모양이다.

"세상일에는 반드시 그 원인이 있게 마련이지. 결국 배다른 형제이기에 일어난 싸움이군."

"알고 계셨습니까?"

"뭐, 해남검문주 호상중에게 두 명의 부인이 있다는 이야기는 들었지. 하지만 그것이 이렇게 심각한 분란을 일으키고 있을 거라고는 생각지 못했는데……."

"어쩌실 생각이십니까?"

"글쎄, 그 대답은 나에게 묻기보다 송 공자 스스로 내려야 하는 게 아닐까?"

이럴 때 보면 고산앙처럼 무심해 보이는 사람도 없었다. 고산앙이 한편에 놓여 있는 고급스런 침상으로 다가가 몸을 누였다.

"송 공자, 잘 생각해 보라구. 솔직히 이번 일이 끝나면 송 공자는 더 이상 나에게서 배울 것이 없어. 이미 송 공자의 무공은 나보다 고강하고 살법조차도 시간이 문제일 뿐 곧 나와 같은 경지에 오를 거야. 그러니 이번 일이 끝나고 나서의 일은 송 공자 스스로 결정해야 할 때일세."

"어르신께서는 어쩌실 생각이십니까?"

"글쎄, 나야 뭐, 청부가 들어오면 청부를 수행하고, 청부가 없으면 천하를 떠돌겠지."

"호종위의 제안을 받아들이실 생각은 없으십니까?"

"살수의 일에 맞지 않아."

고산앙이 단호하게 대답했다.

"결국 이 돈은 돌려줘야겠군요?"

"아깝긴 하지만 어쩔 수 없지."

"만약 제가 그의 제의를 수락한다면 어찌하시겠습니까?"

그러자 고산앙이 살짝 인상을 찌푸렸다.

"글쎄, 그것은 좀 생각해 봐야겠는걸? 역시 시간이 필요해.

만약 내가 송 공자와 함께 파랑검 호종위를 도와 해남검문의
내분에 관여하게 된다면 난 이 정도 돈으로는 어림없어. 왜냐
하면 그때가 되면 난 아마도 살업을 포기해야 할 테니까 말이
야. 한 문파의 후계 싸움에 얼굴을 드러내 관여하고도 계속
살수로 남을 수는 없는 일이지. 그런데 그에게 과연 그만한
돈이 있을까?"

　고산앙은 퉁명스레 그 말을 던져 놓고는 눈을 감아버렸다.
송문악이 그런 고산앙을 일별하고는 자신도 다른 편에 위치
한 침상에 몸을 누였다. 그것이 두 사람에게 천자방 내삼각에
서의 첫 번째 밤이자 마지막 밤이었다.

*　　　*　　　*

　천자방이 위치한 화산포는 포양호 남서쪽 변에 위치한 제법
큰 마을이었다. 그 앞으로 펼쳐진 드넓은 포양호가 한눈에 들
어오고, 동북쪽으로는 포양호를 따라 길게 관도가 펼쳐져 있
다. 그 관도를 따라 올라가면 요 며칠간 천자방에게 처절한 패
배의 장소가 된 개령포가 나온다. 세력권으로 보자면 개령포는
포양호변의 천자방 세력권 중 가장 위쪽에 위치한 마을이었다.
　송문악과 고산앙이 내삼각의 천각으로 이동한 그 다음날
천자방에 흉흉한 소식이 돌기 시작했다. 변절한 상인들을 치
죄하기 위해 나섰던 인각과 일당의 고수들이 오히려 적의 함

정에 걸려 거의 괴멸적인 타격을 입고 간신히 그 수뇌 몇 명만이 살아 돌아왔다는 소식이 밤사이 천자방도들에게 파다하게 퍼졌던 것이다.

하지만 그 패배 소식보다도 더 심각한 소식은 이미 개령포를 중심으로 그 주변의 마을이 군룡회 손에 떨어졌다는 소식이었다.

함정을 파고 기다린 건 군룡회였지만, 예전 같으면 군룡회 고수들이 보이자마자 천자방에 전해졌을 마을 소식이 천자방의 고수들이 호랑이 굴 속에 들어갈 때까지 단 한 건도 전해지지 않았다는 것은 군룡회가 개령포와 그 인근 마을을 완전히 장악했다는 것을 의미하는 것이었다.

이 소식이 가져온 여파는 적지 않았다. 한 번의 싸움에서는 패할 수 있지만 군룡회가 포양호를 건너 천자방의 권역 안에 둥지를 만들었다는 소식은 이미 전세가 군룡회 쪽으로 기울었다는 것을 의미하기 때문이었다.

더군다나 군룡회나 천자방 모두 그 싸움을 하는 대부분의 무사들은 용병. 돈을 받고 싸우는 자들에겐 목숨을 걸고 지켜야 할 것은 목숨밖에 없었다. 그들에게 천자방에 대한 맹목적인 충성을 요구하는 것은 지나친 기대라는 것을 천자방의 수뇌들도 알고 있었다.

그리고 또 하나의 은밀한 소식이 위축된 천자방의 무사들에게 치명적인 일격을 가했다.

"지난밤 십여 대의 수레가 천자방을 떠났다는군."

고산앙이 무심한 말투로 송문악에게 말했다. 두 사람은 천각의 고수들을 위해 준비된 아침 식사를 마치고 자신들의 거처로 돌아오는 길이었다. 고산앙은 송문악보다 조금 일찍 식사를 마치고 잠시 주변을 돌며 방 내의 소식을 알아본 모양이었다. 송문악이 고산앙을 바라봤다.

"이미 싸움을 포기한 것인가요?"

"그렇다고 봐야지. 아마도 천자방에 있던 귀중한 물건들을 후방으로 옮기는 마차였을 거야. 역시 상인들이 중심이 된 곳이라 재물을 몹시 귀하게 여기는 모양이야. 보통 무림인들이었다면 먼저 방 내 무사들의 안전을 도모했을 것인데……."

"어차피 용병들이니까요."

송문악의 말에 고산앙이 고개를 끄덕였다.

"그렇지. 상인들은 본시 세상에서 가장 독한 존재들이지. 그들에게 용병이란 결국 시장에서 돈을 주고 사는 물건과 같은 존재에 지나지 않다고 할 수 있지."

은근한 적의가 고산앙의 말에서 느껴졌다.

"상인들을 몹시 싫어하시는군요?"

"그래. 난 상인을 몹시 싫어하지. 그들은 사람조차도 사고파는 존재라고 생각하는 족속들이니까. 그래서 나도 그들을 똑같이 대해주었지. 내가 행한 청부 중 가장 많이 차지하는 부류가 바로 상인들이었지. 특히 사람을 사고파는 자들은 동전 한 닢에도 청부를 받아들이지."

'어르신의 누이가 과거 홍등가에 팔려갔다고 했었지.'

사람들은 보통 과거 자신의 인생에서 가장 큰 상처에 의해 현재의 삶이 지배된다. 살수의 제왕 고산앙은 그 덕에 살수로서의 삶을 살고 있고, 송문악 자신은 신기루라는 거대한 단체를 향한 복수의 길을 걷고 있지 않은가. 그리고 오늘 어쩌면 누군가에게는 일생에서 가장 큰 상처가 될 또 하나의 싸움이 준비되고 있었다.

두 사람이 막 숙소에 들어서려는 찰나 다급한 말발굽 소리가 지축을 울리며 들려왔다.

두두두두!

한 필의 말이 바람처럼 천자방의 정문을 통과하더니 순식간에 외원을 지나 내원으로 짓쳐들었다. 그리고 그의 입에서 하나의 소식이 전해졌다.

뿌우우우!

비상을 알리는 뿔 소리. 군룡회 고수들의 공격이 시작되었음이 알려지고 방 내의 모든 무사들을 소집하는 전령이 사방으로 뛰어나갔다.

第九章

불타는 포양호

소식이 전해진 지 한 시진이 지나지 않아 천자방 앞쪽에 펼쳐진 검푸른 포양호 위에 군룡회 고수들을 실은 다섯 척의 배가 모습을 나타냈다. 뒤이어 개령포로 이어지는 북동쪽의 먼 길 위에도 군룡회 고수들이 모습을 드러냈다는 소식이 전해졌다.

천자방의 본거지 화산포가 전운에 휩싸이고 있었다. 화산포의 주민 중 발 빠른 자들은 이미 귀중품을 챙겨 화산포를 벗어나기 시작했다. 그리고 곧이어 마을 전체가 술렁거리더니 화산포 남쪽으로 이어진 길 위에는 싸움을 피해 피난길에 오르는 자의 무리가 줄을 지어 나타났다.

무림의 싸움은 관병들의 싸움과는 다르지만 이 화산포는

천자방에 의해 생겨난 마을. 군룡회와 일대 격돌이 일어나면 마을의 주민이라 하여 위험하지 않으리란 보장이 없었다. 더군다나 상인들이란 항상 그 누구보다도 위협에 민감한 자들이 아니던가.

그리하여 반나절이 지나지 않아 화산포는 텅 빈 공허의 마을로 변해 버렸다.

마을을 등지고 평탄하게 포양호의 수면까지 이어진 언덕 위에 삼백여 명의 천자방 무인들이 도열해 있었다. 그렇다고 무슨 전장의 군대처럼 열을 맞춰 서 있는 것은 아니었다. 그저 여덟 개의 무리, 외오당과 내삼각의 무사들이 자신들이 소속된 조직의 동료들과 모여 있는 것이 군룡회의 고수들을 맞이하는 천자방 무사들 준비의 전부였다.

"이해할 수 없는 싸움이군요."

송문악이 그들과 십여 장 앞쪽에 떨어져 있는 천자방의 수뇌부를 바라보며 중얼거렸다.

"뭐가 이해할 수가 없다는 거지?"

고산앙이 송문악을 돌아봤다. 험악한 싸움을 앞둔 사람들답지 않게 두 사람의 모습은 여유로웠다.

"천각주도 말했듯이 어차피 이미 이 포양호 싸움의 승패는 갈린 것 아닙니까? 그렇다면 굳이 이곳에서 군룡회 고수들을 상대할 필요가 있을까요? 오히려 순순히 화산포를 내주고 천자방을 해체해서 쓸데없는 희생을 줄이는 게 좋은 일 아니겠습니까?"

"송 공자의 말이 맞긴 하지만 사람마다 각자 입장이 있는 것이니까. 싸워보지도 않고 화산포를 포기할 수는 없는 일인가 보지. 그리고 물러날 때 물러나더라도 상대에게 어느 정도의 타격을 주어 그들이 이 기세를 몰아 더 이상 남쪽으로 내려오는 것을 방지하기 위해서라도 한 판의 싸움이 필요할 수도 있을 테고."

"자신들의 안방까지 이들이 밀고 오는 것을 막기 위한 싸움이라는 거군요?"

"아마도 그 이유가 가장 클 거야. 만약 아무런 저항 없이 이곳을 내주고 천자방을 해체한다면 이번에는 거꾸로 군룡회 쪽에서 광동을 노릴 수도 있을 테니까."

"싸움을 끝내기 위해서 싸움이 필요한 경우군요."

"그렇다고 봐야겠지. 아마 오늘 천자방이 끈질기게 저항한다면 비록 군룡회가 이 화산포를 수중에 넣는다 하더라도 제법 큰 손실을 피할 수 없을 거야. 당연히 적의 안방까지 욕심낼 여력이 남아 있을 리 없지."

"그런 정도는 서로 대화를 통해서도 해결할 수 있는 문제일 것 같은데… 애꿎게 사람들만 여럿 죽어나가게 생겼군요."

"꼭 그런 이유가 아니더라도 오늘 한 판의 싸움이 필요한 이유는 많다고 할 수 있지."

"다른 이유가 있단 말입니까?"

"송 공자, 무림에서 모든 일의 시작과 끝은 결국 도검에 의해 결정되는 것일세. 이 포양호 싸움은 그동안 삼 년을 끌어왔지. 그간 적지 않은 원한이 양측에 쌓였을 테니 몇 마디 말로 과거의 원한을 없었던 일로 돌릴 수는 없는 일 아니겠는가? 피가 필요한 때야. 무림은 그런 곳이야. 모든 일은 피를 흘려야 적당히 마무리되어지는 곳이란 말이야. 송 공자도 이 사실을 분명히 알아야 해. 송 공자는 만약 자네가 상대하고자 하는 그자들이 자네에게 몇 마디 말로 과거를 잊자고 한다면 잊을 수 있겠는가?"

송문악이 묵묵히 고개를 끄덕였다. 듣고 보니 고산앙의 말이 틀린 것이 아니었다. 사람들의 마음속에 간직되어 있는 한(恨)은 여러 가지 방법을 통해 해결할 수 있으나, 무림인에게 있어서는 오로지 도검에 의해서만 그 한의 실타래들을 잘라낼 수 있는 것이다.

"강호는 비정한 곳이야."

고산앙이 중얼거렸다. 송문악이 고산앙의 말에 다시 고개를 끄덕일 때 천각주 파랑검 호종위가 몸을 돌려 언덕 위에 늘어선 천자방의 고수들을 향해 무거운 음성으로 입을 열었다.

"천각주 호종위요!"

진기가 응축된 한마디 말로 호종위는 삼백여 명이 넘는 천자방 무인들의 이목을 자신에게 집중시켰다. 천자방주 하륜을 제쳐 두고 그가 천자방도들 앞에 나선 것에 대해 의아하게 생각하는 사람은 아무도 없었다. 천자방주 하륜의 모습은 장내에서 찾아볼 수 없기 때문이었다.

천자방주 하륜이 상인이라는 사실은 천자방에 오랫동안 적을 두고 있던 사람이라면 누구나 알고 있는 사실이었다. 또한 그래서 지난 삼 년간 실질적으로 군룡회와의 싸움을 이끈 사람이 이 천각주 파랑검 호종위라는 사실을 모르는 사람은 거의 없었다.

그래서 오늘 그가 그동안 천자방 깊은 곳에 모습을 감추고 있다가 천자방주 하륜을 대신해 벌건 대낮에 군룡회와의 최후의 일전을 앞두고 천자방도 앞에 모습을 드러냈다고 해서 이상할 것은 없었다.

"그동안 천자방을 위해 싸워준 그대들의 노고에 감사의 말을 전하오. 지금 이곳에 모인 사람은 천자방을 만든 각 문파에서 파견한 사람도 있고, 또한 돈을 받고 용병으로 천자방에 들어온 사람도 있소. 하지만 지금은 그 모든 것을 떠나 천자방이라는 하나의 이름 아래 하나의 적을 앞에 두고 있소이다."

송문악은 점점 이 조금은 도도하고 또한 조금은 거칠어 보이는 천각주 호종위에게 빠져들고 있었다. 그것은 유독 송문악에게만 국한된 일은 아니었다. 그의 말을 듣고 있는 천자방의 무인들은 자신도 모르는 사이에 호종위의 말을 가슴속으로 받아들이고 있었다. 그의 표정, 그의 목소리, 그의 눈빛이 이 다양한 출신으로 구성된 천자방의 무인들을 하나로 묶어내고 있었다.

'해남검문주가 이 사람을 자신의 후계자로 생각하고 있는 이유는 다른 그 무엇보다도 이렇듯 사람의 마음을 휘어잡을 수 있는 그의 성품 때문이리라.'

어두운 실내를 벗어나 자신의 실체를 밝은 곳에 드러낸 호종위의 신태는 송문악이 지난밤 자신의 숙소에서 받았던 느낌과는 또 다른 것이었다. 그는 한 문파를 책임질 수 있는 자의 당당함과 진중함을 가지고 있는 인물이었다.

'영웅호걸(英雄豪傑)이라 하던가!'

송문악은 호종위를 보며 영웅호걸이라는 한 단어를 떠올렸다. 지금 삼백여 명의 천자방 무인들 앞에 서 있는 호종위의 모습은 바로 그 단어에 가장 어울리는 인물이라 할 수 있을 것 같았다.

"오늘로 이 포양호 싸움은 끝이 날 것이오."

호종위의 말이 계속되고 있었다.

"또한 오늘로 천자방은 강호에서 사라질 것이오."

동요하는 무인은 없었다. 노련한 싸움꾼들인 그들이 돌아가는 사정을 모를 리 없었다. 갑자기 호종위가 자신의 곁에 서 있는 호위무사가 들고 있던 창을 빼앗아 들었다. 그리고 그 창을 자신과 자신을 바라보고 있는 천자방 무인들 사이에 꽂았다. 길게 오후의 창 그림자가 풀밭 위에 생겨났다.

"이 창의 그림자가 사라질 때까지, 그때까지만 천자방은 존재할 것이오. 해가 지고 이 창의 그림자가 사라지면 오늘까지 천자방이라는 이름으로 모여 한 형제로서 군룡회와 싸우던 우리 각자의 관계도 소멸될 것이오. 그때까지 살아남은 형제들은 각자 자신의 길을 찾아 이 포양호를 떠나시오. 하지만 그 이전까지, 이 창의 그림자가 사라지기 이전까지는 천자방의 이름으로 저들과 싸워줍시다. 지난 삼 년간 서로를 향해 도검을 겨누었던 자들이니 마지막 인사만큼은 제대로 해줘야 하지 않겠소? 모두 내 말을 따르시겠소?"

호종위가 호랑이 눈으로 삼백여 천자방 무인들의 대답을 요구했다. 그러자 그의 말을 듣고 있던 천자방 무인 중 몇몇이 큰 소리로 그의 물음에 대답했다.

"천각주의 명을 따르겠소!"

"나 또한 명을 따르겠소!"

"우리 모두 오늘 군룡회 놈들에게 멋진 작별 인사를 해줍시다!"

몇 명의 선동이 호종위의 말에 의해 한껏 고조되었던 천자방 무인들의 감정을 폭발시켰다.

"좋소! 한번 멋지게 싸워봅시다!"

"와아아아!"

순식간에 천자방의 삼백여 무인들이 만들어내는 거대한 함성이 언덕 위를 뒤덮었다. 그 함성은 천각주 호종위가 손을 들어 흥분한 무인들을 진정시킬 때까지 계속 이어졌다.

"모두 이 호종위의 말에 동의해 주어 감사하오. 각 당주와 각주들은 물건을 나눠주시오."

호종위가 손을 들어 흥분한 천자방도들을 진정시킨 후 당주와 각주들에게 명을 내렸다. 그러자 호종위 곁에 서 있던 당주와 각주들이 그들 앞에 쌓아두었던 몇 개의 검은 함(函)을 각자가 지휘하는 당과 각의 무사들 앞으로 들고 갔다.

무인들의 시선이 당주와 각주들이 들고 있는 함으로 모였다. 함을 옮긴 당주와 각주들은 지체하지 않고 함을 열어 사람들의 궁금증을 해소시켜 주었다.

"엇!"

"저건?"

함을 주시하고 있던 무사들 사이에서 웅성거리는 소리가 흘러나왔다. 열린 함 속에는 햇빛을 받아 눈부신 빛을 내뿜는 은자가 들어 있었던 것이다.

"이 은자는 그간 천자방을 위해 일해주신 형제들에 대한 고마움의 표시요. 그동안 고마웠소."

호종위가 짧게 말을 마치고 몸을 돌려 다시 포양호 수면 위에 떠 있는 군룡회의 다섯 척 선박을 응시했다. 그 와중에 각 당의 당주와 각주들은 소속 무인들에게 함에 든 은자를 골고

루 나누어주기 시작했다.

쩔렁!

송문악과 고산앙에게도 하나의 전낭이 주어졌다. 손에 든 무게가 제법 묵직하다.

"역시 용병질을 해도 돈 많은 곳에서 해야 돼. 이거, 횡재했는걸."

송문악의 뒤에서 몇몇 용병들의 희희덕거리는 소리가 들려왔다.

"엄청나군요."

송문악이 중얼거렸다.

"본시 이번 포양호 싸움은 무림에서 보자면 그리 중요한 싸움이 아니었지만 상인들 사이에서는 보기 드물게 큰 싸움이라고 할 수 있지. 상인들이 이렇게 무인들을 동원해 상권을 놓고 혈투를 벌이는 일이란 좀처럼 없거든. 그러니 자연히 흘러다니는 돈이 많을 수밖에. 물론 그것도 오늘로 끝이고 이 싸움에서 살아남은 사람들은 또 새로운 싸움터를 찾아가겠지만 말이야."

"그런데 이렇게 미리 돈을 쥐버리면 제대로 싸우는 사람이 있겠습니까? 또 비록 천각주의 말에 모두들 호응을 하긴 했지만 싸움이 거칠어지면 아마 저 창의 그림자가 사라지기 전에 이 전장터를 떠나는 용병도 적지 않을 겁니다."

"물론 그렇겠지. 하지만 천각주도 그런 것을 모르고 한 일은 아닐 거야. 송 공자도 보아서 알겠지만 그는 무척 노련한 사람이거든. 그가 용병들이 목숨을 걸고 밤이 될 때까지 싸우길 바랐다기보다는 그저 그 나름대로 지난 삼 년간 이어온 싸움의 끝을 내부적으로 정리하고자 한 것이겠지. 원래 부려 먹은 일꾼을 보낼 때는 노자를 두둑이 주어 보내야 하는 법이거든. 평판이란 이 싸움이 끝나고도 계속 살아남아 있는 것이니까. 아, 그 평판이란 건 말이야, 용병들도 마찬가지야. 만약 이 싸움에서 해가 지기 전 전장을 떠나는 용병이 있다면 그는 앞으로 이렇게 큰돈이 움직이는 싸움터에 발을 붙이기 어려울 거야. 본래 강호는 넓어 보여도 생각보다 좁은 동네거든."

"그런가요? 용병으로 계속 살아가려면 적어도 밤이 될 때까지는 버텨야 한다는 말이군요."

"그저 그런 용병이 아니라 괜찮은 용병으로 살아가려면 말이지."

두 사람이 대화를 나누는 사이 어느새 여덟 개의 함에 든 은자는 깨끗하게 비워졌다. 품속에 묵직한 전낭을 품은 천자방의 무인들은 이제 호종위와 같은 방향으로 서서 서서히 포양호 변으로 다가오는 군룡회 선박들을 주시하고 있었다.

어느새 일단의 천자방 고수들이 군룡회 선박들이 정박할 호수 변에 내려와 있었다. 천자방은 그 인원을 분산한 듯했다. 천각과 지각 두 개의 각, 그리고 외오당 중 세 개의 당이 물과 땅을 경계로 막 하선을 시도하려는 군룡회 고수들을 노려보고 있었다. 군룡회의 다섯 척 선박은 아주 천천히 뭍으로 다가왔는데 그 안에 타고 있는 고수의 숫자는 대략 이백여 명에 달해 보였다.

천자방에서 모든 전력을 이 호수 변 싸움에 투입하지 않은 것은 개령포 쪽으로부터 밀려오는 군룡회 고수들 때문이었다. 치열한 싸움 중에 측면에서 기습을 받게 되면 자칫 전멸의 위기에 처할 수도 있었다. 그래서 천각주 호종위는 인각과 사, 오당으로 하여금 뒤에 남아 개령포 쪽에서 육로를 통해 화산포로 진입해 드는 군룡회의 고수들을 막게 한 것이다.

군룡회 선박 중 다른 네 척의 배보다 그 크기가 좀 더 크고 단단해 보이는 흑색 배 위에서 한 명의 노고수가 한 손에 검을 들고 호수 변에서 자신들을 기다리고 있는 천자방 무인들을 내려다보고 있었다.

"누가 파랑검 호종위인가? 난 군룡회 일원(一院)을 맡고 있는 남궁호라 한다!"

노고수의 입에서 흘러나온 말소리가 수십여 장을 격하고 호수 변에 울려 퍼졌다.

"내가 호종위요! 남궁세가의 검호를 만나게 되어 영광이오!"

호종위 역시 한 걸음 앞으로 나서며 자신을 남궁호라 부른

노검객의 부름에 답했는데 그 음성에 실린 공력 또한 남궁호 못지않았다.

"역시 명불허전이군. 산 아우가 그대에게 꺾였다는 소식을 듣고 운이 좋지 않다고 생각했는데 이제 보니 어쩌면 산 아우의 실력이 부족했는지도 모르겠군."

"제 운이 조금 더 좋았을 뿐이오."

서로 간에 조금 이상한 대화가 오고 갔다. 보통 적을 깎아내리고 아군의 기세를 높이는 것이 전장의 생리인데 두 사람은 오히려 상대를 높이고 자신을 깎아내리지 못해 안달인 사람처럼 보였다.

"껄껄껄, 고강한 무공에 겸손함까지. 해남검문주가 해남검을 제치고 그대를 자신의 후계자로 점찍은 이유를 알겠군."

순간 호종위의 볼이 씰룩였다.

"남궁세가에서는 생각보다 본 문의 일에 관심이 많은 모양이구려. 나도 모르는 본 문의 사정을 그리 잘 알고 계시다니 말이오."

"하하하! 상대를 알고 나를 알아야 싸움에서 이기는 법이 아니겠는가? 그래서 오늘 군룡회가 이 포양호를 차지하게 되는 것이고."

남궁호는 이미 이 싸움의 승부가 결정된 듯 말하고 있었다. 하지만 호종위는 남궁호의 말을 굳이 반박하지 않았다. 그렇다고 순순히 남궁호의 말을 듣고만 있지는 않았다.

"물론 오늘 본 천자방은 포양호에서 물러날 것이오. 하지만 그러기 위해서는 군룡회도 적잖은 피를 흘려야 할 것이외다."

"기왕에 물러날 생각이면 서로 피를 흘리지 않고 자리를 내어주는 것이 좋지 않겠는가?"

"하하하! 군룡회의 일원주께서는 너무 욕심이 과하시구려. 어찌 이 드넓은 포양호를 홀로 차지하시려는 분이 피 한 방울 흘리지 않기를 바라는 것이외까?"

그러자 이번에는 남궁호가 살짝 눈을 치켜떴다.

"이제 보니 해남검문은 무척 피를 좋아하는구면!"

"어디 남궁세가만 하오리까?"

둘 사이의 팽팽한 설전이 오가는 사이 군룡회의 다섯 척 배는 어느덧 호숫가 십여 장 안쪽으로 들어와 그 움직임을 멈추고 있었다. 수심이 너무 낮아 더 이상의 전진이 어려웠던 것이다.

"좋아. 이 정도면 대화는 충분한 것 같군. 천자방이 피를 흘리기를 원하니 군룡회도 그를 마다하지 않겠다. 쳐라!"

남궁호의 입에서 사자후가 터져 나왔다. 동시에 그의 신형이 배 위에서 둥실 떠오르더니 배와 뭍 사이의 십여 장 거리를 격하고 벼락처럼 호수 변의 천자방 고수들을 향해 떨어져 내렸다.

"크악!"

호수 변으로 떨어져 내리며 남궁호가 떨쳐 낸 일초의 검식에 천자방의 무사 한 명이 비명을 토하며 쓰러져 갔다. 그리고 그 비명을 신호로 양측의 무사들이 무서운 속도로 격돌하기 시작했다.

송문악과 고산앙은 난전에 휩싸이지 않고 있었다. 그들은 자신들 주위로 달려드는 군룡회 고수들을 간간이 상대하며 파랑검 호종위의 곁을 맴돌고 있었다.

하지만 싸움에 본격적으로 뛰어들지 않은 두 사람의 눈빛은 그 어느 때보다도 신중했다. 포양호 변에서는 피 튀기는 난전이 벌어지고 있었지만, 그 난전 속에서 두 사람은 또 다른 싸움을 준비하고 있었기 때문이다.

강호십괴는 대부분 자신의 얼굴을 쉽게 드러내지 않는 인물들이었다. 그래서 강호에서 강호십괴를 알아볼 수 있는 자는 그리 많지 않았다. 그리고 그중에서 가장 그 정체가 가려져 있는 인물을 꼽자면 살황 고산앙과 매혼자 음영인을 꼽을 수 있었다.

그런데 이 두 사람이 사람들에게 자신의 얼굴을 알리지 않는 방법은 서로 달랐다. 살황 고산앙은 아예 자신의 진짜 얼굴을 사람들에게 드러내지 않음으로써 신비의 인물이 되었지만, 매혼자 음영인은 사람들에게 자신의 얼굴을 심심찮게 드러내고도 미지의 인물로 인식되고 있었다. 매혼자 음영인이 그렇게 신비의 인물로 남아 있을 수 있는 이유는 바로 그의 섭혼술에 있었다.

매혼자 음영인의 얼굴을 본 자들은 그와의 대면 이후 얼마간의 시간이 흐르면 자신도 모르는 사이에 그의 얼굴을 다시 기억해 내지 못하는 것이 대부분이었다. 매혼자가 항상 자신과 상대하는 자에게 아주 미세한 섭혼의 술을 발휘해 자신의 얼굴에 대한 잔상을 상대의 기억 속에 남기지 않기 때문에 발생하는 일이었다.

그래서 강호에 매혼자 음영인의 얼굴을 확실히 기억하는 사람은 손을 꼽을 정도로 적었다. 그나마 그의 얼굴이 알려진 이유는 그가 수년 전 운남에 신기루가 등장했을 때 강호 십괴의 불문율을 깨고 그곳에 나타나 점창의 고수 기척신을 제거할 때 그 모습을 잠시 드러냈기 때문이라고 할 수 있었다.

하지만 이 포양호의 싸움터에는 매혼자 음영인을 얼굴을 알아볼 자가 없었다. 그것은 그의 목숨을 청부받은 고산앙도 마찬가지였다. 얼굴을 모르는 자에 대한 청부. 고산앙은 그 해법으로 그가 노리는 자의 곁에서 기다리는 것을 선택했다. 바로 천각주 파랑검 호종위 곁에서 매혼자 음영인을 기다리기로 한 것이다. 그리고 그 매혼자가 호종위 곁에 나타날 수 있는 가장 좋은 시기가 무르익고 있었다.

송문악은 능숙하게 영보(影步)를 시전하고 있었다. 그의 영보는 이제 거의 고산앙의 경지에 근접해 있었다. 영보의 효능은 일반 저잣거리에서뿐만 아니라 혈흔이 낭자한 싸움터에서도 여지없이 발휘됐다.

도검을 휘둘러 상대의 목에 칼을 꽂아 넣는 자들조차도 자신들의 곁을 스치고 지나가는 송문악의 움직임은 전혀 신경 쓰지 않았다. 어쩌면 그들은 송문악을 자신의 동료로 느끼는지도 몰랐다. 전장에서의 살의는 하늘을 찌를 듯하지만 송문악에게서는 한 올의 살의조차 느껴지지 않았다. 그는 고산앙과 번갈아 위치를 바꿔가며 천각주 호종위 곁을 끊임없이 맴돌고 있었다.

싸움은 길어지고 있었다. 싸움이 길어질수록 풀밭 위에 쓰러지는 양측의 고수들 숫자도 늘어갔다. 이미 대세가 결정된 상황에서 벌이는 싸움은 무의미하다면 무의미할 수도 있었지만 천자방의 무사들은 마치 한 치의 땅도 양보할 수 없다는 듯 치열하게 군룡회 고수들을 맞이하고 있었다.

비록 포양호의 전체적인 판도가 천자방이 포양호에서 물러날 수밖에 없는 상황으로 변해 버렸지만, 이렇게 양측의 고수들이 정면으로 맞닥뜨리는 싸움에 있어서는 천자방도 결코 군룡회의 전력에 뒤지지 않는 힘을 가지고 있었다. 덕분에 균형을 이룬 싸움은 막대한 인명의 손실로 이어지고 있었다.

도합 사백여 명의 무사가 격돌한 싸움은 어느덧 한 시진을 지나고 있었다. 한 시진 동안 싸우는 자의 숫자는 그 절반으로 줄어 있었다. 언덕 위에 꽂아놓은 창대의 그림자가 길어질 대로 길어져 있었다. 그리고 그때까지도 매혼자의 모습은 전장에 나타나지 않았다.

　"와아아아!"

　그때 팽팽한 싸움의 균형을 깨는 소리가 동북쪽 호수 변에서 들려왔다. 개령포를 따라 내려오고 있던 군룡회 고수들과 그들을 막아선 천자방의 인각과 사, 오당 무사들이 격돌하기 시작한 것이다. 그리고 그쪽의 싸움은 생각보다 쉽게 승패가 갈려지고 있었다. 개령포에서부터 내려온 군룡회의 전력이 예상외로 강했기 때문이다.

　"싸움을 끝낼 때가 된 것 같군!"

　남궁호가 한 명의 천자방 무사 허리를 베어버린 후 파랑검 호종위를 보며 소리쳤다.

　"기다리고 있던 바요."

　호종위 역시 폭풍처럼 검을 휘둘러 자신을 향해 달려드는 군룡회 고수 둘을 한번에 베어버리고는 남궁호를 향해 나아가기 시작했다. 그러자 두 사람 사이에서 격전을 펼치고 있던 천자방과 군룡회 무사들이 자연스럽게 두 사람을 위해 길을 열었다.

　송문악은 사람이란 참으로 알 수 없는 존재라는 생각을 문득 떠올렸다. 지금 천자방과 군룡회 양편의 고수들 사이에 난 길을 따라 서로 부딪쳐 가고 있는 저 두 명의 절정고수. 각각 해남검문과 남궁세가라는 거대한 배경을 등에 지고 있는 저 고수들의 대결이 이 싸움의 초반에 이루어졌다면 과연 지금처럼 많은 사람의 목숨이 사라졌을까.

어쩌면 이 싸움의 승패는 오직 두 사람의 대결만으로 결정지을 수도 있었을 것이다. 그런데 그 둘은 반나절에 걸쳐 대지에 흠뻑 자신들 동료의 피를 적시고 나서야 싸움을 종결짓기 위해 서로 부딪쳐 가고 있는 것이다. 잔인한 싸움 방식이었다.

'차라리 살황 어르신의 방법이 훨씬 인간적이라고 할 수 있군.'

송문악이 고산앙을 바라봤다. 고산앙은 어느새 천각주 호종위를 따라 움직이고 있었다.

'적어도 살수는 목표로 한 사람, 단 하나의 생명만을 노릴 뿐이니까.'

송문악도 영보를 시전해서 신형을 옮겼다. 이제 때가 되었으니 어쩌면 매혼자 음영인이 모습을 드러낼 수도 있었다.

송문악이 남궁호와 호종위가 격돌하는 부근으로 몸을 옮겼을 때 그 주변의 싸움은 소강상태로 접어들고 있었다. 두 무리의 우두머리가 격돌하는 싸움이었으므로 이 싸움의 결과가 오늘 이 호수 변에서 벌어진 대접전의 종료를 의미할 수도 있었다. 물론 그것이 전체 포양호 싸움의 전세와는 별반 상관이 없는 일이라 할지라도 오늘의 싸움만큼은 이 두 사람의 싸움으로 종결될 것이 분명했다.

남궁호가 이긴다면 천자방의 무사들은 그대로 흩어져 버릴 것이고, 군룡회는 무주공산의 화산포를 편안하게 접수할 터이다. 반면에 호종위가 남궁호를 꺾는다면 군룡회는 잠시나마 자신들의 선박으로 돌아가 천자방의 무인들이 안전하게 화산포를 벗어나기를 기다려야 할 것이다. 당연히 물러가는 천자방 고수들을 추격할 생각 같은 것은 꿈도 꾸지 못할 터이다.

결국 호종위와 남궁호의 싸움은 어떤 방식으로 천자방이 화산포에서 벗어날 것인가를 결정하는 일전인 것이다.

남궁세가의 검(劍)은 정갈하면서도 강력하다. 반면 거친 바다를 배경으로 살아온 해남검문의 검은 폭풍처럼 거칠고 용맹하다. 그 두 문파의 특징 그대로 두 사람의 격돌이 시작됐다.

우우웅!

파랑검 호종위가 일으키는 검기가 만들어내는 검풍이 폭풍처럼 남궁호를 쓸어갔다. 남궁호는 기다리고 있었고 호종위는 다가가는 형세였으므로 일순 싸움의 형세가 호종위 쪽으로 유리하게 진행되는 것처럼 보였다. 호종위는 마치 검을 도처럼 휘둘러 허공에 수십 개의 검기를 만들어놓았는데, 그 검기들은 아무런 규칙이 없는 것처럼 보이면서도 각기 서로 다른 방위를 차지하고 남궁호를 향해 달려들고 있었다.

"해남의 검이 거칠기 이를 데 없다더니 과연 명불허전이 군."

하지만 폭풍 앞에 선 갈대와 같은 모습이던 남궁호의 입에서 흘러나온 감탄에서 두려움은 찾아볼 수 없었다. 오히려 남궁호의 목소리에서는 젊은이의 재주를 칭찬하는 노인의 여유로움까지 느껴지는 것이었다.

"받아보시오."

호종위의 무뚝뚝한 음성이 남궁호의 말을 받아내더니 이내 그가 만들어낸 검기가 전광석화의 속도로 남궁호를 찔러갔다. 순간 남궁호의 신형도 호종위의 공격에 맞춰 빠르게 움직였다.

따다당!

순식간에 여러 번의 타격음이 만들어지며 남궁호가 호종위의 공격을 받아내며 몇 장 뒤로 신형을 물렸다. 호종위는 지체없이 남궁호가 비우고 물러난 자리를 차지하며 연속해서 거친 검기를 뻗어냈다.

"합!"

남궁호의 입에서 터져 나온 한마디 기합성이 어둑해지고 있는 호수 변에 서서 망연히 두 사람의 격돌을 지켜보고 있던 수많은 무사들의 정신을 일깨웠다. 하지만 그들의 정신이 깨어났다고 해서 달리 다른 일을 할 것은 없었다. 그들은 그저 깨어난 맑은 정신으로 파랑검 호종위와 남궁세가의 절대검객 남궁호의 싸움을 감상하면 그뿐이었다. 왜냐하면 이 두 사람의 싸움은 강호의 무인들에게 돈으로 따질 수 없는 값어치를 지닌 구경거리였기 때문이다. 싸움 구경이 재미있다고는 하나 고수의 싸움만큼 무인들의 마음을 사로잡는 것은 없었다.

기합성과 함께 남궁호의 검이 수세에서 공세로 변했다. 사방에서 자신을 향해 짓쳐드는 파랑검 호종위의 거친 검기 사이를 남궁호가 뻗어낸 새파란 검신이 물고기처럼 헤엄쳐 거슬러 올랐다.

"음!"

호종위의 입에서 한가닥 침음성이 흘러나오며 그의 신형이 어느새 삼 장여 뒤로 밀려나고 있었다. 그의 옷 앞섶이 길게 베어져 바람에 펄럭였다. 남궁호의 단 한 번의 반격이 생각보다 큰 효과를 본 이유는 역시 파랑검 호종위의 무의식적인 방심에 있었다.

해남검의 거친 공세로 선기를 잡고 남궁호를 몰아치던 호종위의 몸이 자신도 모르게 자만에 빠져 있었던 것이다. 하지만 베어진 옷의 앞섶을 파고드는 차가운 저녁 호수의 기운이 호종위에게서 그 위험한 방심을 몰아냈다.

까가강!

두 사람의 검이 다시 허공에서 얽혀들었다. 호종위의 선공과 남궁호의 반격으로 이루어졌던 싸움의 양상은 이제 팽팽한 접전으로 변해 있었다. 어스름한 저녁 어둠 속에서 두 사람의 도검이 만들어내는 불꽃이 아름답게 퍼져 나갔다.

싸움의 승패는 쉽게 갈리지 않았다. 전장의 동북쪽으로부터 군룡회의 공세에 밀려 천자방이 인각과 사, 오당의 고수들이 전장으로 밀려 내려올 때까지도 싸움의 승패는 요원해 보였다. 개령포로부터 진격해 온 군룡회 고수들까지 합세하자 전세는 확연히 군룡회 쪽으로 기울었다. 비록 싸움을 멈추고 있는 상황이기는 했지만, 그것은 장내에 모여 있는 천자방과 군룡회 고수 누구라도 알 수 있는 판세였다.

그리하여 오히려 사람들의 이목은 두 사람, 해남검문의 호종위와 남궁세가의 남궁호의 싸움에 집중됐다. 이 싸움이 가져올 파장은 그저 물러나는 천자방 무사들의 진퇴의 용이함 정도겠지만, 강호의 무림인에게는 그러한 현실적인 이득 이외에 순수한 무인으로서의 자존심 또한 현실적인 이득 못지않게 중요했다.

그래서 양편을 대표하는 두 고수는 최선을 다해 이 한 판의 싸움에 몰입해 있었던 것이다. 싸움은 전체를 대신하기도 했지만 오직 두 사람만의 싸움이기도 한 것이다.

호종위의 검이 너울거리며 남궁호를 향해 날아갔다. 거친 폭풍처럼 남궁호를 몰아치던 그의 이전 검들을 생각하면 지금의 이 초식은 전혀 해남검처럼 느껴지지 않았다. 하지만 바다는 항상 폭풍만을 일으키는 곳은 아니다. 오히려 바다는 거친 폭풍보다 잔잔한 무거움을 유지할 때가 더 많은 곳이었다. 하지만 그 속에 담겨진 힘을 겉으로 드러난 잔잔함으로 추측할 수 없는 곳이 바로 고요한 바다의 힘이다.

쿠아악!

남궁호는 이미 준비를 하고 있었다. 잔잔한 물결처럼 자신을 향해 다가오는 호종위의 검이 어느 순간 거대한 해일로 일어설 것이라는 것을 알고 있기 때문이었다. 그리고 그의 예상은 정확하게 들어맞았다.

남궁호의 일 장 안으로 들어온 호종위의 검이 해일처럼 일어났다. 호종위의 묵직한 공력이 뒷받침되어 일어나는 검기의 해일은 단번에 남궁호를 쓸어버릴 듯 덮쳐 왔다.

"좋구나!"

적에 대한 감탄에 어떤 의도도 들어 있지 않은 남궁호의 탄성이었다. 순수한 무인으로서의 감탄. 적에 대한 예의는 그에 걸맞는 검으로 적을 맞아주는 것이리라. 남궁호는 적어도 그 정도의 예의는 있는 검객이었다.

남궁호의 검이 허공으로 치켜 올려졌다. 시퍼런 검기가 어두워진 야공을 뚫고 우뚝 솟아올랐다.

호종위의 검은 어느새 남궁호를 덮쳐 가고 있었다. 그 검의 해일이 남궁호의 몸에 막 닿아가려는 순간 남궁호의 검이 일 직선을 그리며 호종위가 만들어놓은 검의 해일을 향해 떨어 져 내렸다. 순간 거짓말처럼 호종위가 만들어냈던 검기가 사 라졌다. 그것은 그 누구도 예측하지 못한 일이었다. 더군다나 호종위가 만들어놓은 검기의 해일이 사라진 것은 남궁호의 반격 때문도 아니었다. 남궁호의 얼굴에도 당황한 기색이 역 력했기 때문이다.

"해남의 검은 패배를 모른다!"

순간 해일과 함께 사라졌던 호종위의 음성이 하늘로부터 들려왔다. 남궁호가 대경하며 급히 검을 들어 호종위의 목소 리가 들려온 허공의 한 지점을 향해 찔러 넣었다. 하지만 다 음 순간 남궁호의 입에서 헛바람이 새어 나왔다.

"흡!"

마치 허공에서 생겨난 한 가닥 회오리바람처럼 호종위의 검이 맹렬히 회전하며 남궁호를 향해 달려들었다. 검의 회전 을 만들어내는 그 중심은 태풍의 눈처럼 고요했지만 무서운 흡입력으로 남궁호의 검을 빨아들이고 있었고, 회전하는 호 종위의 검은 시퍼런 검기를 드러내며 남궁호의 가슴을 향해 뻗어 나오고 있었다.

한 초식에 진기의 진퇴를 모두 담은 호종위의 이 일 초는 남궁호를 여지없이 궁지에 몰아넣었다. 적의 검을 피하자면 검을 놓아야 했다. 하지만 검객이 검을 놓는 것은 죽음보다

더한 치욕이 아닌가.

"이익!"

남궁호의 입에서 신경질적인 음성이 흘러나왔다. 동시에 호종위가 만든 검의 소용돌이 속으로 빠져 들어가던 그의 검이 기괴한 마찰음을 만들어내며 빠져나오기 시작했다. 하지만 남궁호의 이 행동은 검객의 자존심을 지킬 수 있을지언정 그의 목숨을 위태롭게 하는 위험한 선택이었다.

"핫!"

남궁호의 검이 자신이 만든 검의 소용돌이에서 벗어나는 순간, 기다렸다는 듯이 호종위의 입에서 한 가닥 기합성이 터져 나오며 소용돌이치던 검기가 검을 뽑아내며 흐트러진 남궁호의 전신을 향해 무서운 속도로 치고 들어갔다.

"으읍!"

따다당!

한마디의 신음성과 날카로운 검의 충돌음이 동시에 터져 나왔다. 급히 검을 휘둘러 호종위의 공세를 막아간 남궁호는 그러나 이미 흐트러진 자세를 회복하지 못하고 왼쪽 어깨와 오른쪽 허리에 각각 일검을 허용하고 말았던 것이다.

남궁호의 신형이 쓸리듯 뒤로 날아갔다. 그와 동시에 군룡회의 고수들이 남궁호의 앞을 막아섰다. 하지만 그들이 걱정하던 일은 벌어지지 않았다. 남궁호의 몸에 깊은 상처를 남긴 호종위가 더 이상 남궁호를 따라붙지 않았기 때문이다.

대신 호종위는 고개를 돌려 낮에 자신들이 서 있던 언덕으로 시선을 돌렸다. 그리고 그의 시선이 자신이 꽂아 넣은 창을 찾았다. 하지만 창의 모습을 발견할 수는 없었다. 이미 해가 져 창도 창의 그림자도 어둠 속으로 사라졌기 때문이다.

"물러난다!"

적의 수장을 이긴 자의 입에서 후퇴 명령이 떨어졌다. 하지만 천자방의 무사들은 군소리없이 호종위의 명에 따라 언덕 위로 물러서기 시작했다. 군룡회의 고수들은 물러나는 천자방의 고수들을 보고도 그들을 공격하지 않았다. 남궁호의 패배가 그들에게 준 충격이 그들의 발을 묶어놓고 있기 때문이었다.

송문악과 고산앙도 뒤로 물러나는 호종위를 따라 군룡회의 고수들로부터 멀어지기 시작했다.

─그가 오지 않았군요.

송문악이 고산앙에게 전음을 흘려보냈다. 어둠이 찾아들고 싸움이 끝날 때까지 매혼자 음영인은 그 모습을 보이지 않았던 것이다.

─방심하지 마라. 그는 노련한 자야. 모두가 끝났다고 생각하는 순간 움직일 줄 아는 자가 바로 매혼자 음영인이야.

고산앙이 송문악에게 경고했다. 고산앙의 경고에 송문악이 고개를 끄덕이고는 주위를 살피며 호종위의 곁에서 오 장 이상 떨어지지 않은 상태로 천자방의 무사들과 함께 후퇴하기 시작했다. 적의 추격이 없었으므로 천자방의 무사들은 수월하게 낮에 호종위가 창을 꽂아 넣었던 곳까지 후퇴했다.

어둠 속에 우뚝 서 있는 창이 사람들의 눈에 들어오기 시작하자 후퇴하던 천자방의 무사들이 서서히 걸음을 멈췄다. 그리고 그들은 좌우로 길을 열고 호종위가 자신이 꽂아 넣은 창에 다가서는 것을 묵묵히 지켜보았다.

호종위의 투박한 손이 자신이 꽂아 넣은 창을 잡아 뽑았다. 그는 감개무량한 듯 그 창을 살펴보다가 어둠처럼 낮은 음성으로 입을 열었다.

"천자방의 형제들 모두 수고했소. 이제 어둠이 내렸고 창의 그림자는 사라졌소. 그와 함께 천자방이라는 이름도 과거의 이름이 되었소이다. 자, 이제 모두 각자의 길로 가시오. 그동안 고마웠소."

호종위의 말이 어둠을 타고 조용히 퍼져 나갔다. 그 말소리에 담긴 우울함 때문일까. 그의 말이 끝났음에도 장내를 떠나는 무인은 없었다. 그러자 호종위가 가볍게 한숨을 내쉬며 다시 입을 열었다.

"사람은 떠나야 할 때 떠나야 하는 법이오. 이제 군룡회는 오늘 밤 안으로 화산포를 장악할 것이오. 그들이 이 언덕으로 올라오기 전 가능한 멀리 이곳에서 벗어나시오. 그들도 용병으로 일한 무사들을 쫓지는 않을 거요. 자, 이젠 정말 가시오들!"

마지막 음성은 조금 높아 마치 장내에 있는 무사들을 위협하는 것처럼 들려왔다.

"각주, 그럼 몸 보중하십시오."

"보중하십시오. 그동안 즐거웠소이다."

호종위의 말이 끝나자 천자방의 무사들 중 몇몇의 입에서 작별의 말이 흘러나왔다. 그리곤 언덕 위에 모였던 천자방 무사들이 하나둘 장내를 벗어나기 시작했다.

한번 사람들이 떠나기 시작하자 순식간에 호종위의 곁에 몰려 있던 무사들이 흩어졌다. 이렇게 해서 천자방은 삼 년간의 짧은 역사를 뒤로하고 무림에서 사라져 버린 것이다.

채 이각이 지나지 않아 호종위의 옆에 남아 있는 사람은 이십여 명이 되지 않았다. 천각 소속 고수가 다섯 명, 지각과 인각의 고수가 또 다섯 명, 그리고 일당주 주남과 일당 소속 무사 십여 명이 호종위의 곁에 남아 있는 인원의 전부였다. 아니, 그들이 전부는 아니었다. 삼당주 황충도 그들 곁에 남아 있었다. 그리고,

"남아주셨구려."

호종위의 침울한 표정에 살짝 미소가 감돌았다. 그의 시선이 황충의 곁에 서 있는 송문악과 고산앙을 보고 있었다.

"언제까지일지는 기약할 수 없지만 잠시 각주의 곁에 남아 있기로 했소이다."

고산앙이 무표정한 얼굴로 대답했다. 호종위가 조금 의아한 눈빛을 발했다. 기왕 자신의 곁에 남기로 했다는 사람의 표정이 별로 밝아 보이지 않은 때문이었다.

하지만 고산앙의 표정이 밝지 못한 것은 나름대로 이유가 있었다. 기실 고산앙이 호종위의 곁에 남아 있기로 한 것은 어쩔 수 없는 상황 때문이었다. 매혼자 음영인에 대한 청부가 아직 끝나지 않은 것이다.

고산앙은 이 마지막 결전에서 매혼자 음영인이 호종위를 노릴 것이라 생각했고, 따라서 자신도 그에 대한 청부를 오늘 안으로 끝낼 수 있을 것이라 생각했었다. 그리고 그 청부가 완수되면 고산앙은 결코 호종위를 따라 해남검문을 갈 생각이 없는 사람이었다.

그런데 불행히도, 하지만 호종위에게는 다행스럽게도 매혼자 음영인은 호수 변의 난전에 모습을 드러내지 않았다. 그가 모습을 드러내지 않았으니 고산앙도 어쩔 수 없이 당분간 호종위와 같이 움직일 수밖에 없게 된 것이다. 그가 의도했던 것과는 무척 다른 형태로 일이 진행되고 있었다.

"고맙소, 청 소협."

고산앙의 밝지 않은 표정에 잠시 의아해하던 호종위가 송문악을 보며 가볍게 고개를 끄덕였다.

"잠시만 해남에 신세를 지도록 하겠습니다."

송문악의 표정은 고산앙에 비하면 밝은 편이었다. 그는 꼭 매혼자 음영인에 대한 청부가 아니더라도 파랑검 호종위와 함께 있는 것이 그리 싫지는 않았다. 더구나 오늘 이 한 판의 혈전에서 호종위가 보여준 담대함과 뛰어난 무공, 그리고 그가 고용하여 데리고 있던 천자방 용병들에 대한 마지막 예의 같은 것이 복합적으로 작용하여 더욱 그에 대해 호감을 가지게 되었던 것이다.

그리고 그런 영웅의 모습에서 송문악은 아련한 기억 속에 남아 있는 한 얼굴을 떠올리고 있었다. 일생 중 단 일 년을 함께하지 못한 아버지, 청명검 송무군의 모습을… 그것이 어쩌면 송문악이 호종위의 곁에 머물게 된 진정한 이유였는지도 몰랐다.

"이공자님, 그만 떠나셔야 할 듯합니다. 저들이 움직이기 시작했습니다."

일당주 주남이 호종위에게 다급하게 말했다. 그가 호종위를 부르는 호칭이 바뀌었다. 천각주가 아닌 이공자로. 그것은 곧 호종위가 천자방의 천각주에서 해남검문의 이공자로 돌아왔다는 것을 의미했다. 오십이 가까운, 그것도 외모는 그보다도 훨씬 나이가 많아 보이는 장년의 고수에게 공자란 호칭은 어울리지 않았다. 하지만 장내에 있던 사람들은 주남이 호종위를 부르는 호칭에 대해 전혀 어색해하지 않았다. 왜냐하면 이들이야말로 해남검문의 고수들로 호종위를 따라 천자방에 몸을 담았던 사람들이기 때문이었다.

"갑시다. 포양호의 일은 끝이 나버렸으니 괜히 이곳에서 저들과 시비를 붙을 필요는 없겠지."

호종위가 고개를 끄덕이고는 먼저 걸음을 옮겨 남쪽을 향해 움직이기 시작했다.

"너희들은 삼십여 장 앞으로 나가 길을 살펴라. 그리고 너희들은 후방 이십여 장 뒤에서 따라오도록."

주남이 재빨리 곁에 있던 해남검문의 고수들에게 명하자 명을 받은 자들이 신속하게 어둠 속으로 사라져 갔다.

"위험은 이곳에서가 아니라 문에 복귀했을 때 찾아올 거외다, 이공자."

황충의 예의없는 말투는 호종위가 해남검문의 이공자로 돌아온 상황에서도 변하지 않았다.

"황 장로께서 도와주시겠지요."

호종위가 황충의 말을 웃으며 받았다.

"날 믿으시오?"

"그래도 삼 년을 함께 있지 않았습니까?"

"그렇게 따지자면 난 예전에 대공자를 모시고 오 년 동안 남해 이족의 나라들로 상행을 다녀온 적도 있소이다."

황충도 오랜만에 슬쩍 미소를 지으며 대답했다.

"하지만 만약 그 오 년의 시간 동안 황 장로께서 형님의 사람이 되었다면 결코 이 천자방으로 오시지는 않았겠지요."

"껄껄껄! 역시 이공자께서는 명석하단 말씀이야. 맞소이다. 난 그 오 년의 상행 동안 대공자와 무던히도 싸웠지요. 다 이 괴팍한 성격 때문이지만 말이오이다."

"전 황 장로님의 그 성격을 모두 받아드리지요."

"허허, 내 성격은 마누라도 견디지 못하고 도망친 건데… 어쨌든 돌아가면 단단히 각오하셔야 할 게요. 아마 심한 추궁과 견제가 있을 거외다."

"나름대로 준비를 하고 있습니다."

"이 두 사람은 바로 그 준비의 일환이외까?"

갑자기 황충이 송문악과 고산앙을 가리키며 물었다. 그러자 호종위의 입가에 득의한 미소가 그려졌다.

"전 정말 뛰어난 우군을 얻은 것이지요. 아마도 삼 년간 포양호 싸움에서 내가 얻은 가장 큰 이득일 겁니다."

"두 분, 우리 이공자가 마음에 드오?"

황충이 송문악과 고산앙을 보며 물었다. 그의 목소리에 적게나마 농이 들어 있어 그도 송문악과 고산앙이 호종위를 따라나선 것에 만족해하는 눈치였다.

"무척 많은 돈을 받았습니다. 그리고 앞으로도 적지 않은 돈이 들어올 일이고 말입니다."

송문악이 황충의 물음에 웃으며 대답했다.

"그렇군. 운 좋은 용병들이야."

송문악의 대답에 황충이 기분 좋게 대답했다.

第十章

매혼자 음영인

송문악과 고산앙이 포함된 해남검문 고수들이 화산포의 경계를 거의 벗어났을 때 그들의 뒤쪽에서 시뻘건 화염이 솟아올랐다. 누가 먼저랄 것도 없이 화염이 솟은 곳으로 시선을 돌린 일행의 눈에 은은한 분노가 서렸다.

"망할 놈들, 저렇게까지 할 필요가 뭐란 말인가?"

황충이 퉁명스럽게 욕설을 내뱉었다.

화염이 솟아오르는 곳은 지난 삼 년간 이들이 머물렀던 천자방의 장원이었다. 화산포를 장악한 군룡회의 수뇌들은 포양호에서 천자방의 자취를 깨끗이 씻어버리려는 듯 천자방의 장원을 불태우고 있는 것이었다.

"제법 쓸 만한 장원이었는데 아깝군."

호종위가 씁쓸한 표정으로 아쉬움을 드러냈다. 지난 삼 년 간 천자방이 머물렀던 화산포의 장원은 제법 잘 지어진 곳이 었다. 만약 다시 그런 장원을 지으려면 수천 금이 들어야 할 터이다. 그런 장원을 하룻밤 새 잿더미로 태워 버리는 군룡회 의 행동은 그들이 이 포양호에서 천자방의 그림자를 완전히 씻어버리려는 의지가 얼마나 강한지 보여주는 것이었다.

"가시죠. 늦었습니다. 추격하는 자들이 있을지도 모릅니 다."

일당주 주남이 불타는 천자방의 장원을 바라보고 있는 호 종위와 해남검문의 고수들을 재촉했다.

"그들이 과연 추격을 해오겠소?"

"물론 그들이 광동까지 사람을 보낼 수는 없을 겁니다. 하 지만 우리가 강서를 벗어날 때까지는 안심할 수 없지요. 비록 포양호를 그들에게 내줬다고는 해도 적어도 남궁세가의 원한 은 남아 있을 테니까요."

남궁세가의 원한이란 포양호 싸움에서 목숨을 잃은 남궁 산에 대한 이야기였다. 또한 남궁세가는 군룡회를 이끌고 포 양호를 차지하기는 했지만, 싸움을 해남검문과 남궁세가의 대결로 좁히면 남궁세가의 고수 중 남궁산이 죽고 남궁무기 와 남궁호가 각각 심한 부상을 입고 패퇴했으므로 결코 승리 감에 도취되어 있을 만한 사정은 아니었다.

"그들이 움직인다면 결국 내가 목적이겠군. 날 잡아야 남궁세가의 자존심이 회복될 것이 아니겠는가? 하하하!"

호종위가 호쾌한 웃음을 터뜨리며 말했다.

"남궁가의 고수들이 직접 움직이지는 않을 거외다, 이공자. 남궁가에서 직접 고수들을 움직여 강서를 넘어 광동으로 우리들을 추격한다면 그때야말로 해남검문과 남궁세가는 문파의 사활을 건 일대 혈전을 치러야 할 텐데 그것은 남궁세가로서도 감당하기 쉬운 일이 아니지요."

이번에는 황충이 정색을 하며 입을 열었다.

"그 말씀은 결국 다른 자들을 보낼 거란 말씀이군요."

"제가 지금껏 궁금한 것은 왜 그가 움직이지 않았냐는 겁니다."

"매혼자 음영인을 말씀하시는 겁니까?"

"그렇소이다, 이공자. 솔직히 말하자면 그가 모습을 드러냈다면 이공자께서는 큰 위험에 처했을 거외다."

"그가 그렇게 강한 자입니까?"

호종위가 고개를 갸웃거리며 물었다. 그것은 일종의 반발이기도 했고 순수한 의문 같기도 했다.

"그는 강하지요. 당금 강호의 십대괴객으로 불리는 자가 아닙니까? 십대괴객은 비록 홀로 활동을 하여 강호의 정세에는 큰 영향을 끼치는 존재들은 아니지만 일단 그들이 누군가 한 명을 노린다면 구대문파의 고수라 할지라도 결코 방심할 수 없지요."

"구파라……. 우리 해남의 실력이 구파에 많이 미치지 못한다고 생각하십니까?"

역시 작은 반발이 호종위의 음성에 포함되어 있다. 그러자 황충이 단호하게 대답했다.

"당연히 우리는 구파의 전력에 미치지 못하지요. 세력도 세력이거니와 무공 또한 상당한 격차가 벌어져 있는 것이 사실이외다."

황충의 말에 호종위가 살짝 인상을 찡그렸다.

"황 장로께서는 항상 너무 직설적으로 말씀을 하시는군요. 만약 그 말씀을 아버님이나 형님이 들었다면 황 장로께서는 또 심한 면박을 들으셨을 겁니다."

"사실은 사실이니까요. 현재 우리의 처지를 인정하지 않고 무모하게 일을 벌이면 결국 돌아오는 것은 파국밖에 없소이다."

"바로 이번 포양호의 일처럼 말이군요."

기실 호종위는 황충의 말에 별로 화가 나 있는 것 같지 않았다. 송문악은 그런 호종위의 모습을 보며 역시 이 파랑검 호종위가 대범한 성정을 지닌 인물이라는 것을 새삼스레 깨닫고 있었다.

"포양호를 도모하는 일은 애초에 무리가 따르던 일이었소이다. 그리고 설혹 포양호를 우리 손에 넣었다고 해도 우리로

서는 이득보다 손실이 더 큰 일이었지요."

"그게 무슨 말씀이십니까? 그럼 지금까지 우리가 쓸데없는 짓을 하고 있었다는 말입니까?"

주남이 황충의 말에 반발했다. 지난 삼 년간의 싸움을 무의미한 것으로 치부해 버리는 황충의 말을 그 전장에서 삼 년간이나 목숨을 걸고 싸운 주남으로서는 쉽게 받아들일 수 없던 것이다. 아무리 황충이 해남검문에서 가장 성격이 괴팍한 사람이라 해도 말이다.

"결과적으로 보자면 그렇지."

주남의 기분이야 자신이 신경 쓸 것이 아니라는 듯 황충이 간단하게 대답했다.

"도대체 어떤 이유로 우리가 포양호를 얻었어도 이득보다 손실이 많았을 거라고 말씀하시는 겁니까?"

주남과 황충 사이를 호종위가 교묘하게 파고들어 둘의 언쟁을 미리 막았다.

"이공자, 생각해 보시오. 천자방이 포양호를 얻어 상권을 대륙으로까지 넓혔다면 과연 천하의 이목이 누굴 주목하겠소. 바로 우리 해남검문을 주목할 거요. 사람들은 해남검문의 위세가 구파일방에 육박한다고들 하겠지. 그렇다면 과연 호남의 형산파가 그냥 가만히 있었을 것 같소이까?"

"형산파가 움직였을 거란 말씀입니까?"

"당연한 일이지요. 호남의 거호(巨虎) 형산이 본 문의 세력이 강서를 거쳐 호남까지 진출하는 것을 용인할 리 없소. 형산은 구파일방 중에서도 가장 세속의 일에 깊이 관여하는 문파로 알려진 곳이지 않소이까. 그리고 일단 형산파가 해남을 주시하기 시작한다면 지금의 본 문 실력으로는 도저히 그들을 감당할 수 없는 것은 자명한 일이오. 내가 처음부터 포양호에 진출하는 것을 반대했던 이유도 바로 이것이었소."

"하지만 우리 해남검문은 수백 년의 역사를 가지고 있는 명문입니다. 비록 구파일방의 세가 강호를 뒤덮고 있다고 해도 해남이 형산파에게 속절없이 당하는 일은 없었을 겁니다."

여전히 주남은 황충의 견해에 불만을 가지고 있는 듯 보였다.

"이보시게, 나라고 우리 해남에 대한 애정이 없는 것은 아닐세. 하지만 문파에 대한 애정이라는 것도 그것으로 인해 강호의 정세를 잘못 읽게 된다면 그런 애정은 없느니만 못한 것이야. 우리 해남이 수백 년을 이어온 전통을 가지고 있다고는 해도 역시 지난 백여 년간 축적된 구파일방의 저력을 감당할 수 없네. 더군다나 우리가 포양호를 손에 넣었다면 형산은 분명 남궁세가에게 손을 뻗었을 것인데 과연 우리가 그 두 문파의 공세를 감당할 수 있었을 것 같나? 이 포양호의 싸움은 우리 해남에겐 결코 이기면 안 되는 싸움이었네. 다행히 군룡회가 포양호를 차지했으니 형산의 시선은 결국 남궁세가를 향하게 되겠지. 앞으로 수년 내에 남궁세가가 처하게 될 어려움을 눈으로 본다면 그때는 내 말이 틀리지 않았다는 것을 알게 될 것일세."

"물론 구파일방의 힘은 강호를 장악하고 있지만 그들은 그렇게 쉽게 움직이지 않습니다. 황 장로님의 생각은 기우일 수도 있습니다."

주남이 조금 물러서는 말투로 대답했다.

"물론 내 걱정이 기우일 수도 있지. 하지만 이미 형산은 움직였네."

"옛? 그게 무슨 말입니까? 형산이 움직였다니요?"

주남뿐 아니라 호종위도 깜짝 놀라 황충을 바라봤다. 그 두 사람만이 아니었다. 어두운 밤길을 헤쳐 가고 있던 해남의 고수들이 걸음을 멈추고 모두 황충에게로 시선을 모았다.

"지난 이 년 동안 내가 맡았던 외삼당 삼조에는 두 명의 젊은 용병이 있었네. 수차례의 출정에도 그들은 살아남았지. 하지만 그 두 사람은 용병으로 보기엔 너무 도도한 성품을 가지고 있었단 말이야. 다른 용병들과 잘 어울리지도 못하고 말씀이야. 고 노사께서는 그들이 누군지 아시겠소이까?"

문득 황충이 고산앙에게 질문을 던졌다.

"사마륜과 백산 두 젊은이를 말하는 것인 모양이구려."

고산앙의 대답에 황충이 고개를 끄덕였다.

"맞소이다. 바로 그 두 사람을 말하는 것이외다. 그런데 고

노사께서는 그 두 사람의 무공을 어떻게 보셨습니까?'

그러자 고산앙이 잠시 생각에 잠겼다가 천천히 입을 열었다.

"그 두 사람은 비록 외삼당 삼조의 용병이기는 했으나, 다른 사람들과는 잘 어울리지 않았지요. 그래서 나와 여기 청형제도 그들에 대해서는 별반 아는 바가 없소이다. 단지 우리 삼조의 조원들은 그들이 명문의 자제일 거라는 생각은 하고 있었소이다. 왜냐하면 그들의 풍모가 용병이라고 하기에는 지나치게 기풍이 있었고, 또한 그 무공도 명가의 무공을 전수받은 듯 현묘한 기운을 담고 있었기 때문이지요. 그래서 우리는 그들이 명가의 자제들로 강호의 싸움에 끼어들어 실전을 경험하는 수련자들로 보았던 것이지요. 그런데 그들이 형산파의 문도들이란 말이오이까?"

고산앙이 말끝에 오히려 황충에게 되물었다.

"형산의 검은 해남의 검 못지않게 거칠기로 유명하지요. 과거 구파의 무림 장악이 지금과 같지 않은 시기에는 해남과 형산은 적지 않게 충돌했었다고 들었소이다. 해남이 북상을 하려면 반드시 호남의 형산파와 안휘의 남궁세가가 길을 막았으니 말입니다. 그래서 우리 해남에서는 형산의 무공을 제법 잘 알고 있지요. 과거 형산의 검은 이리처럼 거칠고 날카로웠다고 들었소이다. 지난 백여 년간 강호가 구파일방의 수중에 들어가 있는 동안 형산의 무공은 그전과는 비교도 할 수 없을 만큼 발전을 하였겠지만, 그 무공에 배어 있는 문파의 전통은 결코 사라지기 어려운 법이지요. 비록 그 두 사람은 싸움터에서 절대 자신들의 진신무공을 드러내 보인 적이 없지만, 난 그 두 사람의 무공에서 과거 해남의 어른들이 말했던 형산의 기운을 느꼈소이다."

"하지만 그 두 사람은 각기 도와 검을 사용하지 않습니까? 제가 듣기로 형산은 검파라 알고 있는데?"

송문악이 무심코 마음속에 생긴 의문을 입에 올렸다.

"물론 청 소협의 지적은 일견 타당하오. 형산은 누가 뭐래도 무림을 대표하는 검가(劍家)요. 하지만 그들의 무공이 검에 치우쳐 있다고 해서 도를 익힌 자가 나오지 말란 법은 없소이다. 그리고 도를 사용하는 자를 내세우면 자신들의 정체를 숨기는 것도 수월해지지 않겠소?"

황충의 말에 송문악이 고개를 끄덕이다가 다시 질문을 던졌다.

"그런데 아무리 형산파가 대단한 곳이라 해도 그들을 보내 포양호의 싸움을 감시하게 하기에는 그 두 사람의 연륜이 너무 어린 것이 아닐까요? 본래 그런 일이라면 노련한 고수에게 맡기는 것이 옳은 텐데 말입니다."

그러자 황충이 입가에 빙그레 미소를 지었다.

"청 소협이 보시기엔 그 두 사람의 무공이 그리 뛰어나 보이지 않았나 보구려. 하긴 청 소협의 무공에 견주자면 그들은 그리 대단한 무공을 보여줬다고 할 수는 없소. 하지만 그들은 스스로의 무공을 모두 드러낸 것은 아니었을 것이오. 그리고 그들이 포양호 싸움을 감시하기엔 나이가 너무 적다고 한 지적도 일리는 있지만 그만큼 형산파가 자신들의 능력을 자신하고 있다고 볼 수도 있을 것이오."

"괜히 제가 하찮은 안목으로 건방을 떨었군요."

송문악이 한발 뒤로 물러났다.

"이런, 이런. 청 소협을 탓하고자 한 말이 아니라오. 청 소협의 무공이 고절하다는 것은 이미 모두가 알고 있는 사실이 아니겠소. 단지 난 그 두 사람이 형산이 보낸 자들이라는 것이 거의 확실하다는 것을 말하려고 했던 것뿐이라오."

황충이 평소의 그답지 않게 사람 좋은 웃음을 지어 보였다.

"황 장로님의 말씀을 듣고 보니 과연 이번 포양호 싸움에서 본 문과 남궁세가가 본 이득을 간단하게 계산할 수는 없겠습니다. 황 장로님의 말씀처럼 형산파가 이 싸움을 주목하고 있었다면 오히려 이득을 본 곳은 우리 해남검문이 되겠군요."

호종위가 심각한 표정으로 말하자 황충이 웃으며 대답했다.

"하하하, 이 모든 것은 이 늙고 괴팍한 황충의 머릿속에서 나온 것들이니 과연 나의 예측들이 모두 사실일지 아닐지는 아무도 확신할 수 없을 겁니다. 모든 것은 시간이 지나면 드러나겠지요. 과연 남궁세가의 향후 신세가 어떻게 변할지 두고 보면 말입니다."

황충은 비록 자신의 의견을 늙고 괴팍한 늙은이의 단견이라고 말했지만 일행은 황충의 말을 가볍게 치부할 수 없었다. 이 황충이라는 노고수가 비록 괴팍한 성격을 가지고는 있다고 해도 해남검문에서 그 누구도 무시할 수 없는 식견을 지니고 있다는 것을 잘 알고 있기 때문이었다.

"자, 일단 빨리 강서를 벗어나도록 합시다. 남궁세가든 형산파든 일단 우리가 광동으로 들어서면 더 이상 우릴 쫓기는 쉽지 않을 테니 말입니다."

호종위가 무거워진 일행의 발걸음을 재촉했다. 이 한 떼의 고수들은 모두 해남검문이라는 명문의 문도들이었기에 일신의 무공이 평범한 강호의 무인들과는 견줄 수 없이 고절한 면이 있었다. 그들이 일제히 경공을 펼치기 시작하자 일행은 지금까지와 다른 무척 빠른 속도로 밤길을 헤쳐 나가기 시작했다.

"사형, 그는 우리가 너무 어리다고 말하는군요."

천자방 외삼당 삼조의 용병이었던 백산이 역시 삼조의 용병이었던 사마륜을 보며 실소를 자아냈다.

"내가 보기엔 오히려 그가 너무 어려 보이는군."

사마륜이 백산의 말에 비웃음이 섞인 말투로 대답했다.

"하지만 그가 포양호에서 보인 무공은 정말 대단하지 않았습니까? 그는 남궁세가의 남궁무기를 패퇴시켰지요. 남궁무기가 누굽니까? 현 남궁세가의 문주 남궁무룡의 사촌 아우가 아닙니까?"

"물론 그는 남궁무룡의 사촌 아우지. 하지만 또한 남궁세가의 무 자 돌림의 형제 십여 명 중 무공이 처지는 쪽에 속하는 자지."

"그렇긴 합니다만 역시 무시할 수 없는 실력을 가지고 있는 자지요."

"백 사제는 남궁무기를 상대할 자신이 없나?"

"글쎄요. 직접 상대해 보지 않았으니 잘 모르겠습니다만……."

"홍, 이름도 알려지지 않은 이십대 초반의 용병에게 당할 정도면 그 남궁무기란 자의 무공도 대단치 않다는 거겠지. 그나저나 저 청명이란 놈은 무척 건방지군. 감히 우리의 무공과 연륜을 논하다니 말이야. 언젠가 기회가 되면 형산의 무서움을 가르쳐 주도록 해야겠어."

"하하, 사형에게 찍혔으니 그의 운도 결코 좋은 것은 아니군요. 그런데 지금 당장 그의 버릇을 고쳐 주지 않으시겠다면 문으로 일단 돌아가실 생각이시군요?"

백산의 말에 사마륜이 천천히 고개를 끄덕였다.

"일단은 돌아가야겠지. 먼저 이 포양호 싸움의 전말을 문의 어른들께 알리는 것이 우선이니까."

"장문인께서 이 일에 관여하시려 할까요?"

"글쎄, 그건 이 싸움에서 승리한 군룡회 쪽에 가 있던 형제들이 돌아와 봐야 알겠지."

"그럼 이곳에서 해남검문의 사람들과는 작별이군요. 술이라도 한잔해야 하는 것 아닌가 싶습니다만……."

"하하하, 난 사제의 그 여유가 항상 좋아. 하지만 사제, 우리도 길을 서둘러야 한다네. 이곳에서 형산까지는 제법 긴 길이 아니던가?"

"알겠습니다, 사형. 그럼 가시지요."

어둠 속으로 멀어지는 해남검문의 일행을 바라보고 있던 백산과 사마륜이 슬쩍 발을 움직이는 순간 그들의 신형이 순식간에 숲으로 사라졌다. 그 모습은 그들이 천자방에서 용병으로 활동할 때의 모습과는 천지(天地)의 차이를 보여주고 있었다.

*　　　*　　　*

고수들의 이동인지라 우마에 의지하지 않고도 송문악과 해남검문 고수들은 빠른 속도로 광동을 향해 남하하고 있었다. 덕분에 포양호를 떠난 지 채 열흘이 지나지 않아 일행은 강서성 남부의 대도인 공주성에 진입하고 있었다.

공주성에서 광동까지는 채 며칠이 걸리지 않는 거리. 비록 해남검문이 위치한 광동의 끝 자락 해남도까지는 또 오랜 시간이 걸리는 길이었지만 일단 광동으로 들어서면 해남검문의 세력권이었기에 일행은 공주에 도착하자 어느 정도 여유를 찾을 수 있었다.

호종위는 공주성에 들어서자 지체하지 않고 공주성 남문에 인접한 고색창연한 장원을 찾아들었다. 일행이 장원으로 들어서자 백발의 노인이 급히 장원에서 나와 호종위 일행을 맞이했다.

"이공자님, 고생하셨습니다. 어서 오십시오."

"고생은 무슨, 패장에게 과한 말입니다, 노 총관 어른. 그래, 그간 별일없으셨지요?"

호종위가 백발노인의 인사에 정중한 목소리로 답하며 물었다. 그것으로 보아 이 백발의 노인은 해남검문에서 가볍지 않은 위치에 올라 있는 사람이 분명해 보였다.

'하지만 그는 전혀 무공을 지니고 있진 않군.'

송문악은 호종위를 맞이하는 백발의 노인을 유심히 살폈지만 그에게서 어떤 무공의 흔적도 발견할 수 없었다.

'해남검문이 무림문파이면서도 큰 상인 집단이라더니 그 말이 사실이었군. 이 노인은 전형적인 상인의 모습이지 않은가.'

송문악의 생각처럼 해남검문은 단순한 무림문파가 아니었다. 해남검문에서 운용하는 대형 상선만도 수십 척. 그 수십 척의 배는 남쪽 해안을 따라 형성된 이족의 나라를 오가며 막대한 물건을 사고파는 교역을 하고 있었다. 그로 인해 축적된 해남검문의 금력은 그들이 대륙 상계에까지 손을 뻗치는 힘이 되었고, 그로 인해 지난 삼 년간의 포양호 싸움이 일어났던 것이다.

그리고 그 포양호 싸움을 준비하기 위해 강서성 남쪽의 대도 공주성에 거점을 마련한 해남검문이 그 거점을 총괄하는 책임을 맡긴 사람이 바로 이 백발의 노련한 상인인 총관 노관래였다.

노관래는 지난 삼 년간 포양호 변 화산포에 자리 잡은 천자방의 지원을 도맡아온 사람이기도 했다. 그래서 노관래는 오늘 호종위 일행이 이 공주성으로 패퇴한 정황을 누구보다 잘 알고 있었다. 그의 목소리가 은근하고 또한 따뜻함이 묻어나는 이유는 오늘 후퇴한 이들의 지난 삼 년간의 싸움과 오늘의 패퇴에 대한 노고를 잘 알고 있기 때문에 나온 행동이었던 것이다.

"안으로 드시지요. 미리 오신다는 전갈을 받고 약간의 음식과 술을 준비해 두었습니다."

"허, 패군지장에게 술이라니! 나중에 아버님이 아시면 노총관님도 결코 좋은 소리를 듣지 못할 겁니다."

"하하하, 이 늙은이야 문주께서 욕을 하시면 얼마나 하시고 벌을 내리시면 얼마나 내리겠습니까? 삼 년간 전장에서 고생한 문파의 형제들을 위해 술도 준비하지 않았다면 그것이 오히려 문도들의 비난을 받을 일이지요."

"역시 노 총관님의 담량은 무공을 익힌 무인들 못지않습니다."

호종위가 감탄하듯 말했다.

"노 총관님의 담력이야 수천 리 해양을 넘나들며 외국과 무역을 하던 분이시니 오죽하겠소이까? 예전부터 해남검문의 진정한 영웅은 바로 상천(商天)의 노 총관님이라는 말이 있었지요."

"이런, 황 늙은이가 이번에도 죽지 않고 살아 돌아왔군."

노관래가 불쑥 호종위와의 대화에 끼어든 황충을 보며 반갑게 웃었다.

"노 총관께서 아직도 정정한데 제가 죽는다면 말이 됩니까? 난 노 총관께서 죽은 후에도 한 이십 년은 더 살 겁니다."

"이 사람, 그 괴팍한 성격은 하나도 변하지 않았군. 자, 들어들 가시지요, 이공자님. 이곳은 아직 남궁세가나 군룡회의 영향력이 미치지 않는 곳이니 오늘은 그동안의 피로를 풀며 마음껏 취해도 좋을 겁니다."

"그런가요? 그럼 어디 오늘은 한껏 취해보십시다. 자, 들어들 가자!"

호종위의 명에 따라 해남검문의 고수들이 노관래의 안내
를 받아 오래된 장원으로 들어섰다. 송문악과 고산앙도 해남
검문의 고수들에 섞여 장원 안으로 걸음을 옮겼다.

　오랜 싸움과 이동에 지친 해남검문의 고수들이 하나둘 술
에 취해 떨어져 나가기 시작했다. 노 총관이 준비한 미주가효
는 제법 정성이 들어 있어 포양호로부터 급히 후퇴한 해남검
문 고수들을 즐겁게 해주기에 충분했다. 해남검문의 고수들
은 마음껏 마시고 먹은 후, 밤이 이슥해지자 각자의 숙소를
찾아 들어가 그간 쌓인 피로를 풀기 위해 잠자리에 들었다.
　"준비를 해야겠어."
　문득 장원의 하인이 안내하는 대로 자신들에게 배정된 방
으로 들어선 고산앙이 송문악을 보며 말했다.
　"그가 과연 오늘 올까요?"
　"나라면 오늘을 선택할 거야. 지금 이곳에 있는 해남검문
의 고수들은 모두 긴장이 풀어지고 술에 취해 있지. 지금처럼
좋은 기회는 다시 찾기 힘들 거야."
　"어디서 그를 상대하실 생각이십니까?"
　"일단 장원 안에 들어오는 것은 확인해야겠지. 그래야 그
가 매혼자 음영인인지를 확인할 수 있으니까. 하지만 일단 그
를 확인하면 장원 밖으로 밀어낸 후 장원 밖에서 그를 잡을
생각이야. 장원 안에서 그를 상대하다가는 내 정체가 해남검

문의 사람들에게 드러날 염려가 있으니까."

"그럼 움직여 볼까요?"

송문악이 고산앙에게 말을 건네고는 방의 안쪽으로 걸어
들어가 방문의 반대쪽에 난 창문을 소리없이 열었다. 차가운
밤공기가 방 안으로 밀려들었다. 순간 송문악이 그 밤공기를
타고 훌쩍 신형을 날려 창밖으로 사라졌다.

"좋은 신법이야. 영보가 일정 수준에 이르렀어. 난 이제 송
공자에게 최고의 살수 자리를 물려줘야 할지도 모르겠는걸?"

고산앙이 얼굴에 흐뭇한 미소를 지으며 송문악을 따라 창
밖으로 신형을 날렸다.

깨끗한 흑의 장삼을 잘 차려입은 노인이 시적시적 송문악
등이 머물고 있는 해남검문의 공주성 장원을 향해 다가왔다.
노인의 행동으로 보아서는 그는 마치 오래전부터 장원에 기
거하고 있던 사람처럼 보였다. 하지만 장원의 정문을 지키고
있는 경비무사에게 노인은 전혀 모르는 얼굴이었다.

"노인장, 무슨 일이시오?"

오늘 해남검문의 이공자와 포양호 싸움에서 돌아온 고수
들이 장원에 들었으므로 경비무사의 행동은 지나치리만큼 고
압적이다.

"이 사람, 날 모르겠나?"

하지만 노인은 그런 경비무사의 물음에 오히려 기가 막힌

듯 되물었다. 그러자 경비무사가 고개를 갸우뚱거렸다. 분명 노인의 행동이나 말을 보자면 이 노인은 자신을 알고 있는 것이 분명했다. 하지만 경비무사의 머리는 여전히 노인을 기억해 내지 못하고 있었다.

"누구신지……?"

"허허, 이런 일이 있나. 자네, 어디 아픈 것 아닌가? 난 바로 노 총관님을 찾아 해남에서 온 곽노가 아닌가? 자넨 나와 이미 이틀 전에 인사를 나누고도 날 기억하지 못한단 말인가?"

"곽노라고요?"

경비무사의 말투가 변했다. 생각해 보니 그런 것도 같았다. 이틀 전 해남에서 서너 명의 인물이 이 장원을 찾아온 것도 맞았다. 그들은 노 총관을 찾아온 상인들이었는데, 해남의 상인들은 대부분 해남검문과 적지 않은 인연을 맺고 있어 공주에 오면 노 총관을 찾아오는 자가 여럿 있었다.

"허허, 큰일이군. 젊은 사람이 이렇게 정신이 없어서야, 쯧쯧. 아무래도 자넨 좀 정양을 해야겠어. 자, 난 급히 노 총관님을 뵐 일이 있으니 들어가 보겠네. 하지만 자네는 역시 의원을 만나보는 게 좋을 것 같아."

자신을 곽노라 부른 노인이 진심 어린 걱정이 담긴 눈으로 경비무사를 보며 말했다. 그러자 경비무사가 자못 걱정스런 얼굴을 하고 고개를 끄덕였다.

"알겠습니다, 곽 어르신. 들어가 보십시오. 못 알아뵈어 죄송합니다. 아무래도 포양호에서 이공자께서 돌아오시는 통에 정신이 없었나 봅니다. 죄송합니다."

"흠흠, 나에게 죄송할 것은 없지. 다만 걱정은 자네의 건강이라네."

"걱정해 주셔서 감사합니다, 곽 어르신."

"험, 집 떠나면 몸이 건강한 게 최고지. 그럼 난 들어가겠네."

노인은 안쓰러운 눈으로 경비무사를 바라보고는 능숙하게 장원의 정문을 통과해 안으로 들어섰다. 그런 노인의 뒷모습을 보며 경비무사가 중얼거렸다.

"그러고 보니 뵌 분인 것 같군. 허! 정말 큰일이 아닌가? 이틀 전에 본 사람을 기억하지 못하다니. 아무래도 곽 어르신의 말처럼 의원을 찾아가 봐야겠어."

경비무사 고개를 흔들고는 이내 굳은 눈빛을 발하며 허리춤의 검을 단단히 움켜잡았다.

"정신 차리자. 지금은 중요한 시기가 아닌가. 실수가 용서될 수 없는 시기에 이렇게 정신이 혼란스러우면 안 될 일이지."

장원 안으로 들어온 곽 노인은 천천히 장원 앞쪽에 조성된 정원을 따라 걷기 시작했다. 그 모습은 정말 그가 이 장원에 매우 익숙한 인물인 듯 보이게 만들었다.

몇몇 장원에서 일하는 사람들이 노인의 곁을 스치고 지나가며 노인과 눈을 마주쳤지만 그때마다 그들은 마치 노인을 알고 있는 듯 공손히 머리를 숙이고는 그를 지나쳤다.

장원은 조용했다. 저녁나절 포양호에서 온 고수들을 위로하느라 벌인 연회도 끝이 나고, 그들이 피곤에 절어 각자의 숙소에서 잠에 곯아떨어지자 장원 또한 고요 속에 묻혀 버렸다.

본래부터 장원에 상주하던 사람들조차 오랜 여행으로 피곤할 사람들의 휴식을 방해하지 않기 위해 일찍부터 일을 마무리 짓고 각자의 숙소로 들어간 듯 장원에서 움직이는 사람은 평소의 이 할도 되지 않았다.

따라서 노인은 어떤 방해도 받지 않고 정문과 연결된 장원의 정원을 유유히 걷고 있었던 것이다. 그렇게 정원을 통과한 노인이 막 본채에서 정원으로 나오는 소녀 한 명을 불러 세웠다.

"이봐라."

그러자 노 총관 밑에서 일을 하는 나이 어린 여자 아이가 곽노를 올려다보았다.

"왜 그러세요, 할아버지?"

"음, 그래 넌 노 총관 밑에서 일을 하느냐?"

순간 곽노의 눈에서 푸르스름한 기운이 흘러나와 여자 아이의 눈을 어지럽혔다.

"네, 그런데요."

"흠, 그럼 넌 오늘 이곳에 도착한 이공자가 어디에 머물고 있는지도 알겠구나."

"그럼요. 내원 별실 중 가운데 방에서 주무시고 계세요."

"오, 그렇구나. 알겠다. 넌 참 착한 아이구나. 나중에 네 주인에게 큰 상을 받을 게다. 자, 그만 가보거라."

노인이 미소를 지으며 말하자 여자 아이가 조금 몽롱한 표정으로 곽노의 곁을 스치고 지나갔다.

순간 곽 노인의 눈에서 새파란 안광이 폭사했다. 그러자 순식간에 그의 풍모가 변모했다. 지금껏 그는 그의 말처럼 해남에서 노 총관을 찾아온 일개 장사치에 지나지 않는 모습이었으나, 일단 그의 눈에서 시퍼런 안광이 흘러나오기 시작하자 일순간에 전율적인 무위를 지닌 강호의 절정고수로 변모하는 것이었다.

그런데 장사치에서 가공할 무인으로 변신한 곽노가 막 장원의 본채 쪽으로 걸음을 옮기려 할 때였다. 갑자기 그의 신형이 뚝하고 멈춰졌다. 그리고 순식간에 그의 얼굴에 낭패의 빛이 깃들었다.

송문악과 고산앙은 자신들의 숙소에서 몸을 뺀 후 장원의 높다란 외벽 위에서 장원 주변을 살피고 있었다. 당연히 그들은 곽노라는 장사치가 장원의 경비무사와 대화를 나누고 장원 안으로 들어와 유유히 정원을 가로질러 장원의 본채까지

도달하는 광경을 하나도 빼놓지 않고 주시하고 있었다.

"놀랍지 않은가?"

고산앙이 조용히 입을 연 것은 곽노가 노 총관 밑에서 일하는 어린 여자 아이에게 말을 걸기 시작했을 때였다.

"정말 놀랍군요. 그와 마주친 사람들은 모두 그를 처음 보는 것일 텐데 그들은 마치 그를 오래전부터 알고 지낸 인물처럼 대하는군요."

"섭혼술이야."

"무섭군요."

"보통 섭혼술이라면 사람의 이지를 상실하게 만들어 자기마음대로 조절하는 수법을 이야기하지. 그런데 저 매혼자란 인물의 섭혼술은 다른 사람들의 섭혼술과는 사뭇 다르군. 정확히 자신이 필요로 하는 만큼만 상대의 정신을 빼앗는다고나 할까?"

"고수군요."

검을 들어 나무를 베어 넘기기는 쉬워도 자신이 원하는 만큼의 깊이만 베어내는 것은 어렵다. 힘을 조절하는 것, 그것이 곧 무공의 깊이를 가늠하는 것이다.

섭혼술도 마찬가지였다. 상대의 의지를 완전히 제압해 상대를 백치와 같은 상태로 만드는 것보다 상대의 이지를 살려놓은 채 상대에게서 자신이 필요로 하는 만큼만의 정신을 빼앗는 것은 섭혼술을 절정으로 익힌 자만이 가능한 수법이었다.

　매혼자 음영인은 장원 밖에서 경비무사를 만나는 순간부터 어린 소녀에게서 파랑검 호종위가 자고 있는 방을 알아낼 때까지, 도중에 만난 사람들에게 꼭 자신이 필요로 하는 만큼의 혼(魂)만을 사들였던 것이다. 그래서 그를 만났던 사람들은 그와 헤어진 이후에도 자신이 잠시 누군가에 의해 정신을 빼앗겼다는 사실조차도 인지하지 못하게 되는 것이었다.

　"이제 그에게 자신을 주시하고 있는 사람이 있다는 것을 알려줄 때가 된 것 같군. 그가 본채로 들어서면 일이 복잡해질 수도 있으니까."

　고산앙이 나직하게 말했다.

　"사냥을 시작할 때군요."

　송문악이 고개를 끄덕였다. 순간 고산앙의 몸에서 한 덩어리 살기가 일어나더니 이내 그의 전신을 전율적인 살기가 휘감기 시작했다.

　'이게 바로 살황 어른의 진정한 살기군.'

　송문악은 흠칫 몸을 떨었다. 수년간 살황 고산앙과 함께 생활하면서 송문악은 고산앙이 살기를 일으키는 경우를 한 번도 본 적이 없었다. 청부를 받아 누군가를 암살하면서도 고산앙은 단 한 올의 살기도 발하지 않았다. 그것이 그가 무서운 살수인 이유였다. 살기를 일으키지 않는 그의 모습은 그를 살수의 제왕이 아닌 어눌한 시골 촌부로 보이게 만들기 때문이었다.

그런데 지금 그 고산앙이 그동안의 전례를 깨고 자신의 내부에 잠재해 있는 살기를 그대로 드러내고 있었다. 그 폭발적인 살기는 그가 그저 어눌한 늙은이가 아닌 강호에서 가장 무서운 살수라는 것을 여실히 증명하고 있었다.

그리고 이 전율스런 살기의 덩어리 중 한줄기가 막 장원의 본채로 들어서려는 매혼자 음영인을 향해 뻗어나갔다.

매혼자 음영인의 신형이 푹 꺼지듯 그 자리에서 사라졌다. 그리고 다음 순간 그의 신형이 정원에 심어놓은 나무들 사이에 나타나는가 싶더니 어느새 장원의 담벼락에 육박하고 있었다.

"가지."

고산앙이 기와 담장 위에서 몸을 움직였다. 한 올의 소음도 발생하지 않는 보법. 송문악의 신형이 고산앙의 뒤를 따랐다.

음영인은 순식간의 장원의 담벼락을 타고 넘었다. 일단 자신의 무공을 드러내기 시작하자 음영인은 강호십대괴객의 신위를 여지없이 드러내고 있었다.

음영인은 담을 넘어 해남검문의 장원을 벗어나자 재빨리 공주성의 시가지로 접어들었다. 불 꺼진 성내의 시가지는 몹시 어두워 일단 음영인이 시가지의 어둠 속으로 스며들자 그의 자취는 씻은 듯 사라져 버렸다.

하지만 고산앙과 송문악은 흔적이 보이지 않는 음영인을 쉬지 않고 따르고 있었다. 일단 상대의 기운을 읽은 후에는 절대 그 기운의 꼬리를 놓치지 않는 것 또한 일류살수에게 꼭 필요한 능력이었다.

사냥꾼은 사냥감의 발자국과 체취를 따라 눈에 보이지 않는 사냥감을 추격한다. 반면, 뛰어난 살수는 목표한 자가 흘려내는 기의 잔재를 쫓아 보이지 않는 목표물을 추격한다. 살황 고산앙은 강호제일의 살수로 불리는 인물이었다.

"놈이 기다리고 있었을 줄이야!"

매혼자 음영인의 입에서 탄식이 새어 나왔다. 음영인도 끊임없이 자신의 뒷덜미를 눌러오는 적의 기세를 느끼고 있었다. 그리고 그 적의 정체도 짐작하고 있었다.

살황 고산앙. 같은 십대괴객의 일인이면서 또한 강호 살수들의 제왕이라는 자가 분명했다. 살황 고산앙에게 해남검문의 청부가 들어갔다는 소식은 그가 군룡회에 칩거하고 있을 때부터 이미 들어 알고 있는 사실이었다.

군룡회의 정보력은 생각보다 훨씬 대단해서 천자방과 해남검문의 움직임을 세세히 파악하고 있었다. 그리고 그중 하나의 소식이 바로 자신에 대한 해남검문의 청부였다. 그가 파랑검 호종위를 노리고 있는 것에 대비해 해남검문에서는 살황 고산앙에게 자신을 청부했던 것이다.

그래서 그는 움직이지 않았다. 군룡회의 고수들로부터 무언의 압력을 받으면서도 그는 군룡회 안 자신의 거처에 깊숙이 칩거한 채 호종위를 향해 움직이지 않았다.

살황 고산앙은 무공에서는 몰라도 암살의 솜씨에 있어서는 자신이 따라갈 수 없는 인물이었다. 군룡회의 요구대로 호종위를 제거하는 것도 중요했지만, 그보다는 살황의 손에서 자신의 목숨을 지키는 일이 더 중요했다.

그리하여 군룡회가 포양호에서 천자방을 격파하고 포양호 싸움을 승리로 이끌 때까지도 그는 움직이지 않았다. 물론 그를 향해 살황 고산앙도 움직이지 않았다.

"반드시 그의 목을 가져오시오. 남궁세가는 그대가 약속을 지킬 거라 믿소."

어쩌면 청부자가 남궁세가만 아니었어도 그는 후퇴하는 호종위를 따를 생각을 하지 않았을 터이다. 하지만 싸움에 이기고도 문파의 자존심에 상처를 입은 남궁세가의 요구는 강력했다. 그가 만약 약속을 파기하고 호종위를 쫓는 것을 포기한다면 아마도 십대괴객으로서의 그의 명성은 땅에 떨어질 것이고, 남궁세가는 자신에게서 약속을 파기한 대가를 톡톡히 받아내려 할 터였다.

그리하여 매혼자 음영인은 포양호 싸움의 승패가 결정난

이후 후퇴하는 호종위의 뒤를 쫓았다. 그러면서도 그는 서두르지 않았다. 언제든 호종위만 잡아주면 그의 청부는 완성되는 것이었다.

그는 가장 완벽한 기회와 살황 고산앙이 주위에 없다는 확신이 들 때까지 기다렸다. 그리고 그 기다림의 끝이 바로 오늘이었다. 살황 고산앙의 흔적은 그 어디에서도 찾아볼 수 없었고, 호종위를 비롯한 해남검문의 고수들은 오랜 여행의 피로에 지쳐, 술에 취해 정신없이 잠에 빠져 있었다.

"그런데 놈이 설마 미리 기다리고 있었을 줄이야."

두려운 듯 치를 떤 음영인이 공주성의 복잡한 시가지를 벗어나 성 밖으로 몸을 날렸다. 비록 인내심 싸움에서는 자신이 살황에게 패해 먼저 모습을 드러내고 말았지만, 무공에 있어서만은 결코 그에게 양보할 생각이 없었다.

"놈, 하지만 너도 실수를 한 거야. 날 잡으려면 그곳에서 기습을 했었어야지. 일단 네놈의 기운을 알아챈 이상 너에게 당할 내가 아니다."

매혼자 음영인이 씹어뱉듯 말을 내뱉으며 공주성 북단으로 이어진 관도를 따라 달리다가, 어느 순간 방향을 틀어 관도 옆의 숲으로 몸을 날렸다. 일단 숲으로 고산앙을 이끈다면 그곳에서 다시 그와 일장의 승부를 결해볼 만하다고 판단했던 것이다.

"어서 따라오너라. 암습이 아닌 무공 대결이라면 오늘 죽는 것은 내가 아니라 바로 살황 네놈이 될 테니."

음영인이 상대에 대한 전의를 불태우며 살황 고산앙을 상대할 적당한 장소를 찾아 재빨리 주위를 살필 때였다. 갑자기 그의 등 뒤쪽으로부터 세 줄기 매서운 기운이 무섭도록 빠른 속도로 닥쳐들었다.

"엇!"

음영인이 대경하며 허공을 몸을 날려 두 바퀴 회전하며 자신을 향해 날아든 물체를 피해냈다.

퍼퍼퍽!

순간 그의 옆에 있던 거목에 세 개의 검은 물체가 틀어박혔다.

"철시(鐵矢)?"

음영인의 입에서 의문 어린 음성이 흘러나왔다. 그를 공격한 물체는 세 개의 검은색 화살이었던 것이다.

"살황이 활을 쓴다는 이야기는 들어보지 못했는데?"

음영인이 주변을 경계하며 중얼거릴 때 갑자기 어두운 숲으로부터 젊은 사람의 음성이 들려왔다.

"그대를 쫓는 사람은 살황만이 아니지."

동시에 어둠 속에서 한 명의 신형이 모습을 드러냈다. 한 자루 장도를 손에 들고 등에는 제법 긴 목함을 메고 있었다. 그리고 그의 허리춤에는 검은색 작은 철궁이 매달려 있었다.

송문악이었다.

"네놈은 누구냐?"

음영인이 날카로운 음성으로 물었다.

"나 말이오? 난 천자방에서 용병으로 있던 청명이라 하오."

순간 음영인의 볼이 씰룩였다.

"청명? 혹, 남궁무기의 몸에 상처를 냈다는?"

"그렇소. 바로 내가 그 청명이오."

그러자 한순간 음영인의 얼굴에 서렸던 긴장이 차츰 풀려 가기 시작했다. 그리곤 피식 쓴웃음을 지어냈다.

"청명이라······. 하하하! 이거야 원, 살황이 아니라 애송이 용병이라······. 네가 해남검문의 장원에서부터 날 쫓아온 자냐?"

"그렇소."

그러자 음영인이 절레절레 고개를 흔들었다.

"아! 나도 나이가 든 것인가? 이런 애송이를 살황으로 알고 정신없이 몸을 빼다니······. 강호에서 이 사실을 알면 모두 이 매혼자 음영인이 이제 너무 늙었다고들 할 거야."

"살황은 겁이 나고 난 겁나지 않는가 보구려."

송문악이 묻자 음영인이 너털웃음을 터뜨렸다.

"아이야, 어찌 너와 같은 어린애를 살황과 비교할 수 있겠느냐. 네가 비록 포양호에서 제법 뛰어난 활약을 보였다고는 하지만 내 상대가 될 수는 없다. 난 남궁무기와 같이 네가 어리다고 방심하지도 않을뿐더러 설혹 네가 진실한 실력으로 남궁무기를 이겼다 하더라도 난 남궁무기 정도는 안중에도 없는 사람이란다. 그러니 넌 오늘 무척 운이 나쁜 것이다. 난 강호에 내가 너와 같은 애송이에게 쫓겼다는 소문이 나는 것을 결코 허락지 않을 테니까 말이야. 하하하!"

음영인이 득의한 웃음을 터뜨렸다. 그런 음영인을 보며 송문악이 싱긋 웃음을 지었다.

"강호십대괴객의 일인인 매혼자 음영인의 무공을 어찌 나와 같은 강호초출이 두려워하지 않겠소. 하지만 강호의 일이란 언제나 생각지 못한 방향으로 흐르기 마련이라오. 그러니 오늘 그대가 강호초출의 보잘것없는 애송이 용병에게 죽음을 당하지 말란 법도 없지 않겠소?"

"껄껄, 호기가 대단하구나. 하지만 행운이란 것도 어느 정도 실력이 뒷받침되었을 때나 찾아오는 법이란다. 오늘 너에게 찾아올 행운이란 없을 것이다."

음영인의 표정이 일변하며 그의 눈에서 싸늘한 살광이 번져 나오기 시작했다.

"글쎄, 과연 누구에게 행운이 찾아올지 어디 두고 봅시다. 하지만 내 생각에 나의 행운은 그리 멀지 않는 곳에 있을 것 같소. 아마도 그대는 나의 도(刀)를 오 초 이상 받아낼 수 없을 거요."

"그래? 그럼 어디 누구의 말이 맞나 시험해 볼까?"

순식간에 음영인의 신형이 흐릿해지더니 불쑥 송문악의 눈앞에 그의 신형이 솟아올랐다. 이 한 번의 움직임은 너무도 신묘해서 그의 공격을 예상하고 있던 송문악조차도 순간 긴장하지 않을 수 없었다.

"어디, 나의 일장을 받아보거라."

음영인의 눈이 기묘한 빛을 발했다. 섭혼술이다. 동시에 그의 두 손에서 강력한 장력이 송문악을 향해 밀려들었다.

파팡!

송문악은 이미 음영인의 섭혼술이 대단하다는 것을 알고 있었으므로 천비심천문의 심공을 운용해 정신을 맑게 한 후, 뒤로 대여섯 걸음 물러나며 상대의 강력한 장력을 피해냈다.

"과연 재주가 있구나."

음영인의 입에서 감탄사가 흘러나왔다. 그러나 다음 순간 음영인은 자신이 상대의 실력에 감탄만 하고 있을 사정이 아니라는 것을 깨달았다. 뒤로 물러나는 듯하던 송문악이 발끝으로 땅을 찍으며 신형을 세우더니 일장을 전개한 뒤 만들어진 음영인의 빈틈을 노려 손에 들고 있는 흑도를 휘둘러 댔던 것이다.

"흡!"

상상을 뛰어넘는 강력한 도기에 노출된 음영인이 다급성을 발하며 급히 송문악의 도기를 피해 몸을 움직였다.

퍼퍽!

순간 송문악의 흑도가 음영인이 서 있던 곳에 길게 도흔을 만들어냈다.

"놈, 대단하구나!"

음영인의 입에서 감탄사가 흘러나왔다. 하지만 일단 한번 공격을 시작하자 송문악은 쉬지 않고 음영인을 몰아치기 시작했다.

"노인장, 역시 늙은 나이에 제법 몸이 빠르구려. 어디, 이 초식도 받아보시오."

송문악이 빙그르르 몸을 회전하며 횡으로 흑도를 그어댔다. 그러자 음영인이 허공으로 몸을 솟구치며 송문악의 도를 발아래로 흘려보냈다.

쩌적!

허공을 가른 송문악의 도가 음영인의 뒤에 있던 어른 허벅지만 한 굵기의 나무 기둥을 잘라 버렸다.

"어디서 이런 괴물 같은 놈이 나왔단 말인가!"

음영인의 입에서 경악성이 흘러나왔다. 지금 송문악이 휘두르는 도에 실린 위력은 송문악의 나이를 생각하자면 도저히 발현될 수 없는 막강한 것이었다. 음영인은 지금껏 수없이 많은 강호의 강자를 상대했지만 지금 자신을 공격하고 있는 이 애송이 도객과 같은 막강한 도초를 날리는 자를 본 적이 없었다.

"아직 입을 열 여유가 있나 보구려."

송문악의 입에서 차가운 음성이 흘러나오더니 허공으로 몸을 솟구치며 흑도를 교차해 휘둘러 열십 자 모양의 도기를 음영인을 향해 쏟아냈다.

"놈!"

음영인이 계속된 후퇴에 자존심이 상했는지 이번에는 두 손을 들어 송문악의 도기를 맞받아쳐 나갔다.

쿠쿠쿵!

송문악의 도기와 음영인의 장력이 부딪치며 천둥소리를 만들어냈다. 두 사람 주변의 수목들이 그 소리에 놀라 몸을 떨었다.

"으음!"

그 와중에 음영인의 입에서 침중한 신음성이 흘러나오더니 그의 신형이 몇 걸음 뒤로 주춤거리며 물러났다.

"도대체… 너와 같은 인물을 어디에서 배출했다는 말이냐? 구파일방에서 나온 놈이냐?"

"천하의 강자가 오직 구파일방에만 있는 것은 아니지."

송문악이 차갑게 대답했다.

"그럼 너와 같은 괴물을 만들어낸 곳이 도대체 어디란 말이냐?"

"이제 곧 죽을 테니 말해주리다. 내 본래의 이름은 송문악 이고 귀곡의 무공을 익혔소."

"귀곡?"

“그렇소.”

“하지만 귀곡의 문도는 지난번 운남 하구에서 모두 멸절된 것으로 알려졌는데?”

“사람들이 모르는 후인 하나쯤 있다고 해서 이상할 것은 없지 않겠소?”

“물론 그렇긴 하지. 하지만 귀곡의 무공으로는 도저히 너와 같은 자를 배출할 수 없다. 귀곡육절이 제법 뛰어난 자들이었지만 절대고수의 소리를 듣지는 못했지.”

“청출어람이란 말 또한 강호에선 가장 흔한 말이오.”

“청출어람이라……. 귀곡육절이 죽어서 너와 같은 후인을 키웠단 말인가? 이것이야말로 강호의 기사(奇事)로구나.”

음영인이 자신도 모르게 감탄사를 흘려냈다. 송문악이 그런 음영인을 물끄러미 바라보고 있다가 불쑥 한마디를 던졌다.

“자, 이제 궁금증을 풀어줬으니 그만 죽어줘야겠소.”

그러자 음영인이 비웃음을 흘렸다.

“흥! 네 무공이 비록 대단하지만 날 죽일 수는 없다. 널 이기진 못해도 네게서 몸을 빼낼 자신은 충분하니까.”

“물론 고명한 매혼자 어른이시니 어련하시겠소. 하지만 그대를 저승으로 인도할 사람은 내가 아니오.”

“네가 아니면 누가 감히 이곳에서 날 죽일 수 있단 말이냐?”

매혼자 음영인이 호기롭게 소리쳤다. 그 순간,

"바로 나다."

어눌한 목소리와 함께 마치 처음부터 그곳에 있었던 것처럼 검은 그림자 하나가 매혼자 음영인의 곁에 서 있었다. 그리고 그림자로부터 한줄기 빛이 흘러나와 매혼자 음영인의 목줄기를 관통했다. 피는 흘러나오지 않았다. 매혼자 음영인은 그저 풀리지 않는 수수께끼를 담은 눈으로 간신히 자신을 찌른 검은 그림자를 돌아봤다.

"너, 넌 누구⋯⋯?"

매혼자 음영인이 간신히 그림자를 향해 물었다.

"내가 바로 살황 고산앙이야."

그러나 매혼자 음영인은 고산앙의 대답을 듣지 못했다. 그의 신형은 이미 땅 위에 허물어지고 있었고, 그의 영혼은 이승을 벗어났기 때문이다.

"끝났군요."

송문악이 고산앙 곁으로 다가오며 말했다.

"맞았어. 이번 청부는 이것으로 끝이군. 더불어 송 공자와의 인연도 오늘로 끝이야. 난 지금 이곳을 떠날 거야."

고산앙의 갑작스런 말에 송문악의 눈동자가 잠시 흔들렸다. 하지만 지금이 바로 두 사람이 헤어져야 할 시간이라는 것을 송문악은 이내 깨달았다.

"아쉽군요. 어르신과 함께한 시간들이 그리워질 겁니다."

"나도 그래. 돌아가서 난 떠났다고 파랑검 호종위에게 전해주게."

고산앙이 호종위에서 선금으로 받은 전표를 꺼내 송문악에게 건넸다.

"알겠습니다. 그런데 언제 다시 만날 수 있을까요?"

"글쎄, 언젠가는 다시 만나겠지. 자, 그럼 난 이만 가겠어. 송 공자도 잘 지내라구."

"어르신, 건강하십시오."

송문악이 고산앙을 향해 허리를 숙여 공손히 인사를 했다.

"하하, 나보다는 송 공자가 걱정이야. 나야 그저 이렇게 살아가겠지만 송 공자에게는 큰 적이 앞에 있지 않은가? 이걸 명심해. 일이란 백 일을 준비해 하루에 끝내는 것이야. 신중하게. 그들은 강해."

"명심하겠습니다, 어르신."

"그럼 난 그만 갈게."

고산앙이 깊은 눈으로 송문악을 한 번 바라보고는 이내 어둠 속으로 사라졌다.

송문악은 갑자기 차가운 한기가 몰려오는 것을 느꼈다. 혼자라는 사실이 그의 몸을 떨게 했다. 운남에서 유행촌으로 돌아올 때처럼 다시 그는 혼자가 되어 있었다. 하지만 이내 송문악은 고개를 끄덕였다.

"이 길은 어차피 나 혼자 가야 하는 길이다."

그리곤 다시 고개를 저었다.

"아니, 난 혼자가 아니야. 아버지와 백부님들, 그리고 장할아버지……. 그분들의 영혼이 항상 내 곁에 있는 거야. 신기루로부터 빛을 받아낼 때까지는."

『신기루』 4권 끝

초등학생이 반드시 읽어야 할 좋은 책 49권

각 학년별로 초등학생이 반드시 읽어야할 좋은 책을 선정하여 통합논술의 기본이 되는 '올바른 독서법'을 일깨워 줍니다.

교과서와 함께하는
초등학교 통합논술

초등1학년 | 값 12,000원 / 초등2학년 | 값 9,500원 / 초등3학년 | 값 11,000원 / 초등4학년 | 값 9,500원 / 초등5학년 | 값 9,500원 / 초등6학년 | 값 11,000원

♣ 혼자 할 수 있어요.
엄마가 책 읽는 방법을 가르쳐 주어도 좋아요.
독서지도하는 선생님이 가르쳐 주어도 좋답니다.
"초등 교과서와 함께하는 **통합논술 시리즈**"는
아이 스스로 독서할 수 있도록 꾸며진 책이에요.
엄마와 선생님은 요령만 가르쳐 주시면 된답니다.

♣ 교과서의 중요한 내용이 총정리되어 있어요.
각 학년별로 중요한 교과 내용이 함께 수록되어 있어요.
초등학생은 교과서 내용을 충실하게 공부해야 합니다.
아울러 그와 병행한 독서가 대단히 중요하지요.
"초등 교과서와 함께하는 **통합논술 시리즈**"는
두가지 방법 모두 알려준답니다.

♣ 이 책은 훌륭하신 선생님들이 함께 쓰신 책이랍니다.
동화작가 선생님들이 쓰셨어요. 소설가 선생님도 쓰셨답니다.
국어 논술독서지도 선생님들도 함께 쓰셨지요.
"초등 교과서와 함께하는 **통합논술 시리즈**"는
엄마의 마음으로 모든 선생님들이 함께 꾸민 책이랍니다.

입소문을 통해 아는 분은 다 알고 계십니다!
올 한해 공인중개사 최고의 화제작!

1~2권 합본 | 이용훈 지음
3~4권 합본 | 이용훈 지음
5~6권 합본 | 이용훈 지음
용어해설 | 이용훈 지음
1~2차 문제풀이집 | 이용훈 지음

수험생 기본 필독서
만화 공인중개사

제목 : 만화공인중개사 쓰신 분에게 감사드립니다.

학원을 두달 다녔어요. 근데 과연 그 숫자 와우기 그렇게 몇 문제나 나올까 생각을 했어요. 아니라는 생각이 드네요. 학원강의를 뒤로 하고 서점을 갔어요. 내 머리에 가장 이해될 수 있는 책이 없나 하구요. 거기서 만화를 발견했어요. 무조건 세번 봤어요. 3개월 걸렸어요. 문제집을 보라고 했는데 그거 시행을 못했어요. 근데 합격을 했네요.

어떻게 감사의 말을 해야 될지…

도서관에서 만화책 들고 다니니까 사람들이 바웃더라구요. 만화책으로 공인중개사를 공부한다고 미친사람처럼 보더라구요. 근데 그거 다 감수하고 했던 내가 자랑스럽습니다.

어떻게 감사의 말을 해야 할지 정말 감사합니다.

부디 행복하세요. 제 나이 41살에 좋은 스승을 만난 거 같습니다.

엎드려 감사드립니다.

—본사 홈페이지에 독자분이 올린 메일 中에서 발췌—

잘나가고 싶은 사람은 읽어라!

그에게 한눈에 반했다! 그것은 분위기 탓?
애인과 나란히 걸어갈 때 당신은 좌, 우 어느 쪽에 서는가?
이성은 왜 서로 끌리는 걸까? 그 심층 심리를 해명한다!

30초의 심리학

■ **30초의 심리학**
아사노 하치로우 지음 / 계일 옮김 | 값 8,500원

처음 본 사람인데 왜 닮은 느낌이
너무나도 강렬한 사람이 있다.
흔히 하는 말로 '필이 꽂힌 사람',
그래서 잊혀지지 않는 사람,
한눈에 반했다고 하는 것이 바로 그것이다.
이런 인간의 감정을 논하는 데
남녀의 구분이 있을 수 없다.
사랑하는 그, 혹은 그녀를
생각하는 것만으로도 가슴이 두근거린다.
이상할 것 없다. 당연히 그럴 수 있는 것이다.
그렇기에 인간을 감정의 동물이라 하지 않는가.
그러나 그렇게 좋아하는 그 사람이
어느 날 갑자기 싫어지는 경우는 왜일까?

Psychology